Oscar classici

Dello stesso autore

nella collezione Oscar

Con gli occhi dell'Occidente
Il negro del "Narciso"
La linea d'ombra
Lord Jim
Tifone
Vittoria

Joseph Conrad

CUORE DI TENEBRA

Traduzione di Rossella Bernascone
Introduzione di Robert Hampson
con un saggio di V.S. Naipaul

OSCAR MONDADORI

Titolo originale dell'opera: *Heart of Darkness*

I edizione Oscar classici marzo 2000

ISBN 88-04-47135-2

L'Introduzione di Robert Hampson è tratta dall'edizione Penguin di *Heart of Darkness* (London 1995)

Questo volume è stato stampato
presso Mondadori Printing S.p.A.
Stabilimento NSM - Cles (TN)
Stampato in Italia - Printed in Italy

Ristampe:

3 4 5 6 7 8 9 10 11 12 13

2001 2002 2003 2004 2005

http://www.mondadori.com/libri

Introduzione

di Robert Hampson

Libri e mappe

Nell'ottobre 1874, il sedicenne Józef Teodor Konrad Korzeniowski lasciò Varsavia su un treno diretto a Marsiglia. Non erano passati due mesi che già aveva iniziato quella vita di marinaio che avrebbe offerto al romanziere Joseph Conrad tanto materiale per le sue prime prove narrative: il 15 dicembre 1874 lasciò Marsiglia come passeggero della *Mont-Blanc*, diretta in Martinica; sei mesi più tardi, il 25 giugno 1875, rifece lo stesso viaggio, ma questa volta come apprendista. Marsiglia rimase la sua base per circa tre anni, fino all'aprile del 1878, quando diede inizio a una nuova fase della sua vita imbarcandosi sul piroscafo inglese *Mavis*. La carriera sulle navi francesi gli era impedita dalle nuove regole relative all'impiego di stranieri nella Marina mercantile francese, e così Conrad iniziò il suo legame con la Marina mercantile britannica, legame che sarebbe durato fino al gennaio del 1894, quando, a Londra, lasciò l'incarico di secondo ufficiale della *Adowa*. Anche se in seguito cercò impiego su numerose altre navi, la sua carriera di marinaio era ormai finita e una nuova carriera di scrittore stava per cominciare.

Più avanti negli anni, Conrad diede varie spiegazioni al suo desiderio di andar per mare. In *A Personal Record* si chiese: "Perché dovrei io, figlio di una terra che uomini come questi hanno rivoltato con i loro vomeri e irrorato con il loro sangue, andare in cerca di straordinari pasti a base di carne salata e di una strada così du-

ra sulle vaste distese marine?".[1] La sua risposta fu che la sua fantasia era stata catturata dai *Travailleurs de la mer* (*I lavoratori del mare*) di Victor Hugo, definiti da Conrad come "la mia prima introduzione al mare in letteratura" (*PR*, p. 72). In un suo saggio, *Tales of the Sea* (Racconti di mare), Conrad aveva già affermato che i romanzi marinareschi di James Fenimore Cooper e del Capitano Frederick Marryat avevano "modellato" la sua vita.[2] *A Personal Record* allude anche a un altro genere di letture che avevano attratto la sua fantasia:

> Fu nel 1868 (avevo più o meno nove anni) che, mentre stavo guardando una mappa dell'Africa di quel tempo, puntai il dito sullo spazio vuoto che allora rappresentava il mistero irrisolto di quel continente e mi dissi con un'assoluta sicurezza e un'audacia meravigliosa che ormai non fanno più parte del mio carattere:
>
> "Da grande io andrò *là*."
>
> E ovviamente non ci pensai più finché, più o meno un quarto di secolo dopo, mi si presentò un'occasione di andarci ... Andai là: *là* essendo la regione delle cascate Stanley, che nel '68 era il più vuoto degli spazi vuoti sulla superficie altrimenti disegnata della terra. (*PR*, p. 13)

In *Cuore di tenebra*[3] Conrad attribuisce a Marlow un'esperienza giovanile molto simile:

> «Ora, quando ero bambino avevo una passione per le carte geografiche. Stavo ore a guardare il Sud America, l'Africa o l'Australia, e mi perdevo nelle glorie dell'esplo-

[1] *A Personal Record*, Dent, London 1923, p. 35; tutti i riferimenti successivi saranno a questa edizione, citata nel testo come *PR*. Questa serie di ricordi apparve sull'«English Review» di Ford Madox Ford (dicembre 1908-giugno 1909) e fu in seguito raccolta in volume con il titolo di *Some Reminiscences* (Nash, London 1912).

[2] "Forse nessuno scrittore ha mai influenzato tante vite e dato a tanti uomini la spinta iniziale verso una carriera utile e gloriosa come hanno fatto questi due" (*Notes on Life and Letters*, Dent, London 1924, p. 56). Il saggio apparve per la prima volta in «Outlook» (4 giugno 1898) e fu poi raccolto nel volume *Notes on Life and Letters* (Dent, London 1921).

[3] D'ora in avanti citato come *CdT* nei riferimenti.

razione. Allora c'erano parecchi spazi vuoti sulla terra, e quando ne trovavo uno che sembrava particolarmente invitante sulla carta (ma lo sembravano tutti) ci mettevo il dito sopra e dicevo: "Quando sarò grande andrò là". Ricordo che il Polo Nord era uno di quei posti. Be', non ci sono ancora andato e non ci proverò adesso. L'incanto è svanito.[4] C'erano altri posti sparsi intorno all'equatore e a ogni sorta di latitudine in entrambi gli emisferi. In alcuni ci sono stato e... be', lasciamo perdere. Ma ce n'era ancora uno – il più grande, il più vuoto per così dire – che volevo vedere a tutti i costi.

È vero, a quel punto non era più uno spazio vuoto. Dalla mia infanzia si era riempito di laghi e fiumi e nomi. Aveva cessato di essere uno spazio vuoto incantevole e misterioso – una macchia bianca che un bambino può riempire di sogni di gloria. Era diventato un luogo di tenebra ... (*CdT*, p. 17-18)

La carriera di Marlow, come quella di Conrad, copre un periodo significativo nella storia dei contatti tra Europa e Africa: quando Conrad era un ragazzo, negli anni '60 e '70 dell'Ottocento, gran parte dell'Africa era ancora sconosciuta agli europei; una volta adulto, quando si recò in Africa di persona, partecipò a quella che era ormai diventata la "contesa" per l'Africa. Notevole anche il mutamento che aveva avuto luogo sulla mappa: "il più vuoto degli spazi vuoti" ha acquistato "laghi e fiumi e nomi", ma anche, in modo più sorprendente, da "una macchia bianca che un bambino può riempire di sogni di gloria" che era, è diventato "un luogo di tenebra". Christopher L. Miller fa notare che il passo non identifica esplicitamente l'Africa come "il più grande, il più vuoto" luogo sulla mappa, che l'Africa non è successivamente menzionata nel romanzo, e suggerisce che "il lettore – indotto a pensare di star leggendo un libro *sull'*Africa", è

[4] Per ulteriori notizie riguardo all'esplorazione dell'Africa cfr. il resoconto della spedizione di Franklin in questa Introduzione (pp. XI-XII. Questo forse spiega perché Marlow pensa che "l'incanto è svanito".

in realtà "condotto in un vuoto che ... non ha nessun altro nome se non 'cuore di tenebra'".[5] Certamente, se il progetto scientista-positivista cerca di rimpiazzare l'ignoto con il noto, la narrazione di Marlow in *Cuore di tenebra* inizia col suggerire che l'esplorazione ha trasformato uno spazio vuoto in uno spazio di tenebre e finisce col suggerire che l'esplorazione ha trasformato l'ignoto in "indicibile". In realtà, si potrebbe osservare che, invece di portare la luce in mezzo alle tenebre, come proclama, la missione "civilizzatrice" svela la "tenebra" che sta nel proprio cuore. Come dice V.G. Kiernan, l'Africa in quel periodo "divenne veramente un continente di tenebra, ma la tenebra era quella che gli invasori portavano con sé, la fosca ombra dell'uomo bianco".[6]

Sulla geografia e su alcuni esploratori

> La corrente fluisce avanti e indietro con la marea nell'incessante servizio, popolata di ricordi di uomini e navi che ha portato al riposo della casa o alle battaglie del mare. Aveva conosciuto e servito tutti gli uomini di cui la nazione è fiera, da Sir Francis Drake a Sir John Franklin, cavalieri tutti, titolati o meno – i grandi cavalieri erranti del mare. Aveva portato tutte le navi i cui nomi sono come gioielli sfavillanti nella notte dei tempi, dalla *Golden Hind* che tornava con i fianchi tondi gonfi di tesori per essere visitata da Sua Maestà la Regina e uscire così dalla gigantesca leggenda, alla *Erebus* e alla *Terror*, partite per altre conquiste – e mai ritornate. (*CdT*, p. 7)

[5] Christopher L. Miller, *Blank Darkness: Africanist Discourse in French*, University of Chicago Press, Chicago 1985, pp. 173-74, d'ora in avanti citato come *BD*. Allo stesso modo, come fa notare Anthony Fothergill, *Cuore di tenebra* evita di specificare anche le date (*Heart of Darkness*, Open University Press, Milton Keynes 1989, pp. 24-25, d'ora in avanti citato come Fothergill).
[6] V.G. Kiernan, *The Lords of Humankind: Black Man, Yellow Man, and White Man in an Age of Empire*, Century Hutchinson, London 1988, p. 226.

Prima di occuparci di *Cuore di tenebra*, vale la pena di considerare alcuni aspetti del contesto tardo-vittoriano all'interno del quale venne scritto. Nel suo tardo saggio *Geography and Some Explorers* (Sulla geografia e su alcuni esploratori), Conrad tornò di nuovo sulla sua fascinazione infantile per le mappe dell'Africa, e sul modo in cui, in quel periodo, "le noiose meraviglie immaginate dai secoli bui" erano state rimpiazzate da "emozionanti spazi di carta immacolata": "La mia fantasia poteva raffigurarsi quegli uomini meritevoli, avventurosi e devoti mentre rosicchiavano gli orli, attaccavano da nord, sud, est e ovest, conquistavano un pezzetto di verità qua e un pezzetto là, e talora venivano inghiottiti dai misteri che i loro cuori con tanto accanimento tentavano di svelare".[7] Per l'ultima volta in pagine destinate alla stampa, Conrad tornò alle memorie infantili della mappa dell'Africa:

> Mi trovo qui a dover ammettere di essere un contemporaneo dei Grandi Laghi. Sì, avrei potuto sentire della loro scoperta dalla culla, ed è naturale che, una volta diventato ragazzo, alla fine degli anni '60 dovessi disegnare la mia prima mappa e rendere il mio omaggio al prestigio dei primi esploratori. Questo omaggio consisteva nell'inserire laboriosamente a penna i contorni del Tanganica sul mio adorato vecchio atlante, che, essendo stato pubblicato nel 1852, nulla sapeva, ovviamente, dei Grandi Laghi. Il cuore della sua Africa era grande e bianco. (*LE*, p. 20)

Più oltre, Conrad racconta ancora una volta di quando mise "il dito su un punto proprio al centro del cuore dell'Africa, che allora era bianco" e "dichiarò che un bel

[7] *Last Essays*, Dent, London 1926, pp. 19-20, d'ora in avanti citato con la sigla *LE*. Il saggio venne scritto come introduzione a una pubblicazione a puntate intitolata «Countries of the World», e comparve col titolo *The Romance of Travel* sul primo numero, nel febbraio 1924. Fu ristampato sul «National Geographic Magazine» (marzo 1924).

giorno sarebbe andato là": "Niente era più lontano dalle mie più folli speranze. Eppure è un fatto che, circa diciott'anni più tardi, un piccolo e disgraziato battello a ruota che io comandavo se ne stava ormeggiato alla riva di un fiume africano" (*LE*, p. 24).

Geography and Some Explorers ricostruisce lo sviluppo della geografia dalla "sua fase favolosa" (*LE*, p. 4) attraverso la fase che Conrad definisce della "geografia militante". La "fase favolosa", una fase di "speculazioni abbondantemente stravaganti", include le visioni fantastiche della cartografia medievale, che "affollava le sue mappe di immagini di strani misteri, strani alberi, strani animali" (*LE*, p. 3). La "geografia militante", cui è dedicata la maggior parte del saggio, ha due aspetti differenti. Da una parte, l'esplorazione fu "promossa dallo spirito di conquista, l'idea di una qualche forma di lucro, il desiderio di commerciare o di depredare, mascherato sotto più o meno belle parole" (*LE*, p. 14). Dall'altra parte, la "geografia militante" diede origine alla geografia scientifica, dove l'"unico scopo era la ricerca della verità", e gli esploratori "si dedicavano alla scoperta di fatti certi riguardo alla configurazione e alle caratteristiche dei principali continenti" (*LE*, p. 14). Nella sua ricostruzione di questo sviluppo, Conrad è attento a ciò che lui chiama "il dramma dello sforzo umano": sia che si tratti delle avventure dei conquistadores nel Nuovo Mondo ("quegli ostinati cercatori dell'Eldorado che scalavano montagne, traversavano foreste, passavano fiumi a nuoto, si dibattevano nelle paludi, senza pensare minimamente alla scienza geografica" [*LE*, p. 5]) che esemplificano l'aspetto di conquista della "geografia militante", oppure di vari esploratori dell'Africa – Mungo Park nel Sudan, Bruce in Abissinia, Burton e Speke attorno ai Grandi Laghi, e, soprattutto, David Livingstone nell'Africa centrale, "forse il più venerato tra gli oggetti del mio giovanile entusiasmo geografico" (*LE*, p. 24) – che esemplificano la geografia scientifica.

L'aspetto scientifico della "geografia militante" è anche rappresentato, per Conrad, dagli esploratori del Polo, e qui, come osserva Conrad, la "figura dominante" è

quella di Sir John Franklin. Nel maggio 1845 Franklin partì da Greenhithe con due navi, la *Erebus* e la *Terror*, con a bordo provviste per tre anni, per quella che si dimostrò essere una fruttuosa ricerca del passaggio a Nord-Ovest. Si trattò anche della sua ultima spedizione. Le due navi vennero avvistate, il 28 luglio 1845, nella baia di Baffin, e poi non se ne seppe più nulla. A partire dal 1848 ci furono numerosi tentativi di rintracciare Franklin e i suoi uomini: il viaggio del capitano Ommanney del 1850 trovò tracce della spedizione; la spedizione del Dottor Rae del 1854 sentì dire dagli inuit[8] che era stato avvistato, quattro anni prima, un gruppo di uomini bianchi che trascinavano una nave lungo la costa occidentale dell'isola di Re Guglielmo (e che i loro corpi erano stati successivamente rinvenuti presso la foce del Great Fish River); nel 1857 la spedizione del capitano McClintock accertò in modo definitivo la sorte di Franklin e dei suoi uomini. Nel suo libro sulla ricerca di Franklin, *The Voyage of the 'Fox' in the Arctic Seas* (Il viaggio della *Fox* nei mari artici), McClintock osserva che, quando la spedizione di Franklin navigò le acque dell'Artico, "le carte nautiche ... erano poco più di fogli bianchi".[9] Un'annotazione datata 1847, che la spedizione di McClintock trovò all'estremità settentrionale della terra di Re Guglielmo, dove la spedizione di Franklin aveva passato l'inverno 1846-47, diceva semplicemente "Tutto bene".[10] A questo punto, avevano già navigato più di cinquecento miglia di acque prima inesplorate e si trovavano a meno di novanta miglia dalle acque conosciute al largo del Nord America. Ma Frank-

[8] Gli inuit sono le popolazioni eschimesi del Canada. (*NdT*)

[9] F. Leopold McClintock, *The Voyage of the 'Fox' in the Arctic Seas*, Murray, London 1859, p. 33, d'ora in avanti citato come *VF*.

[10] Come osserva Conrad nel suo saggio, le edizioni dell'opera di McClintock contenevano "la toccante riproduzione del modulo stampato riempito con una breve registrazione delle attività delle due navi, il nome di 'Sir John Franklin comandante della spedizione' scritto in inchiostro e la commovente annotazione sottolineata 'Tutto bene'" (*LE*, p. 16).

lin morì quel giugno, e la primavera successiva la *Erebus* e la *Terror* erano ancora bloccate nel ghiaccio. Erano rimaste bloccate per più di un anno e mezzo, e avevano provviste che sarebbero bastate solo fino a luglio. Il 22 aprile 1848 le due navi vennero abbandonate. Secondo la ricostruzione dei fatti di McClintock, i sopravvissuti tentarono di tornare ai territori della baia di Hudson seguendo il corso del Great Fish River (*VF*, p. 24), ma morirono tutti di malattia, freddo e fame. Verso la fine del suo libro, McClintock osserva: "che tra i resti di quella sfortunata spedizione non si sia trovata traccia di carne conservata o di scatole di verdure, né presso ai tumuli né lungo il percorso – la conclusione è chiara quanto penosa" (*VF*, p. 299). L'allusione di McClintock conferma il rapporto del Dottor Rae, secondo il quale gli ultimi sopravvissuti avevano fatto ricorso al cannibalismo come ultimo tentativo di salvarsi.[11] Forse era questo che Conrad aveva in mente quando si riferiva alla spedizione di Franklin come "forse il dramma più oscuro rappresentato dietro il sipario del mistero artico" (*LE*, p. 15).

In *Geography and Some Explorers* Conrad si sofferma abbastanza a lungo sul resoconto di McClintock del suo viaggio alla ricerca di Franklin. Non solo Conrad ha letto il libro di McClintock da ragazzo, ma l'ha riletto "molte volte da allora" e anche adesso nella sua libreria ne ha "una copia in edizione economica" (*LE*, p. 15).[12] La nar-

[11] In articoli comparsi su «Household Words» e su «London Illustrated News», Rae aveva riferito come "dalle mutilazioni presentate da molti dei corpi" e dal "contenuto dei bricchi" fosse evidente che alcuni membri della spedizione "erano stati spinti all'ultima terribile alternativa" per tentare di rimanere in vita. David Woodman, in quello che è lo studio più recente sulla spedizione di Franklin, *Unravelling the Franklin Mystery: Inuit Testimony* (McGill-Queen's University Press, Montreal 1991), dà una ricostruzione convincente e radicale degli avvenimenti servendosi della testimonianza degli inuit, e offre ulteriori prove del cannibalismo.

[12] Come il *Malay Archipelago* di A.R. Wallace, che Conrad definì uno dei suoi "libri da comodino preferiti", *The Voyage of the 'Fox'* è

razione di McClintock del viaggio della *Fox* alla ricerca di Franklin riesce a trasmettere concisamente l'esaltazione e i pericoli della ricerca insieme alle pecurialità del duro ambiente artico, un'area così scarsamente popolata e così inospitale che le tracce di spedizioni precedenti erano ancora visibili. La prima scoperta importante di cui parla McClintock è la grande nave della spedizione di Franklin che venne trovata sulla costa orientale di capo Crozier. Le scritte sulla fiancata, una volta decifrate, indicarono che era passata per il cantiere di Woolwich: "costruita per contratto, numerata 61, e ricevuta nel cantiere di Woolwich nell'aprile 184-, la quarta cifra a destra era perduta" (*VF*, p. 250). La nave conteneva parti di due scheletri umani, frammenti di vestiti e cinque o sei libri, tra cui una piccola bibbia con annotazioni a margine, a mano. Questi particolari concordano con (e forse anticipano) la "scoperta straordinaria" fatta da Marlow mentre risale il fiume alla ricerca di Kurtz: il libro che trova nella capanna abbandonata:

> Il titolo era: *Questioni di tecnica di navigazione*, di un certo Towser, Towson – un nome simile – Capitano della Marina di Sua Maestà ... Era già abbastanza straordinario che un libro simile si trovasse lì, ma ancor più sorprendenti erano i commenti a matita scritti a margine e senza dubbio riferiti al testo. (*CdT*, p. 117 e 119)

Andrea White ha osservato che Conrad "venne influenzato fin da giovane dalle leggende e dagli scritti delle figure eroiche dell'epoca, gli esploratori-avventurieri".[13] *The Voyage of the 'Fox' in the Arctic Seas* è chia-

uno dei libri della biblioteca di Conrad che ha lasciato un segno nella sua produzione. Cfr. Richard Curle, *Joseph Conrad: Ten Years Later*, che parla in generale dell'amore di Conrad per "vecchie memorie e viaggi" e, in particolare, del suo amore per l'opera di Wallace («Virginia Quarterly Review», 10, 1934, p. 431).

[13] Andrea White, *Joseph Conrad and the Adventure Tradition: Constructing and Deconstructing the Imperial Subject*, Cambridge University Press, Cambridge 1993, p. 2.

ramente un sottotesto importante di *Cuore di tenebra*, ma un altro è un libro scritto da un esploratore che *non* è menzionato in *Geography and Some Explorers*, vale a dire *In Darkest Africa* (Nell'Africa più nera, 1890) di Henry Morton Stanley.

Stanley e Leopoldo

> A volte era spregevolmente infantile. Desiderava che i sovrani lo andassero a ricevere alle stazioni ferroviarie del suo viaggio di ritorno da qualche orribile luogo sperduto in cui intendeva compiere grandi cose. (*CdT*, p. 219)

Nel maggio 1873, il famoso missionario-esploratore David Livingstone morì a Ilala, nel cuore dell'Africa. Per Livingstone, Commercio, Cristianesimo e Civilizzazione dovevano allearsi per contrastare la tratta degli schiavi, che era ancora in espansione nell'area degli spostamenti di Livingstone in Africa, con Zanzibar (controllata dagli arabi) e i possedimenti portoghesi come centri maggiori. Uno dei ricordi di Conrad in *Geography and Some Explorers* allude a questa tratta:

> Tutto era buio sotto le stelle. Tutti gli altri bianchi a bordo stavano dormendo. Ero contento di essere da solo sul ponte a fumare la pipa della pace dopo una giornata inquieta. Il sommesso, rombante borbottio delle cascate Stanley aleggiava nella pesante aria notturna dell'ultimo tratto navigabile del Congo superiore, mentre a non più di dieci miglia di distanza, nel campo di Reshid proprio sopra alle cascate, il non ancora insidiato potere degli arabi nel Congo dormiva sonni inquieti. (*LE*, pp. 24-25)

Reshid era il nipote del noto mercante di schiavi Hamid Ibn Muhammad, noto come Tippu Tib. Forse Conrad non parla dello schiavismo arabo in *Cuore di tenebra* perché la "guerra contro lo schiavismo" in Africa era un argomento spesso utilizzato per giustificare l'espansione coloniale. Oppure, forse decise di non farvi riferimento per sottolineare la sensazione di Marlow di

"un corso d'acqua deserto, un silenzio profondo, una foresta impenetrabile" (*CdT*, p. 103). La narrazione accentua l'isolamento dell'uomo bianco e la "misteriosità" degli africani allo scopo di riprodurre il paradigma dell'eroico esploratore com'è esemplificato nel popolare racconto dell'incontro tra Stanley e Livingstone.

Stanley, che aveva "trovato" Livingstone sul lago Tanganica nel novembre 1871, tornò in Europa l'anno dopo in un fulgore di popolarità. Come ha osservato Felix Driver, il giornalista e poi esploratore Stanley non era solo un assiduo promotore di se stesso – con titoli come *How I Found Livingstone* (Come ho trovato Livingstone, 1872), *Through the Dark Continent* (Attraverso il Continente nero, 1878), *The Congo and the Founding of Its Free State* (Il Congo e la fondazione del suo Stato libero, 1885) e *In Darkest Africa* – ma era anche l'oggetto di una pubblica polemica:

> La prima e la più famosa di queste polemiche ebbe luogo nell'estate del 1872, quando Stanley tornò dalla sua ricerca di Livingstone. La seconda scoppiò nel 1876, quando a Londra arrivò notizia di violenze compiute nella sua seconda spedizione africana; e la terza nacque nel 1890-91, alla vigilia della missione di Stanley per "salvare" Emin Pasha, il governatore tedesco del Sudan equatoriale.[14]

Le polemiche del 1872 venivano da tre fronti: giornali rivali, amici dell'agente britannico a Zanzibar (che Stanley aveva criticato) e la Royal Geographical Society. La disputa tra Stanley e la Royal Geographical Society aveva per oggetto "questioni di posizione sociale, meriti scientifici e legittimità morale" (Driver, p. 147), ma la polemica coinvolse anche quello che era sentito come il

[14] Felix Driver, *Henry Morton Stanley and His Critics: Geography, Exploration and Empire*, in «Past & Present», 133 (November 1991), pp. 134-64, particolarmente p. 136; d'ora in avanti citato come Driver. Devo a questo articolo gran parte delle notizie utilizzate nel mio discorso su Stanley.

tentativo di Stanley di appropriarsi della reputazione di Livingstone: non solo Stanley aveva trovato Livingstone, ma gli erano anche stati affidati – come succede a Marlow con Kurtz – i diari e le lettere di Livingstone.[15]

Nell'aprile 1874, il corpo di Livingstone giunse finalmente in Inghilterra per ricevervi, nell'abbazia di Westminster, un funerale da eroe, con Stanley a portare la bara. Più tardi, quello stesso anno, Stanley tornò in Africa. Raggiunse Zanzibar per una spedizione – commissionata dal «New York Herald» e finanziata anche dal «Daily Telegraph» – che l'avrebbe portato attraverso l'Africa fino a Boma. La polemica del 1876 fu attizzata da una notizia di giornale relativa a un violento episodio avvenuto sull'isola di Bambireh, sul lago Vittoria.[16] Nel 1875 Stanley si era scontrato con gli abitanti dell'isola: gli avevano rifiutato il cibo, l'avevano minacciato con lance e frecce, gli avevano strappato i capelli e gli avevano rubato i remi della barca, la *Lady Alice*, dal nome della sua "Promessa sposa",[17] Alice Pike. Successivamente, Stanley era tornato a Bambireh con una forza di 280 uomini e, dopo aver attirato gli abitanti sulla spiaggia, aveva sparato raffiche di pallottole contro di loro. Non fu semplicemente il fatto che Stanley avesse usato la forza ciò che sollevò la polemica, ma la natura crudele della forza e l'evidente compiacimento che traspariva dalla sua rievocazione dell'episodio. Come osservò la «Saturday Review»: "Egli non ha nessun interesse nella giustizia, nessun diritto di amministrarla; si presenta senza nessun decreto, nessuna autorità, nes-

[15] Driver osserva che a Stanley "mancavano le credenziali di gentiluomo o di scienziato" (Driver, p. 147); Stanley era guardato con sospetto in quanto americano e in quanto giornalista; inoltre, si scoprì che, sotto la sua condizione sociale americana d'adozione, Stanley nascondeva le sue origini di figlio illegittimo proveniente da un ospizio di mendicità gallese.

[16] «Daily Telegraph», 7 e 10 agosto 1876.

[17] Le virgolette sono dovute al fatto che il termine antiquato utilizzato ("Intended") è lo stesso che occorre in *Cuore di tenebra* in riferimento alla fidanzata di Kurtz. (*NdT*)

suna giurisdizione – nient'altro che pallottole esplosive e una copia del 'Daily Telegraph'."[18]

La questione venne riaperta dalla Royal Geographical Society al ritorno in Inghilterra di Stanley nel 1878. La polemica questa volta riguardava l'abisso che c'era tra i proclami di alti scopi morali fatti da Stanley e il suo metodo di "esplorazione con la guerra". Stanley aveva scritto nel suo diario che sperava di succedere a Livingstone nell'impresa di "aprire l'Africa alla luce splendente del Cristianesimo", ma in *Through the Dark Continent* aveva osservato che gli africani rispettano solo "la forza, il potere, il coraggio e la decisione".[19] Una commissione congiunta della Società antischiavista e di quella per la Protezione degli Aborigeni espresse così la sua protesta sul «Colonial Intelligencer»: "I criminosi atti di rappresaglia che ha commesso sono indegni di un uomo che si è recato in Africa professandosi come un pioniere della civiltà".[20]

In ogni caso, se Stanley venne criticato in Inghilterra, ricevette un'accoglienza molto differente in Belgio. Durante il suo viaggio di ritorno in Inghilterra, era stato avvicinato, l'8 gennaio 1878, da segreti emissari di re Leopoldo alla stazione ferroviaria di Marsiglia. Due anni prima Leopoldo era stato molto colpito da una relazione sull'*Esplorazione dell'Africa* apparsa sul «Times», nella quale veniva descritta una terra di "indicibili ricchezze" che aspettava soltanto che "un intraprendente

[18] «Saturday Review», 16 febbraio 1878; citato in Driver, p. 151.

[19] D. Stanley (a cura di), *The Autobiography of Sir Henry Morton Stanley*, London 1909, p. 295; Henry M. Stanley, *Through the Dark Continent*, London 1878, I, p. 216.

[20] Driver, p. 158. Nel corso di questa polemica Stanley venne accusato di violenza eccessiva, distruzione inutile, vendita di braccianti come schiavi, sfruttamento sessuale di donne africane e saccheggio di villaggi per procacciarsi avorio e canoe. L'accusa che si fosse preso per amante una donna africana dovrebbe essere posta a fianco all'illustrazione di uno dei suoi libri, nella quale Stanley ci viene mostrato mentre "resiste alle tentazioni" – rappresentate da una donna africana.

capitalista ... prendesse in mano la faccenda".[21] Leopoldo si era interessato all'impresa coloniale fin dagli anni '50 del secolo. Per usare le parole di Neal Ascherson, il colonialismo, per Leopoldo, significava "la scienza molto limitata" di servirsi di popolazioni tecnologicamente meno avanzate "per produrre ricchezza dalle risorse naturali del loro paese".[22] Leopoldo si era anche reso conto che il "lavoro forzato" era un modo di produzione ancora più economico del lavoro pagato. Sei mesi dopo aver letto l'articolo sull'*Esplorazione dell'Africa*, nel settembre 1876, aveva organizzato il primo congresso geografico sull'Africa centrale, la Conférence Géographique Africaine, alla quale furono invitati vari celebri esploratori. In occasione del congresso Leopoldo bandì la sua crociata morale: "Aprire alla civiltà l'unica parte del nostro globo alla quale essa non è ancora arrivata, penetrare la barriera di tenebra che avvolge intere popolazioni, è una crociata degna di questo secolo di progresso".[23] Nel giugno del 1878 Stanley accettò l'invito di Leopoldo a Bruxelles. Entro l'autunno si era già accordato con lui per servirlo in Africa per un periodo di cinque anni: la missione "filantropica e scientifica" avrebbe aperto l'Africa alla civiltà sotto gli auspici dell'Associazione Internazionale (Association Internationale pour l'Exploration et la Civilisation en Afrique) attraverso una serie di "stazioni" e tramite la costruzione di una strada tra Boma e Stanley Pool; l'intenzione nascosta, come Stanley capì ben presto, era quella di fare del bacino del Congo una colonia belga.

L'ultima spedizione di Stanley (1887-90) aveva come pretesto quello di soccorrere Emin Pasha (allora apparentemente minacciato dal movimento mahdista). Per ragioni politiche, comunque, la spedizione diretta in Su-

21 *African Exploration*, «The Times», 8 gennaio 1876.

22 Neal Ascherson, *The King Incorporated: Leopold II in the Age of Trusts*, Allen & Unwin, London 1963, p. 47.

23 Citato in Jocelyn Baines, *Joseph Conrad: A Critical Biography*, Penguin Books, Harmondsworth 1971, p. 136.

dan venne instradata attraverso il Congo. Leopoldo aveva affidato a Stanley due incarichi diplomatici: il primo – che venne portato a termine – era quello di convincere il mercante di schiavi Tippu Tib a diventare governatore della regione delle cascate Stanley (dal momento che lo Stato del Congo non aveva abbastanza soldi per permettersi una guerra contro gli arabi, che erano in competizione per il controllo dell'Africa centrale); il secondo – nel quale Stanley fallì – era di convincere Emin Pasha a unire la sua provincia, Equatoria, allo Stato libero del Congo. La prima fase del viaggio portò Stanley e le sue forze a risalire il Congo dalla foce fino a Matadi – lo stesso viaggio che Conrad e Marlow avrebbero compiuto pochi anni dopo. La narrazione di *In Darkest Africa* inizia con lo stato di tensione provocato dal bisogno urgente di raggiungere Emin Pasha ("Emin sarà perduto se non gli viene portato aiuto immediato") e dai ritardi causati dall'assenza di battelli adatti alla navigazione del Congo superiore.[24] Stanley osserva: "La fornitura navale promessa non esisteva per niente tranne che nell'immaginazione dei gentiluomini del Bureau di Bruxelles" (*DA*, p. 50). I battelli erano "distrutti, marci, oppure senza caldaie e motori" (*DA*, p. 50), e Stanley descrive le riparazioni, le sostituzioni delle lamiere e così via, che si resero necessarie prima che la spedizione potesse proseguire. Anche questi due leitmotiv – l'urgenza di risalire il fiume per raggiungere qualcuno e i ritardi causati dalla necessità di riparare un battello – avrebbero fatto parte dell'esperienza di Marlow. È forse il caso di spiegare che Emin Pasha era un titolo e non un nome: l'uomo che la spedizione di Stanley stava cercando di raggiungere si chiamava Eduard Schnitzler, che Stanley descrisse come "un grande poliglotta, esperto di turco, arabo, tedesco, francese, italiano e inglese" (*DA*, p. 40). Si potrebbe anche notare che – anche limitandoci a quel che dice Stanley – la spedizione non era stata organizzata solo

[24] Henry M. Stanley, *In Darkest Africa*, London 1890, p. 50; da qui in avanti citato come *DA*.

per salvare Emin Pasha, e nemmeno per esplorare l'area tra il Congo e il Sudan equatoriale. Stanley osserva, in *In Darkest Africa*, che "Emin Pasha possedeva circa settantacinque tonnellate d'avorio. Una tale quantità d'avorio equivarrebbe a 60.000 sterline" (*DA*, p. 42), e prese accordi non solo per portare indietro l'avorio ma anche per dividere le 60.000 sterline.

Al suo ritorno, Stanley fu accolto come un eroe a Bruxelles e a Londra. Il 19 aprile 1890 il gruppo di Stanley venne ricevuto alla frontiera francese da un treno speciale inviato da Leopoldo, che a sua volta venne ricevuto alla Gare du Midi da una guardia d'onore, e il 26 aprile Stanley fu ancora accolto da una folla festante a Londra alla stazione di Charing Cross.[25] Conrad, nel frattempo, era stato a Bruxelles nel febbraio 1890 per un colloquio di lavoro e, dopo un soggiorno di dieci settimane in Polonia, era di ritorno a Bruxelles il 29 aprile per la conferma del suo impiego di tre anni in Congo.

Oltre a svolgere il suo lavoro per Leopoldo, Stanley non esitò ad associare le sue missioni con la promozione di vari interessi materiali – i belgi in Congo, gli inglesi nell'Africa orientale e in Sudan, e persino gli americani a Zanzibar. Come osserva Driver: "L'assoluta varietà delle rivendicazioni politiche su Stanley suggerisce che egli non rappresentava gli interessi di nessun impero in particolare: era piuttosto un pioniere del nuovo imperialismo in generale" (Driver, pp. 165-66). Driver lo paragona a Kurtz ("'tutta l'Europa' contribuì alla sua formazione"); ma allo stesso modo ci si potrebbe chiedere con Marlow "quante potenze delle tenebre ne rivendicassero il possesso". (*CdT*, p.155).

[25] Poco dopo, comunque, venne attaccato dalla Società Antischiavista, quando si scoprì che aveva trasportato manodopera non libera da Zanzibar in Congo. Successivamente, la Società Antischiavista criticò il legame di Stanley con Tippu Tib durante la sezione nel basso Congo della spedizione e una serie di azioni che avevano accompagnato la sua spedizione, quali il far bastonare i "miscredenti", l'incendio di villaggi e la messa in schiavitù o il massacro dei loro abitanti.

Nell'Africa più nera

Come ha fatto notare Norman Sherry, quando Conrad risalì il Congo nel maggio del 1890, sarebbe stato ben difficile che non sapesse di Stanley. Conrad era tornato a Marsiglia il 15 febbraio 1878 – poco più di un mese dopo l'arrivo di Stanley, *en route* verso l'Inghilterra dopo aver trovato Livingstone. Nel gennaio del 1889 arrivò a Londra il messaggio di Stanley con la notizia che aveva trovato Emin Pasha, col risultato che "per tutta l'estate ulteriori notizie sulla sua spedizione continuarono a essere pubblicate sui giornali".[26] Nel novembre di quell'anno l'ambizione giovanile di Conrad di andare in Africa si fece sentire di nuovo, e Conrad si recò a Bruxelles per avere un colloquio con Albert Thys della Société Anonyme Belge pour le Commerce du Haut-Congo.[27] Conrad fu a Bruxelles nel febbraio del 1890, periodo in cui entrò in stretti rapporti con la vedova di suo cugino, Marguerite Poradowska (alla quale Conrad si riferiva come sua "zia"), e poi ancora alla fine di aprile e all'inizio di maggio. Il 10 maggio 1890 partì da Bordeaux sulla *Ville de Maceio* alla volta del Congo. Il 12 giugno sbarcò a Boma, la sede del governo, e l'indomani raggiunse Matadi, dove subì un ritardo di quindici giorni. Come è annotato nel suo diario, Conrad partì da Matadi il 28 giugno, diretto via terra a Kinshasa, la Stazione Centrale di *Cuore di tenebra*.[28] Nel suo viaggio di risalita del Congo, Conrad deve essere stato consapevole di star seguendo le orme di Stanley: per esempio, il missionario Mr Bentley, che Conrad scrive di non essere riuscito a incontrare, era il

[26] Norman Sherry, *Conrad's Western World*, Cambridge University Press, Cambridge 1971, p. 14.

[27] Per ulteriori notizie su Thys in relazione a *Cuore di tenebra* rimando a Gene M. Moore, *Poradowska's 'Yaga' and the Thys Libel Case*, in «The Conradian», 18, 1 (Autumn 1993), pp. 25-36.

[28] Il diario del viaggio in Congo (*The Congo Diary*) si può trovare in appendice all'edizione "Twentieth-Century Classics" di *Heart of Darkness* (Penguin Books, Harmondsworth 1995). (*NdT*)

missionario al quale Stanley aveva requisito con la forza la *Peace* per trasportare la spedizione che doveva portare aiuto a Emin Pasha.

Il 13 agosto, Conrad lasciò Kinshasa imbarcandosi per un viaggio di mille miglia sulla *Roi des Belges* alla volta delle cascate Stanley.[29] Il passo citato sopra da *Geography and Some Explorers* offriva una fugace visione di Conrad alle cascate Stanley che "fumava la pipa della pace dopo una giornata inquieta". L'umore di Conrad è rivelato da ciò che segue: non provò il senso di esaltazione che segue al compimento di un'impresa; piuttosto, "una grande malinconia discese" su di lui nel rendersi conto che "la realtà idealizzata dei sogni di un ragazzo" era stata soppiantata e insudiciata dalle attività di Stanley e dello Stato libero del Congo, o, per usare le sue parole, dal "sacrilego ricordo di una prosaica 'trovata' giornalistica e dalla disgustosa consapevolezza della più vile corsa al saccheggio che abbia mai sfigurato la storia della coscienza umana e dell'esplorazione geografica" (*LE*, p. 25).

Dopo che il comandante della *Roi des Belges* si fu ammalato, Conrad prese il comando per una parte del viaggio di ritorno, arrivando a Kinshasa il 24 settembre. Un agente della compagnia malato, Georges Antoine Klein, fu preso a bordo e morì durante il viaggio.[30] I tre mesi seguenti furono occupati dalla malattia di Conrad stesso, dalla sua convalescenza e da un lento viaggio di sei settimane fino alla costa: Conrad raggiunse Matadi il 4 dicembre e subito dopo si imbarcò a Boma alla volta dell'Europa. La prima metà del 1891 pas-

[29] Conrad ha raccontato questo viaggio nel suo *Up-river Book*. Conrad fu preso a bordo come soprannumerario per imparare la rotta, e l'*Up-river Book* è in effetti molto simile a un documentazione tecnica marinaresca per la navigazione del fiume. Lo si può trovare in Zdzislaw Najder (a cura di), *Joseph Conrad: Congo Diary and Other Uncollected Pieces*, Doubleday & Company, Garden City, N.Y. 1978, pp. 17-38, e in Robert Kimbrough (a cura di), *Heart of Darkness*, Norton & Company, New York 1988, pp. 167-86.

[30] Si noti che nel manoscritto di *Cuore di tenebra* Kurtz è inizialmente chiamato "Klein".

sò tra malattia e convalescenza, e in seguito, in estate, Conrad fece due viaggi lungo l'estuario del Tamigi a bordo della *yawl Nellie*. La *Nellie* apparteneva al suo amico G.F.W. Hope, un vecchio "allievo della Conway" che adesso era direttore di compagnia; li accompagnavano il contabile W.B. Keen e l'avvocato T.L. Mears.

Nel dicembre 1898 Conrad iniziò a lavorare a *Cuore di tenebra*.[31] Nella sua *Nota dell'autore* Conrad parla del racconto come di "un'esperienza spinta un poco (e soltanto assai poco) oltre i reali eventi del caso". Alcuni cambiamenti tra il manoscritto e il testo pubblicato suggeriscono che la base del racconto va rintracciata nell'esperienza personale di Conrad, ma mostrano anche, proprio per la loro eliminazione, uno dei modi in cui Conrad allontana il racconto dall'autobiografismo. Per esempio, il viaggio in mare fino alla foce del Congo in origine iniziava così: "Partii su un piroscafo francese che, da Dakar in poi, fece scalo in ogni maledetto porto che hanno da quelle parti" e finiva con: "passammo vari luoghi: Grande Bassam, Piccolo Popo, nomi che sembravano appartenere a qualche sordida farsa". Ma poi Conrad eliminò "a partire da Dakar" e inserì "con nomi come" prima di "Grande Bassam". L'effetto, in entrambi i casi, è di indebolire il collegamento con l'esperienza personale di Conrad e di allontanarsi dallo specifico africano. Come osserva Miller, "gli unici toponimi africani rimasti in *Cuore di tenebra* dopo la descrizione di Marlow dello 'spazio vuoto' vengono così trasformati da fatti a similitudini, da luoghi con nomi a luoghi con nomi *come* questi" (*BD*, p. 175). Il racconto non promette un'"immagine dell'Africa" ma un'esplorazione autocosciente della formazione delle immagini dell'Africa, del linguaggio e dei tropi di un incontro di culture.[32]

[31] Lo terminò il 6 febbraio 1899, e lo pubblicò a puntate sulla «Blackwood's Magazine» (febbraio-aprile). *Cuore di tenebra* fu pubblicato in volume nel 1902.

[32] Allo stesso modo la versione manoscritta presenta una descrizione di Boma molto più dettagliata di quella che si trova nel testo

Un secondo modo in cui Conrad provò a "spingere oltre i reali eventi del caso" è stato integrando i dettagli del suo viaggio su e giù per il Congo con altri racconti di esplorazione. I viaggi di McClintock e Stanley alla ricerca – rispettivamente – di Franklin e di Emin Pasha sono solo due dei sottotesti di cui Conrad si servì per sviluppare la narrazione che creò attorno all'agente morente Klein.[33] La narrazione avventurosa viene spezzettata e le vengono sovrapposti un'intera gamma di tipi di discorso e una varietà di modelli letterari e mitici. Il viaggio fisico di Marlow da Londra al Congo diventa così un viaggio morale in cui Marlow viene posto a confronto con l'operato del colonialismo e un viaggio psicologico intrapreso insieme da Marlow, dal suo uditorio e dal lettore, mentre

definitivo: "Proseguimmo per una ventina di miglia e gettammo l'ancora presso la sede del governo. Avevo già avuto sufficienti notizie in Europa dello stato avanzato della sua civilizzazione: i giornali – anzi gli stessi venditori ambulanti di giornali nella città sepolcrale si vantavano della linea tranviaria a vapore e dell'hotel – specialmente dell'hotel. Contemplai quella meraviglia. Era come un simbolo all'ingresso. Se ne stava isolato, un alto cubo grigio d'acciaio con due ordini di portici esterni, torreggiante sopra una di quelle battigie devastate che si incontrano in patria in quei posti fuori mano dove ci si libera dei rifiuti. Per rendere completa la somiglianza mancava solo un palo cascante con un cartello recante la legenda: buttare qui la spazzatura, e il simbolo avrebbe avuto l'evidenza della nuda verità". Conrad taglia dettagli estranei, elementi documentaristici o autobiografici, per produrre una narrazione più concentrata e, così facendo, allontana Marlow dalla sua propria esperienza personale.

33 Nel suo *Conrad's Western World*, per esempio, Norman Sherry ha avvicinato con ottime ragioni alcuni tratti del carattere e della carriera di Kurtz alla figura di Arthur Eugene Constant Hodister. Hodister aveva una reputazione di uomo carismatico: era un mercante d'avorio di successo, che non prendeva l'avorio agli africani con la forza, ma, sembrerebbe, affascinandoli; era uno della "combriccola della virtù", e pensava che la sua missione andasse oltre la pura impresa commerciale; era un esploratore, la cui eloquenza si rivelava nella sua assidua stesura di relazioni; i suoi nemici, comunque, insinuarono che avesse preso parte a più cerimonie africane di quanto fosse per lui raccomandabile. Nel suo

la narrazione attinge alle risorse di una cultura letteraria che include Omero, Virgilio, Dante, Bunyan e Goethe nel tentativo di rappresentare e comprendere l'esperienza non-europea. "Tutta l'Europa contribuì alla creazione di Kurtz" e "tutta l'Europa" contribuisce alla narrazione di Marlow. La sua narrazione può essere lettera come una *quest*, una catabasi, un viaggio del pellegrino[34] al contrario, mentre l'esperienza di Kurtz allude a una versione del patto faustiano.[35]

La modalità più importante attraverso la quale Conrad si distanzia dal proprio materiale è, forse, attraverso l'uso di Marlow. *Cuore di tenebra* non solo ha due narratori (Marlow e il primo narratore anonimo che lo presenta) ma l'interazione tra Marlow e il suo uditorio

inestimabile libro su *Conrad in the Nineteenth Century* (Chatto & Windus, London 1980, d'ora in avanti citato come *CNC*), Ian Watt propone altri modelli possibili per Kurtz, e poi osserva: "È essenziale per la stessa natura di ciò che Conrad stava facendo in *Cuore di tenebra* che non ci dovesse essere un solo modello per Kurtz, ma innumerevoli. Alcuni di questi non hanno niente a che fare con l'Africa o con le esperienze africane di Conrad; ma tra i modelli che hanno a che fare con l'Africa Stanley è forse di centrale importanza, benché più per l'atmosfera morale in cui Kurtz fu creato che come base per il personaggio" (*CNC*, p. 145). Qualcosa di quell'atmosfera morale è stato suggerito, da una parte, dalle esplorazioni scientifiche di Franklin e McClintock, e dall'altra dalla geografia prettamente "militante" di Stanley.

34 Il *Viaggio del pellegrino* (*Pilgrim's Progress*, 1684) di John Bunyan è una narrazione allegorico-religiosa popolarissima in Inghilterra. (*NdT*)

35 Cfr. Cedric Watts, *Conrad's 'Heart of Darkness': A Critical and Contextual Discussion*, Mursia International, Milano 1977, pp. 54-59, d'ora in avanti citato come Watts; Lillian Feder, *Marlow's Descent into Hell*, in «Nineteenth-Century Fiction», 9, 4 (March 1955), pp. 280-92; e Robert O. Evans, *Conrad's Underworld*, in «Modern Fiction Studies», 2, 2 (May 1956), pp. 56-62. Per l'uso di modelli culturali non europei da parte di Conrad, cfr. W.B. Stein, *The Heart of Darkness: A Bodhisattva Scenario*, in «Conradiana», 2 (1969-70), pp. 39-52 e Peter Caracciolo, *Buddhist Typologies in 'Heart of Darkness' and 'Victory'*, in «The Conradian», 14, 1/2 (December 1989), pp. 67-91.

segnala che i discorsi di Marlow sono forniti di un contesto, mentre i discorsi dell'anonimo narratore sono il prodotto di un punto di vista specifico quanto quello di Marlow. C'è una chiara presa di distanza di Conrad dall'anonimo narratore, così che Marlow è doppiamente distanziato da Conrad. La struttura narrativa di base di *Cuore di tenebra* è quella della storia a cornice con storie al suo interno. Conrad aveva sperimentato questo metodo di "narrazione obliqua", il racconto nel racconto, in *Youth* (*Gioventù*), che aveva una situazione narrativa simile: "un direttore di compagnie, un ragioniere, un avvocato" e un narratore anonimo si riunivano per ascoltare un racconto di Marlow.[36] Una delle evoluzioni a partire da *Youth* è che, mentre in *Youth* la cornice e la storia incorniciata rappresentano due punti di vista alternativi, quello del giovane, romantico Marlow e quello del logoro Marlow di mezza età, il rapporto tra i due in *Cuore di tenebra* è più complesso: una rete di parallelismi e opposizioni produce quello che Cedric Watts ha definito "un effetto tentacolare" (Watts, p. 26), nel quale le opposizioni apparenti spesso risultano poi essere dei parallelismi. Come osserva Daphna Erdinast-Vulcan, "l'apparentemente netta distinzione tra le due narrazioni viene costantemente messa alla prova".[37] Si considerino, per esempio, le "pedine d'osso" con le quali giochicchia il ragioniere a bordo della *Nellie* e il pianoforte a coda nel salotto della Promessa sposa: questi elementi mettono in relazione il feticcio dell'avorio nel cuore di tenebra con il mondo civilizzato dell'uditorio di Marlow istituendo una rete di complicità. Questo fa parte di una strategia narrativa che costruisce delle antitesi solo per poi infrangerle, che cancella le barriere tra l'"io" e l'"altro" anche se Marlow si sforza di mantenerle, allo scopo di mettere in questione la posizione del lettore in rapporto alla narrazio-

[36] Per una discussione dettagliata di questa tecnica cfr. Watts, pp. 22-47.

[37] Daphna Erdinast-Vulcan, *Joseph Conrad and the Modern Temper*, Clarendon Press, Oxford 1991, p. 102.

ne. Un altro sviluppo da *Youth* è che la storia di Marlow non tratta principalmente di lui stesso. La meta che la narrazione cerca di raggiungere è la verità su Kurtz e la sua esperienza: il centro d'interesse è inizialmente la valutazione di Kurtz (se si tratti di un "demonio" o di un "angelo"), in seguito il centro d'interesse diventa Kurtz in quanto "voce" che potrebbe spiegare l'esperienza di Marlow. Dopo la prima sezione, infatti, Kurtz diventa il centro dell'interesse, e gli insistiti riferimenti all'"eloquenza" di Kurtz contengono implicitamente la promessa che Kurtz, con il suo "dono" di "espressione", saprà articolare il segreto e offrire la soluzione ai problemi morali, psicologici e filosofici che il viaggio ha posto, ma c'è un anticlimax intenzionale in relazione a Kurtz che esprime il radicale scetticismo del racconto sui valori ultimi e la possibilità di offrire spiegazioni.

Ian Watt ha scritto che "*Cuore di tenebra* incorpora più profondamente di ogni altra narrazione precedente l'atteggiamento di incertezza e dubbio."[38] Non solo il testo di Conrad si serve della narrazione obliqua per produrre una narrazione aperta, ma i dubbi epistemologici vengono espressi tramite la tecnica che Watt ha definito di "decodifica ritardata".[39] La narrazione presenta le sensazioni immediate del personaggio ("Di fronte al portello comparve nell'aria qualcosa di grosso, il fucile finì fuori bordo e l'uomo indietreggiò rapido"; *CdT*, p. 145) solo per segnalare la distanza tra impressione e interpretazione e preparare il processo di interpretazione.[40] Peter Brooks, allo stesso modo, ha analizzato le incertezze di *Cuore di tenebra* da una prospettiva narratologica.[41] Mentre il classico racconto a cornice è

[38] *CNC*, p. 174.
[39] *Ibid.*, pp. 175-80.
[40] "La tecnica della decodifica ritardata inscena simultaneamente gli aspetti soggettivi e oggettivi di un momento di crisi", *CNC*, p. 179.
[41] Cfr. Peter Brooks, *Trame. Intenzionalità e progetto nel discorso narrativo*, trad. it., Einaudi, Torino 1995, d'ora in avanti citato come Brooks.

costituito da un insieme di scatole collegate tra loro, di parentesi all'interno di parentesi, la trama della narrazione di Marlow assume decisamente come sua storia ciò che Marlow capisce essere la storia di Kurtz, ma la storia di Kurtz "non giunge mai a esistere veramente, a essere cioè raccontata compiutamente" (Brooks, pp. 263-64). Il viaggio di ritorno alle origini di Marlow promette di raggiungere un significato dall'unione con il precedente viaggio di Kurtz, ma la risposta di Kurtz a ciò che Marlow identifica come "il punto estremo della navigazione e il punto culminante della mia esperienza" (*CdT*, p. 17) è solo "una reazione emotiva sfuggita a ogni controllo, dal referente e dal contesto incerti", il che "equivale a fornire una versione parodica e beffarda della narrazione e dell'etica più in generale" (Brooks, p. 261). Dopo che Marlow ha ripercorso il viaggio su per il fiume di Kurtz attraverso le storie di altre ricerche e viaggi, la storia di Kurtz arriva alla fine a Marlow in una forma non narrativa, in "esclamazioni desolate, completate da alzate di spalle, frasi sospese, accenni che si chiudevano in profondi sospiri" (*CdT*, p. 181). Diventa cioè una delle tante trame possibili, uno dei tanti sistemi di significazione alternativi che si propongono di spiegare la realtà, "se solo fossero credibili" (Brooks, p. 251). Alla fine la narrazione di Marlow arriva solo a suggerire un motivo per cui è stata pronunciata: è come se il finale convenzionale della storia che fornisce alla Promessa sposa a Bruxelles l'avesse condannato alla narrazione colpevolmente anticonvenzionale che racconta sul Tamigi.

L'idea di Impero

> La conquista della terra, che più che altro significa toglierla a chi ha un diverso colore di pelle o il naso un po' più schiacciato del nostro, non è una bella cosa a guardarla bene. C'è solo l'idea che la può riscattare. L'idea che le sta dietro: non una finzione sentimentale, ma un'idea; e una fede disinteressata nell'idea – qualcosa

che si possa innalzare, davanti a cui ci si possa inchinare e offrire sacrifici... (*CdT*, p. 15)

Dal momento che stava scrivendo *Cuore di tenebra* per la «Blackwood's Magazine», Conrad doveva avere un'idea molto chiara della natura dei suoi immediati lettori: conservatori e imperialisti in politica, e in gran parte maschi.[42] Così scrisse in anticipo a William Blackwood, l'editore, per rassicurarlo: "Il titolo cui sto pensando è 'Il cuore della tenebra' – ma la storia non è cupa. La criminosità di inefficienza e puro egoismo nell'affrontare il lavoro di civilizzazione dell'Africa è un'idea legittima".[43] La prima frase lascia capire qualcosa sull'attendibilità delle affermazioni di Conrad in questa lettera. La seconda frase, con la sua critica dell'inefficienza e l'apparente approvazione del "lavoro di civilizzazione dell'Africa", presenta una curiosa eco del preambolo di Marlow alla storia della sua collusione con l'imperialismo. Marlow descrive la colonizzazione romana della Britannia in termini che suggeriscono un ovvio parallelismo con il successivo imperialismo britannico, ma poi offre il pretesto per rifiutare l'analogia: "Badate, nessuno di noi si sentirebbe esattamente così. Ci salva l'efficienza" (*CdT*, p. 13). Questa affermazione, come quelle di Conrad a Blackwood, apparentemente non si discosta dalla rete di riferimenti del discorso imperialista. Tuttavia, quando Marlow riferisce il suo incontro col ragioniere capo della Compagnia alla Stazio-

[42] Conrad scrisse al suo agente, J.B. Pinker: "Non c'è un solo club e mensa militare e nave da guerra sulle isole britanniche e nei *dominions* che non possegga la sua copia del *Maga*" (novembre 1911). Anche se non abbiamo dati certi sul pubblico della «Blackwood's» (familiarmente detta *Maga*), la lettera nondimeno suggerisce che tipo di pubblico Conrad si aspettasse per *Cuore di tenebra*.

[43] Conrad a William Blackwood, 31 dicembre 1898, in Frederick Karl e Laurence Davies (a cura di), *The Collected Letters of Joseph Conrad*, Cambridge University Press, Cambridge 1986, II, pp. 139-40.

ne Centrale, l'inadeguatezza morale dell'"efficienza" come giustificazione in un contesto coloniale è affermata a chiare lettere. Dopo che Marlow ha elogiato il ragioniere, attento "a curare il proprio aspetto" (i suoi "colletti inamidati e gli sparati inappuntabili erano conquiste del suo carattere", *CdT*, p. 51), la sua narrazione mette in chiaro la dissociazione della sensibilità che sta dietro l'efficiente contabilità del ragioniere:

> Quando trasportarono nell'ufficio un letto a rotelle (qualche agente dell'interno reso invalido) mostrò un garbato fastidio. "I lamenti dell'ammalato" disse "distraggono la mia attenzione. E senza questa è estremamente difficile guardarsi dal commettere errori di registrazione in questo clima." (*CdT*, p. 53) [44]

Nella sezione d'apertura di *Cuore di tenebra* Conrad si serve di varie strategie in relazione al lettore implicito, il lettore conservatore, bianco e maschio della «Blackwood's Magazine». Tanto per iniziare, c'è l'evocazione del "grande spirito del passato" (*CdT*, p. 7) fatta dal primo narratore anonimo. La celebrazione delle esplorazioni e dei commerci britannici "da Sir Francis Drake a Sir John Franklin" costituisce ciò che i critici di Joyce chiamano una "trappola per il lettore".[45] Conrad offre, attraverso il narratore anonimo, quel genere di storia nazionalista e di retorica imperialista cui i suoi primi lettori erano abituati allo scopo di cullarli in un iniziale falso senso di sicurezza. Tuttavia, verso la fine il lettore

[44] Un altro particolare rivelatore è l'imbarazzo del ragioniere nel parlare della donna che è stata obbligata a lavare le camicie nonostante la sua "avversione per il lavoro". Questo contrasta con il capomeccanico ("un buon lavoratore"), che poteva essere visto al ruscello risciacquare "con gran cura" il tovagliolo bianco in cui avvolgeva la barba quando doveva lavorare nel fango sotto il fondo del battello.

[45] Cfr. Clive Hart, *Wandering Rocks*, in Clive Hart e David Hayman (a cura di), *James Joyce's 'Ulysses'*, University of California Press, Berkeley and Los Angeles 1974, pp. 181-216.

esperto e accorto può cogliere accenni a una visione differente: "Cacciatori d'oro o inseguitori di gloria, erano tutti partiti da quel fiume, portando la spada e *spesso* la fiaccola, messaggeri della *potenza* racchiusa in quella terra" (*CdT*, p.7; corsivi miei). Proprio come le parole usate sovvertono sottilmente la compiaciuta retorica del narratore, il riferimento a Sir Francis Drake avrebbe anche potuto ricordare ad alcuni dei primi lettori di Conrad un articolo non proprio lusinghiero su Drake uscito sulla «Blackwood's» sei mesi prima,[46] mentre il riferimento alla spedizione di Sir John Franklin va forse letto come un'allusione al cannibalismo da parte di europei all'inizio del racconto. La dichiarazione di Marlow a proposito dell'"idea" che redime l'imperialismo nel suo preambolo è un esempio ancora più chiaro di "trappola per il lettore". È solo a una lettura successiva che si può dare il giusto peso all'immagine con cui Marlow conclude il suo preambolo ("qualcosa che si possa innalzare, davanti a cui ci si possa inchinare e offrire sacrifici... " *CdT* , p. 15), e che il lettore inizia ad apprezzare le dinamiche psicologiche implicitamente sottintese sia alla reticenza con cui termina il discorso che all'impulso di Marlow di narrare la storia che segue. L'affermazione di Marlow dell'"idea" che sta dietro all'imperialismo lo induce a usare un linguaggio figurato che sovverte l'idea che stava affermando. Il discorso di Marlow s'interrompe, e si interrompe perché Marlow si rende conto delle implicazioni dell'immagine che ha appena usato. Marlow, dopo tutto (secondo la logica del realismo), conosce già la fine della storia che sta per raccontare, e la sua storia non riguarda (come i primi lettori si sarebbero potuti aspettare) l'"idea" redentrice che sta dietro all'imperialismo, ma piuttosto qualcuno che, incoraggiato dai rap-

[46] David Hannay, *The Case of Mr Doughty*, in «Blackwood's Magazine» (giugno 1898), pp. 796-808. Hannay ritrae Drake come violento ed egoista – e probabilmente un assassino. Più in generale, traccia un ritratto per niente romantico ed eroico degli avventurieri elisabettiani.

porti di potere e dal discorso dell'imperialismo, si "possa innalzare" come qualcosa davanti alla quale gli altri si possano "inchinare e offrire sacrifici...".[47] In realtà, si potrebbe osservare che è questa immagine che alimenta la narrazione di Marlow più di una qualsiasi esigenza di esprimere l'"idea" redentrice. Come in quei disegni illusionistici che possono essere visti sia come un vaso sia – invertendo primo piano e sfondo – come due profili contrapposti, qui il linguaggio che veniva presentato come figurato improvvisamente afferma il suo significato letterale: questo tipo di instabilità del linguaggio si dimostra essere un tratto caratteristico della narrazione di Marlow.[48]

Un'immagine dell'Africa

> Sbarca in una palude, marcia attraverso i boschi, e in qualche insediamento dell'interno sente che la natura selvaggia, la natura più selvaggia, gli si è chiusa intorno ... (*CdT*, p. 13)

Nel suo famoso attacco a *Cuore di tenebra*, Chinua Achebe[49] si rifiuta di considerare tanto la drammatizzazione del testo della coscienza di Marlow quanto la distanza strategica che Conrad prende tra sé e i suoi narratori inglesi. Conrad non ci sta presentando un'immagine dell'Africa, piuttosto l'esperienza di Marlow in

[47] Per una discussione sul modo in cui gli ideali si trasformano in idoli, e idolatria e feticismo diventano tropi dominanti nella narrazione, cfr. Patrick Brantlinger, *Rule of Darkness: British Literature and Imperialism, 1830-1914*, Cornell University Press, Ithaca 1988, da qui in avanti citato come Brantlinger.
[48] Cfr. Jeremy Hawthorn, *Joseph Conrad: Language and Fictional Self-consciousness*, Edward Arnold, London 1979.
[49] Chinua Achebe, *An Image of Africa: Racism in Conrad's 'Heart of Darkness'*, in «Massachusetts Review», 18 (1977), pp. 782-94; poi raccolto in Achebe, *Hopes and Impediments*, Heinemann, London 1988.

Africa e il suo tentativo di comprendere e rappresentare quell'esperienza. Marlow è un personaggio di finzione la cui coscienza opera in accordo con i codici e le categorie a lui contemporanei. Se le percezioni di Marlow sono a volte razziste, questo è perché erano razzisti quei codici e quelle convenzioni. Come ha sottolineato Anthony Fothergill, Marlow è "sufficientemente consapevole di un certo numero di stereotipi razziali da ritorcerli ironicamente contro i bianchi che li usano", ma in definitiva viene preso in contraddizione e complicità a livello culturale e politico.[50] In ogni caso, il metodo narrativo di Conrad (che Achebe mette da parte) rappresenta una posizione più radicale di quella di Marlow, dal momento che oggettiva e rende problematica la narrazione di Marlow, le sue percezioni e le sue rappresentazioni.

Il nocciolo della critica di Achebe è quel tipo di lettura di *Cuore di tenebra* in cui il testo è considerato esclusivamente in termini psicologici: "Proprio nessuno riesce a vedere la ridicola e perversa arroganza nel ridurre così l'Africa al ruolo di puntello per il crollo di una singola meschina mente europea?". Come afferma Achebe, una lettura in chiave psicologica (o, anche, metafisica) che si concentri solo su Kurtz o Marlow mettendo da parte il contesto storico-sociale replica proprio quella disumanizzazione degli africani che la critica all'imperialismo di *Cuore di tenebra* condanna. Osserva ancora Achebe che la cultura e la storia africane non hanno ricevuto una rappresentazione adeguata nella letteratura europea, e che *Cuore di tenebra* non fa niente per rimediare a questa mancanza. A questo proposito, W. Holman Bentley offre un parallelo istruttivo con il suo *Pioneering on the Congo* (Pionieri sul Congo).[51] Bentley dedica i primi

[50] Fothergill, p. 49. Fothergill fa l'esempio della guardia nera, che Marlow suppone essere cauta perché, "poiché i bianchi si assomigliano tutti a una certa distanza", non avrebbe potuto capire chi Marlow fosse.

[51] W. Holman Bentley, *Pioneering on the Congo*, 2 voll., Religious Tract Society, London 1900.

due capitoli del suo resoconto in due volumi dei vent'anni che ha passato da missionario in Congo alla storia di quello stato dal 1484 al 1877, e la sua narrazione in generale dà molto più il senso delle relazioni e dell'organizzazione sociale interna e tra popoli differenti nel bacino del Congo di quanto faccia *Cuore di tenebra*, ma la sua storia è scritta dalla prospettiva del contatto europeo con il Congo e la sua narrazione generalmente s'inscrive in una struttura ideologica cristiana di stampo razzista e imperialista. Edward Said ha descritto l'Orientalismo come "un segno del predominio europeo e atlantico sull'Oriente" piuttosto che "un discorso veridico sull'Oriente" – distinzione rilevante anche nel caso dell'Africa.[52] Se *Cuore di tenebra* non offre un'immagine dell'Africa, mette in primo piano i rapporti di potere tra l'Europa e l'Africa e, attraverso la rappresentazione di un narratore in una situazione narrativa specifica, mette in discussione i discorsi europei introdotti in quel contesto. Said osserva che:

> l'esame fantastico di cose orientali era basato più o meno esclusivamente su una coscienza occidentale sovrana ... secondo una logica dettagliata governata non semplicemente dalla realtà empirica ma da una schiera di desideri, repressioni, investimenti e proiezioni.[53]

Sono precisamente quei "desideri, repressioni, investimenti e proiezioni" quelli che *Cuore di tenebra* espone nei discorsi dell'imperialismo. L'Africa non è semplicemente il fondale scelto arbitrariamente per raccontare la storia del "crollo di una singola meschina mente europea": il crollo di Kurtz è il risultato del posto che egli occupa nella rete di collegamento gerarchicamente strutturata di Europa e Africa; Kurtz è la vittima di uno dei discorsi dell'imperialismo, e la storia di

52 Edward Said, *Orientalism*, Vintage Books, New York 1979, p. 6.
53 *Ibid.*, p. 8.

Kurtz mostra quanto dannoso quel discorso possa essere tanto per gli africani quanto per gli europei.

Achebe ignora anche il lettore implicito di *Cuore di tenebra*. Come osserva Benita Parry:

> Conrad nella sua "narrativa coloniale" non intendeva parlare per conto dei colonizzati né si rivolgeva a loro ... I suoi primi destinatari erano i sottoscrittori della «Blackwood's» ... un pubblico ancora ben saldo nella convinzione di far parte di un invincibile potere imperiale e di una razza superiore.[54]

La posizione di Conrad era simile a quella in cui si trovano gli antropologi quando, di ritorno nei loro paesi per dare una forma scritta alla loro ricerca, "devono farlo nelle convenzioni di rappresentazione già definite ... dalla loro disciplina, dalla vita istituzionale e più in generale dalla società".[55] Conrad mostra di essere consapevole dei parametri all'interno dei quali stava scrivendo rispecchiandoli nel resoconto di Marlow della sua esperienza. L'uditorio di Marlow, come i lettori della «Blackwood's Magazine», è composto da maschi della classe di amministrazione coloniale. Marlow è costretto a tener conto del problema di rendere la sua esperienza comprensibile a un pubblico che mostra subito i suoi limiti di comprensione e tolleranza: "'Cerchi di essere educato, Marlow,' borbottò una voce" (*CdT*, p. 105). Marlow adotta varie strategie retoriche in relazione a questo pubblico particolare e, come abbiamo visto, allo stesso modo Conrad modella le sue strategie narrative su un lettore implicito specifico. Ma, lungi dall'offrire "miti confortanti" (come pretende Achebe), le strategie narrative di Conrad e di

54 Benita Parry, *Conrad and Imperialism*, Macmillan, London 1983, p. I.

55 Talal Asad, *The Concept of Cultural Translation in British Social Anthropology*, in James Clifford e George E. Marcus (a cura di), *Writing Culture: The Poetics and Politics of Ethnography*, University of California Press, Berkeley and Los Angeles 1986, p. 159.

Marlow servono a sovvertire molti dei presupposti accettati dal loro pubblico.

Un'area in cui questo avviene chiaramente è in rapporto al discorso imperialista e al suo uso di antitesi come "luce" e "tenebra", "civilizzato" e "selvaggio". Sherry richiama l'attenzione su un discorso pronunciato da Stanley, nel quale venivano confrontate la colonizzazione romana della Britannia e quella inglese dell'Africa. Stanley concludeva così: "Dio non voglia che noi si debba assoggettare ancora l'Africa allo stesso terribile giogo e impedire che la luce della conoscenza che ha raggiunto ogni altra parte del globo possa avere accesso alle sue coste".[56] Come ha osservato Eric Woods, il sistema d'immagini di luce/tenebra nel discorso imperialista conteneva un'ambivalenza che si dimostrò utile.[57] Da una parte, come dimostra il discorso di Stanley, implicava un imperativo morale (portare la luce nelle aree della tenebra), giustificando così le missioni e la colonizzazione. Dall'altra parte, serviva anche a consolidare delle categorie fisse, una percezione di "noi" e "loro". Per contrasto, il trattamento di queste immagini da parte di Conrad infrange questo senso di opposizioni fisse e porta allo scoperto l'implicito "imperativo morale". Dopo che il primo narratore ha evocato "il grande spirito del passato sull'ultimo tratto del Tamigi" (*CdT*, p. 7), Marlow risponde alle sue immagini di luce e tenebra osservando: "E anche questo ... è stato un angolo tenebroso della terra" (*CdT*, p. 9); poi Marlow si spiega facendo riferimento alla colonizzazione romana della Britannia, dove i "selvaggi" temuti dall'"uomo civilizzato" sono le popolazioni indigene della valle del Tamigi. L'attribuzione della "barbarie" all'altro è evidentemente una proiezione delle paure del colonizzatore in un ambiente e in mezzo a popolazioni che non può compren-

[56] Citato in Sherry, p. 121.

[57] Eric Woods, *A Darkness Visible: Gissing, Masterman, and the Metaphors of Class, 1880-1914* (tesi di Ph.D. inedita, University of Sussex, 1989).

dere. Alla fine della narrazione, con il ritorno al Tamigi, un Tamigi che "scorreva cupo sotto un cielo offuscato", che "pareva condurre nel cuore di una tenebra immensa" (*CdT*, p. 249), è chiaro che la "tenebra" non è qualcosa che appartiene solo al passato ("mille e novecento anni fa"), né è qualcosa di "altro". Invece di affermare l'opposizione di tenebra e luce, civilizzato e selvaggio, la narrazione di Marlow la destabilizza: la tenebra è collocata al cuore della missione "civilizzatrice".

Eppure, come suggerisce Frances B. Singh, c'è un salto tra l'aspetto politico e quello metafisico della narrazione.[58] Mentre *Cuore di tenebra* è chiaramente critico verso il colonialismo e presenta gli africani come le vittime innocenti dell'avidità e della volontà di potenza europee, l'immagine della tenebra, quando è usata per un discorso metafisico, associa il "male" con le categorie usate in descrizioni antropologiche di popoli "primitivi". La narrazione porta avanti l'implicazione che il "male" di Kurtz è segnalato dalla sua "regressione verso il primitivo", e che "il male, in breve, *è* africano".[59] Mentre la narrazione chiarisce che ciò che induce Kurtz a porsi come dio è la volontà di potenza implicita nella stessa idea di una "missione civilizzatrice", il fatto che si ponga come un dio tribale reinserisce l'idea di una superiorità razziale a un livello più profondo di quello della critica al colonialismo.

Un mondo tutto per loro

> È strano quanto alle donne manchi il contatto con la realtà. Vivono in un mondo tutto loro, e non c'è mai stato nulla che gli somigli, né mai ci potrà essere. (*CdT*, p. 33)

Peter Hyland ha osservato che la critica di Achebe della rappresentazione degli africani può essere estesa

[58] Frances B. Singh, *The Colonialistic Bias of 'Heart of Darkness'*, in «Conradiana», 10, 1, 1978, pp. 41-54.
[59] Brantlinger, p. 262.

alla rappresentazione delle donne, e infatti *Cuore di tenebra* è stato criticato sia per la sua rappresentazione svilente e stereotipa delle donne sia perché non prevede un lettore donna.[60] Le critiche di Marlow rivolte a sua zia e la sua idealizzazione della Promessa sposa riflettono gli stereotipi patriarcali vittoriani: in entrambi i casi ciò che Marlow percepisce non è la donna in sé, ma un'immagine basata sui suoi preconcetti sulle donne. Uno stereotipo viene sostenuto per evitare il confronto con l'"alterità" della donna, e il timore sessuale che sta alla base di questa manovra è ancora più evidente nel ritratto che Marlow dà della donna africana alla Stazione Interna: "sembrava che quel corpo colossale dalla vita misteriosa e feconda la guardasse, pensoso, come se stesse osservando l'immagine della propria anima tenebrosa e appassionata" (*CdT*, p. 195). Johanna M. Smith ha notato come l'immersione nella giungla di Kurtz è immaginata in forma di "cannibalismo sessuale": "se l'era preso, l'aveva amato, abbracciato, gli era entrata nelle vene, aveva consumato la sua carne" (*CdT*, p. 153).[61] Attraverso l'assimilazione di donna e giungla attuata da Marlow, a sua volta basata sull'allineamento ideologico di maschio/femmina con cultura/natura, il "cuore di tenebra" può essere letto come la paura della donna di Marlow proiettata sulla giungla. La minaccia rappresentata dalla donna africana è successivamente repressa tramite l'affermazione del mito della donna pura e votata al sacrificio, il mito che Marlow impone alla Pro-

60 Peter Hyland, *The Little Woman in the 'Heart of Darkness'*, in «Conradiana», 20, 1 (Spring 1988), pp. 3-11, d'ora in avanti citato come Hyland. Più recentemente Jeremy Hawthorn ha osservato che, in *Cuore di tenebra*, "le questioni di differenza sessuale sono inestricabilmente collegate con quelle di razza e cultura" (*Joseph Conrad: Narrative Technique and Ideological Commitment*, Edward Arnold, London 1990, pp. 183-92, specialmente p. 183, d'ora in avanti citato come Hawthorn).

61 Johanna M. Smith, *"Too Beautiful Altogether": Patriarchal Ideology in 'Heart of Darkness'*, in Ross C. Murfin (a cura di), *'Heart of Darkness': A Case Study in Contemporary Criticism*, St. Martin's Press, New York 1989, pp. 179-98.

messa sposa, benché tale imposizione sia essa stessa destabilizzata dalla minaccia del ritorno del represso. C'è, come nota Hyland, "una suprema ironia, e un disvelamento della verità, di cui sicuramente Marlow non si accorge, quando a 'il suo nome' sostituisce 'The horror! The horror!'" (Hyland, pp. 9-10) durante la sua conversazione con la Promessa sposa. Allo stesso tempo, come nota Jeremy Hawthorn, la giustapposizione delle due donne ripete "uno schema ben noto": "la donna devota, casta e spirituale, e la donna sensuale fatta solo di carne sessuale" (Hawthorn, p. 186), un discorso patriarcale che divide e deumanizza le donne.

Benché le donne siano poste ai margini dalla narrazione di Marlow, in realtà sono le donne che lo introducono all'esperienza che sta raccontando. È la zia di Marlow che, grazie alla sua influenza, gli fa avere un lavoro dopo che lui ha fallito nei suoi sforzi. Al principio della narrazione di Marlow sta proprio questa esperienza disorientante, nella quale i suoi preconcetti su "potere" e "sesso" vengono scalzati. Marlow tenta di superare il disagio che ha provato di fronte alla propria impotenza tramite l'uso di ironia alle spese della zia e delle donne in genere. Allo stesso modo sono le donne che fanno la guardia alla "porta delle tenebre" (*CdT*, p. 27), e il disagio di Marlow ("Sembrava sapere tutto di loro e anche di me", *CdT*, p. 27), in riferimento ancora una volta a donne in posizioni di potere e di sapere, è questa volta superato tramite un distanziamento letterario ("*Ave!* Vecchia sferruzzatrice di lana nera! *Morituri te salutant*", *CdT*, p. 27). Sono forse le donne, inoltre, che costituiscono l'esperienza che Marlow sta raccontando. Come suggerisce Hyland, è l'"apparizione selvaggia e sontuosa" della donna africana, più di Kurtz, che rappresenta per Marlow "l'enigma centrale al cuore della tenebra" (Hyland, p. 8).

Certamente, la donna africana e la Promessa sposa sono i due punti focali della parte finale della narrazione di Marlow. Se Kurtz si erge come un dio da adorare, qui Marlow innalza la Promessa sposa come oggetto della propria ambivalente venerazione: genuflettendosi

davanti a ciò che crede essere la fede della Promessa sposa, "la grande illusione" (*CdT*, p. 243), Marlow contemporaneamente ristabilisce e impone su di lei l'ideologia patriarcale delle due sfere separate, un femminile mondo di illusione ("troppo bello") e un maschile mondo di verità ("troppo tenebroso"). La bugia che Marlow racconta alla Promessa sposa mostra come ciò che si presenta come un atto di venerazione nei confronti delle donne in realtà rafforza e protegge gli uomini.

Nina Pelikan Straus si è interessata al modo in cui Marlow "presenta un mondo diviso nei due distinti reami degli uomini e delle donne", e a quale atteggiamento possa avere una lettrice di fronte a un testo che funziona in termini di una segreta compartecipazione dei personaggi maschili alle spese delle donne e di un una circolazione del discorso tra uomini, un circolo comunicativo che include il lettore implicito e esclude gli interessi delle donne.[62] Secondo la Straus, "la custodia della conoscenza segreta" è "il tema segreto di *Cuore di tenebra*" (Straus, p. 134): la narrazione di Marlow e il testo nel suo complesso implicano che la "verità" su Kurtz può essere rivelata solo a chi è "abbastanza 'uomo' da riceverla", ma, per la Straus, *Cuore di tenebra* non rivela tanto "la verità dei nostri tempi", quanto "un certo tipo di mistificazione maschile che ha fatto il suo tempo, se pure non è già morta del tutto": l'affermazione dell'eroismo e della pienezza maschili in opposizione alla "futilità e la codardia femminili" (Straus, p. 135).

La messa in scena della narrazione di Marlow del suo viaggio verso il "cuore di tenebra" ha fatto dunque una lunga strada dalle note accurate prese dall'inquieto giovane polacco nel suo viaggio da Matadi a Kinshasa. Mentre Korzeniowski era interessato a prender nota del

[62] Nina Pelikan Straus, *The Exclusion of the Intended from Secret Sharing in Conrad's 'Heart of Darkness'*, in «Novel», 20, 2 (Winter 1987), pp. 123-37, in particolare p. 124.

tempo, delle distanze, dei paesaggi, del clima (e del proprio stato di salute), l'oggettivazione della narrazione di Marlow e la rappresentazione distanziata di Marlow fatte da Conrad aprono *Cuore di tenebra* a una considerazione critica delle sue pratiche di discorso tardo-vittoriane e offrono al lettore la possibilità di superare le limitazioni concettuali e ideologiche del narratore.

[*Traduzione di Paolo Zanotti*]

Cronologia

1856 (o 1857?)
Ci sono alcune incertezze sull'anno di nascita di Józef Teodor Konrad Korzeniowski (Joseph Conrad è la forma anglicizzata del nome). L'anno 1856 compare infatti in una copia del certificato di battesimo, tarda e poco affidabile, mentre secondo le testimonianze di alcuni famigliari l'anno di nascita sarebbe stato il 1857. Sicuramente Konrad nacque un 3 dicembre (21 novembre secondo il vecchio calendario giuliano allora in uso) a Berdicev, in Ucraina, in quella parte dei territori polacchi che erano stati assegnati alla Russia nella seconda Spartizione della Polonia (1793). I genitori, Apollo Korzeniowski ed Evelina (Eva) Bobrowska, provenivano entrambi da famiglie della *szlachta*, la piccola nobiltà terriera polacca. Apollo Korzeniowski – poeta, drammaturgo, traduttore e patriota –, diede al figlio il nome Konrad prendendolo da un personaggio del grande scrittore romantico polacco Mickiewicz.

1861
In maggio Apollo si trasferisce a Varsavia, seguito dopo breve tempo dalla moglie e dal figlio. A Varsavia, Apollo fonda una rivista letteraria e si mette a capo delle dimostrazioni di protesta per la repressione della rivolta di gennaio. La casa dei Korzeniowski diventa subito il centro del movimento clandestino. A ottobre Apollo viene arrestato e, nel maggio dell'anno seguente, condannato all'esilio. I Korzeniowski vengono inviati prima a Vologda, nella Russia settentrionale, e quindi a Cernikov, vici-

no a Kiev. Il trasferimento più a sud è una concessione dovuta alle precarie condizioni di salute della madre, Eva, malata di tisi. Gli anni di esilio sono per il piccolo Conrad l'occasione per iniziare una lunga serie di letture in polacco, francese e inglese. Il francese è la lingua ufficiale in società, e quindi è naturale che Conrad lo abbia imparato fin da piccolo da un'istitutrice francese. L'inglese invece lo impara un po' più tardi, dal padre; tuttavia, fino all'impiego nella Marina mercantile inglese, Conrad non avrà che una conoscenza libresca della sua futura lingua. Oltre che in molte lingue, il piccolo Conrad legge di tutto: romanzi d'avventura (di Fenimore Cooper, del capitano Marryat), testimonianze di marinai ed esploratori, Dickens, i classici del romanticismo polacco.

1865
L'8 aprile muore la madre. Apollo cade in una cupa depressione e viene preso da manie religiose. Conrad passa progressivamente sotto le cure della famiglia materna, i Bobrowski. Nell'estate 1866 passa le vacanze presso la nonna materna. L'estate successiva la passa invece con lo zio, Tadeusz Bobrowski, che lo porta in viaggio con sé. È in questa occasione che Conrad – allora lettore entusiasta dei *Lavoratori del mare* di Hugo, libro tradotto dal padre – vede il mare per la prima volta, a Odessa.

1869
Il 23 maggio, a Cracovia, muore di tubercolosi il padre Apollo. Il funerale si trasforma in un'imponente manifestazione patriottica. Conrad viene posto sotto la tutela della nonna Teofila e di un amico del padre, Stefan Buszczynski. In realtà, è lo zio Tadeusz che si occupa di lui e ne segue l'istruzione. Istruzione che peraltro, a causa delle cattive condizioni di salute di Conrad, sarà molto irregolare. In compenso, si fa sempre più strada in lui l'idea, quasi l'ossessione, di andar per mare, idea che lo zio inizialmente osteggia vedendola come un tradimento degli ideali patriottici (più tardi, quando Konrad Korze-

niowski sarà l'affermato scrittore di lingua inglese Joseph Conrad, si vedrà rivolgere da una scrittrice polacca l'accusa di aver abbandonato e tradito la patria).

1874
È un anno cruciale nella vita di Conrad. Pur di fargli evitare il servizio militare nell'esercito zarista, lo zio gli permette di partire per la Francia. Conrad sbarca a Marsiglia deciso a intraprendere la carriera di marinaio. Negli anni francesi però continua a essere aiutato dallo zio, che gli versa un assegno annuo di duemila franchi. Il primo viaggio (come apprendista pagante) è sul brigantino *Mont Blanc*, diretto in Martinica (dicembre 1874-maggio 1875). Appena rientrato in Francia, riparte sulla stessa nave, questa volta come mozzo. Al ritorno, fa il suo primo viaggio a Parigi, dove passa i primi mesi del 1876 conducendo vita dissipata. Nell'estate riprende la via del mare sul brigantino *Saint Antoine*, diretto ancora in Martinica (luglio 1876-febbraio 1877). Sembra che nel corso di questo viaggio abbia preso parte a qualche impresa clandestina, e che abbia costeggiato il Venezuela (esperienze che sembrerebbero riprese in *Nostromo*).

1878
In febbraio tenta il suicidio, ma in modo maldestro e, sembra, poco convinto. Forse lo fa per attirarsi la compassione di un creditore (aveva precedentemente perso, probabilmente al gioco, l'assegno annuo dello zio), forse per una donna. Lo stesso anno vede la seconda grande svolta nella vita di Conrad. Non avendo ancora compiuto il suo servizio militare in Russia, per la legislazione francese non può accedere alla carriera in Marina. L'adempimento degli obblighi militari, invece, non è richiesto nella Marina inglese, e quindi Conrad s'imbarca – sempre a Marsiglia – come marinario semplice sul piroscafo inglese *Mavis*, diretto a Costantinopoli con un carico di carbone. Durante il viaggio di ritorno, Conrad sbarca per la prima volta in Inghilterra in giugno, a Lowestoft. Nei due anni successivi, sempre

su navi inglesi, viaggia fino in Australia e poi nel Mediterraneo. Nel giugno 1880 supera l'esame per la patente marittima di primo grado. Negli anni seguenti, torna a Sydney e poi raggiunge l'India, dalla quale riparte sul trealberi in ferro *Narcissus*. Nel dicembre 1884 ottiene la patente di primo ufficiale. Nell'aprile 1885 parte per Singapore sul trealberi *Tilkhurst*.

1886
In agosto ottiene la cittadinanza britannica. In novembre consegue la patente di capitano di lungo corso. Scrive il suo primo racconto, *The Black Mate*, per un concorso letterario.

1887
In febbraio parte come primo ufficiale del capitano John McWhirr (che diventerà il protagonista di *Typhoon*) sulla *Highland Forest*. A bordo della *Vidar* naviga i mari d'Oriente tra Singapore, le isole Celebes e il Borneo.

1888
In gennaio, a Singapore, gli viene offerta l'opportunità a lungo attesa del suo primo comando: si tratta del brigantino *Otago*, che si trova a Bangkok. L'esperienza del comando, però, non è subito delle più piacevoli: durante il viaggio da Bangkok a Singapore l'equipaggio viene colto da febbri, e Conrad scopre che il comandante che l'ha preceduto ha venduto l'intera scorta di chinino (l'esperienza costituirà l'ispirazione per *The Shadow-Line*).

1889
Tornato a Londra, in estate, inizia a progettare il suo primo romanzo, *Almayer's Folly*.

1890
In febbraio, grazie al suo nuovo passaporto bitannico, torna in Polonia dopo sedici anni. Grazie all'intervento di una parente, la scrittrice belga Marguerite Poradowska, di cui s'innamorerà, ottiene il comando di un bat-

tello sul fiume Congo. Nel giugno 1890 arriva in Africa, per scoprire che il comando promessogli non c'è più. Sul vaporetto *Roi des Belges*, dove è costretto ad affiancare un altro capitano, risale il Congo fino a Stanley Falls. Tiene un diario in inglese (il cosiddetto *Congo Diary*), in cui prende nota dei dati di navigazione e delle atrocità del colonialismo belga. Deluso, ridiscende il corso del Congo sul vaporetto. A bordo c'è anche un agente della compagnia malato, Georges Antoine Klein, il futuro Kurtz di *Heart of Darkness*.

1891
Arriva in Europa in gennaio. L'esperienza africana l'ha sconvolto, e per il resto della sua vita soffrirà di gotta e di febbri ricorrenti. Riprende la sua attività marinaresca, effettuando due viaggi in Australia come primo ufficiale del trealberi *Torrens*. Nel viaggio di ritorno fa la conoscenza di due giovani passeggeri, Ted Sanderson e John Galsworthy, che diventeranno suoi grandi amici.

1893
All'inizio dell'anno perde l'opportunità di assumere il comando del piroscafo *Adowa*. L'avvenimento è significativo, perché segna la fine della sua carriera marinaresca. Comincia a frequentare Jessie George, una giovane dattilografa della City, che diventerà sua moglie. Il 10 febbraio gli arriva la notizia della morte dello zio Tadeusz.

1894
In aprile completa il manoscritto di *Almayer's Folly*. Il romanzo viene accettato in ottobre dall'editore Fisher Unwin. Prima ancora di essere sicuro della sorte del suo primo libro, Conrad ha comunque iniziato un altro racconto, *Two Vagabonds*, che poi diventerà *An Outcast of the Islands*. Negli uffici di Unwin incontra Edward Garnett, che diventerà suo amico e sostenitore.

1895
In aprile esce *Almayer's Folly*. Per pubblicarlo, Konrad Korzeniowski adotta per la prima volta la forma angli-

cizzata Joseph Conrad (aveva da tempo verificato che il nome Korzeniowski risultava impronunciabile per gli inglesi). A maggio parte per la Svizzera per completare l'*Outcast*, che è già stato accettato da Unwin. Visita la zia Marguerite a Parigi, e le propone di sposarla, ma viene rifiutato.

1896
Pubblicazione di *An Outcast of the Islands.* I suoi primi due romanzi ottengono un discreto successo, ma provocano anche un caratteristico fraintendimento: Conrad viene letto come un semplice autore di eccitanti avventure esotiche. Il 24 marzo Conrad sposa Jessie George, e parte con lei per una luna di miele in Bretagna. Inizia la sua corrispondenza con H.G. Wells, autore di una recensione favorevole all'*Outcast*. Comincia a scrivere una serie di racconti (*The Idiots*, *An Outpost of Progress*, *The Lagoon*) per varie riviste, allo scopo di guadagnare abbastanza da sostenere la famiglia. In settembre i Conrad tornano in Inghilterra, e si stabiliscono temporaneamente nell'Essex. In seguito, cambieranno più volte residenza, con una predilezione per il Sud-Est dell'Inghilterra.

1897
In gennaio finisce *The Nigger of the "Narcissus"*. In febbraio conosce Henry James, con cui avvia un rapporto di reciproca stima. Pubblica il *Nigger*, prima a puntate sulla «New Review» e poi in volume da Heinemann. Conosce lo scrittore Stephen Crane e Cunninghame Grahame, che diventerà il suo amico più caro. Pubblica il racconto *Karain*.

1898
Raccoglie in volume i cinque *Tales of Unrest* (i quattro racconti finora pubblicati, più *The Return*). Nasce il figlio Borys. Fa amicizia con lo scrittore Ford Madox Ford. Scrive *Youth* e *Heart of Darkness* per l'editore scozzese Blackwood.

1899
Pubblica a puntate *Heart of Darkness* sulla rivista di Blackwood.

1900
Inizia *Typhoon*. Esce *Lord Jim*. Conrad gode ormai di un vasto successo di stima, ma, dopo le sue prime opere, ha ormai perso l'appoggio del grande pubblico.

1901
Pubblica *The Inheritors*, scritto insieme a Ford. Scrive i racconti *Falk* e *Amy Foster*.

1902
Scrive *Romance*, ancora in collaborazione con Ford. Pubblica *Youth and Two Other Stories* (*Youth*, *Heart of Darkness*, *The End of the Tether*).

1903
Pubblica *Romance*. Lavora intensamente a *Nostromo*, il suo romanzo più ambizioso, tra gravi problemi finanziari (dovrà essere aiutato dagli amici) e di salute.

1904
Pubblica *Nostromo*, che, con sua grande delusione, viene accolto negativamente.

1906
Pubblica la raccolta di saggi *The Mirror of the Sea*. Nasce il secondo figlio, John Alexander. Trascorre un periodo di vacanza a Montpellier e a Ginevra.

1907
Pubblica *The Secret Agent*. Scrive il racconto *The Duel*.

1910
Esce, in rivista, il racconto *The Secret Sharer*. Finisce *Under Western Eyes*, e subito dopo viene colto da un grave esaurimento nervoso.

1911
Pubblica *Under Western Eyes*.

1912
Raccoglie per l'editore Dent i tre racconti di *Twixt Land and Sea*, in cui è compreso *The Secret Sharer*. Raccoglie i suoi scritti autobiografici in un volume che esce in Inghilterra col titolo di *Some Reminiscences*, in America con quello di *A Personal Record*.

1913
Pubblica *Chance*, con cui finalmente ottiene un grande successo di pubblico. Grazie a *Chance*, la sua fama di scrittore viene rilanciata, e anche i suoi libri precedenti vengono ristampati.

1914
Parte con la famiglia per la Polonia. A Cracovia, però, i Conrad vengono sorpresi dallo scoppio della Prima guerra mondiale, e sarà non senza difficoltà che riusciranno a tornare in Inghilterra.

1915
Pubblica i racconti di *Within the Tides* e il romanzo *Victory*.

1916
Esce a puntate *The Shadow-Line*. Il figlio Borys va in guerra sul fronte francese.

1917
Pubblica *The Arrow of Gold*. *Victory* diventa un film della Paramount.

1920
Pubblica *The Rescue*, rielaborando un romanzo iniziato nel 1896.

1923
Pubblica *The Rover*. Si reca per la prima volta negli Stati Uniti, dietro invito del suo agente americano.

1924

In aprile rifiuta il titolo di cavaliere offertogli dal primo ministro Ramsay MacDonald. Il 3 agosto, in seguito a un attacco di cuore, Conrad muore. Viene sepolto nel cimitero di Canterbury.

Bibliografia

BIOGRAFIE

Ford Madox Ford, *Joseph Conrad: A Personal Remembrance*, Duckworth, London 1924. [Trad. it. *Joseph Conrad, un ricordo personale*, Gallio, Ferrara 1991.]

Jocelyn Baines, *Joseph Conrad: A Critical Biography*, Weidenfeld & Nicolson, London 1960 (Penguin, Harmondsworth 1971).

Norman Sherry, *Conrad's Eastern World*, Cambridge University Press, Cambridge 1966.

Zdzislaw Najder, *Joseph Conrad: A Chronicle*, Cambridge University Press, Cambridge 1983.

Zdzislaw Najder (a cura di), *Conrad Under Familiar Eyes*, Cambridge University Press, Cambridge 1983.

Cedric Watts, *Joseph Conrad: A Literary Life*, Macmillan, Basingstoke 1989.

MONOGRAFIE GENERALI SU CONRAD

Douglas Hewitt, *Conrad: A Reassessment*, Bowes & Bowes, London 1952.

Albert Guerard, *Conrad the Novelist*, Harvard University Press, Cambridge, Mass. 1958.

Edward Said, *Joseph Conrad and the Fiction of Autobiography*, Harvard University Press, Cambridge, Mass. 1966.

Norman Sherry, *Conrad's Western World*, Cambridge University Press, Cambridge 1971.

Norman Sherry, *Conrad: The Critical Heritage*, Routledge & Kegan Paul, London 1973.

Jacques Berthoud, *Joseph Conrad: The Major Phase*, Cambridge University Press, Cambridge 1978.
Jeremy Hawthorn, *Joseph Conrad: Language and Fictional Self-consciousness*, Edward Arnold, London 1979.
Ian Watt, *Conrad in the Nineteenth Century*, Chatto & Windus, London 1980.
Cedric Watts, *A Preface to Conrad*, Longman, London 1982.
Mario Curreli, *Invito alla lettura di Conrad*, Mursia, Milano 1984.
Jeremy Hawthorn, *Joseph Conrad: Narrative Technique and Ideological Commitment*, Edward Arnold, London 1990.
Robert Hampson, *Joseph Conrad: Betrayal and Identity*, Macmillan, Basingstoke 1992.

STUDI SU «CUORE DI TENEBRA»

Lillian Feder, *Marlow's Descent into Hell*, in «Nineteenth Century Fiction», 9, 4, 1995.
Robert O. Evans, *Conrad's Underworld*, in «Modern Fiction Studies», 2, 2, 1956.
Stephen A. Reid, *"The Unspeakable Rites" in "Heart of Darkness"*, in «Modern Fiction Studies», 9, 4, 1963-64. [Trad. it. *I "riti innominabili"*, in J. Conrad, *Cuore di tenebra*, Rizzoli, BUR, Milano 1989.]
Renato Oliva e Alessandro Portelli, *L'imperialismo imperfetto*, Einaudi, Torino 1973.
Giovanni Cianci, *"Heart of Darkness": il compromesso con l'ippopotamo*, in «Studi inglesi», vol. I, 1974.
Giuseppe Sertoli, *Conoscenza e potere. Su "Heart of Darkness" di Joseph Conrad*, in «Altri termini», nn. 4-5 (gennaio 1974). [Rielaborazione della *Nota introduttiva* a J. Conrad, *Cuore di tenebra*, Einaudi, Torino 1974.]
Chinua Achebe, *An Image of Africa: Racism in Conrad's "Heart of Darkness"*, in «Massachusetts Review», 18, 4 (Winter 1975).
Cedric Watts, *Conrad's "Heart of Darkness": A Critical and Contextual Discussion*, Mursia International, Milano 1977.

Mario Domenichelli, *Narciso al buio. Analisi digressiva e contradditoria di "Cuore di tenebra" di Joseph Conrad*, Longo, Ravenna 1978.

Tzvetan Todorov, *Coeur des ténèbres*, in *Les genres du discours*, Éditions du Seuil, Paris 1978. [Trad. it. *Cuore di tenebra*, in *I generi del discorso*, La Nuova Italia, Firenze 1993.]

C.B. Cox (a cura di), *Conrad: "Heart of Darkness", "Nostromo", and "Under Western Eyes": A Casebook*, Macmillan, London 1981.

Cedric Watts, *"A Bloody Racist": About Achebe's View of Conrad*, in «Yearbook of English Studies», 13, 1983.

Peter Brooks, *An Unreadable Report: Conrad's "Heart of Darkness"*, in *Reading for the Plot*, Harvard University Press, Cambridge, Mass. 1984. [Trad. it. *Un rapporto illeggibile. "Heart of Darkness"*, in *Trame. Intenzionalità e progetto nel discorso narrativo*, Einaudi, Torino 1995.]

Harold Bloom (a cura di), *Joseph Conrad's "Heart of Darkness"*, Chelsea House, New York 1987.

Anthony Fothergill, *Heart of Darkness*, Open University Press, Milton Keynes 1989.

Ross C. Murfin (a cura di), *"Heart of Darkness": A Case Study in Contemporary Criticism*, St. Martin's Press, New York 1989.

Mario Curreli, *Introduzione* a J. Conrad, *Due racconti africani. Un avamposto del progresso, Cuore di tenebra*, Bompiani, Milano 1990.

Richard Adams, *Joseph Conrad: "Heart of Darkness"*, Penguin, Harmondsworth 1991.

Robert Burden, *Heart of Darkness*, Macmillan, Basingstoke 1991.

Heart of Darkness
Cuore di tenebra

I

The *Nellie*, a cruising yawl, swung to her anchor without a flutter of the sails, and was at rest. The flood had made, the wind was nearly calm, and being bound down the river, the only thing for it was to come to and wait for the turn of the tide.

The sea-reach of the Thames stretched before us like the beginning of an interminable waterway. In the offing the sea and the sky were welded together without a joint, and in the luminous space the tanned sails of the barges drifting up with the tide seemed to stand still in red clusters of canvas sharply peaked, with gleams of varnished sprits. A haze rested on the low shores that ran out to sea in vanishing flatness. The air was dark above Gravesend, an farther back still seemed condensed into a mournful gloom, brooding motionless over the biggest, and the greatest, town on earth.

The Director of Companies was our captain and our host. We four affectionately watched his back as he stood in the bows looking to seaward. On the whole river there was nothing that looked half so nautical. He resembled a pilot, which to a seaman is trustworthiness personified. It was difficult to realise his work was not out there in the luminous estuary, but behind him, within the brooding gloom.

I

La *Nellie*, una iolla da crociera, girò sull'ancora senza il minimo fluttuare delle vele e si fermò. La marea si era alzata, il vento era quasi calmo e, poiché dovevamo discendere il fiume, non ci restava che fermarci all'ancora e attendere il riflusso.

L'ultimo tratto del Tamigi si stendeva davanti a noi come il principio di un interminabile corso d'acqua. Al largo, cielo e mare erano saldati senza una giuntura e nello spazio luminoso le vele conciate delle barche che salivano con la marea sembravano immobili fastelli rossi di tele appuntite tra luccicori di aste verniciate. Sulle rive basse che correvano piatte a perdersi nel mare si era posata una nebbia leggera. Su Gravesend l'aria era scura e più in là pareva condensata in una oscurità funerea che incombeva immobile sulla città più vasta e grande della terra.

Nostro capitano e ospite era il direttore delle Compagnie. Noi quattro gli guardavamo affettuosamente le spalle mentre lui, a prua, era rivolto verso il mare. Non c'era niente sul fiume che avesse un aspetto altrettanto marinaresco. Somigliava a un pilota, che per l'uomo di mare è l'affidabilità fatta persona. Era difficile immaginare che il suo lavoro non fosse là sull'estuario luminoso, ma dietro di lui, nell'oscurità incombente.

Between us there was, as I have already said somewhere, the bond of the sea. Besides holding our hearts together through long periods of separation, it had the effect of making us tolerant of each other's yarns – and even convictions. The Lawyer – the best of old fellows – had, because of his many years and many virtues, the only cushion on deck, and was lying on the only rug. The Accountant had brought out already a box of dominoes, and was toying architecturally with the bones. Marlow sat crosslegged right aft, leaning against the mizzen-mast. He had sunken cheeks, a yellow complexion, a straight back, an ascetic aspect, and, with his arms dropped, the palms of hands outwards, resembled an idol. The Director, satisfied the anchor had good hold, made his way aft and sat down amongst us. We exchanged a few words lazily. Afterwards there was silence on board the yacht. For some reason or other we did not begin that game of dominoes. We felt meditative, and fit for nothing but placid staring. The day was ending in a serenity of still and exquisite brilliance. The water shone pacifically; the sky, without a speck, was a benign immensity of unstained light; the very mist on the Essex marshes was like a gauzy and radiant fabric, hung from the wooded rises inland, and draping the low shores in diaphanous folds. Only the gloom to the west, brooding over the upper reaches, became more sombre every minute, as if angered by the approach of the sun.

And at last, in its curved and imperceptible fall, the sun sank low, and from glowing white changed to a dull red without rays and without heat, as if about to go out suddenly, stricken to death by the touch of that gloom brooding over a crowd of men.

Ci legava, come ho già detto altrove, il vincolo del mare. Oltre a tenere uniti i nostri cuori durante i lunghi periodi di separazione, ci rendeva tolleranti delle storie e perfino delle convinzioni degli altri. Al vecchio avvocato – persona eccellente – toccava, per via dei molti anni e delle molte virtù, l'unico cuscino che c'era sul ponte, e se ne stava sdraiato sull'unica stuoia. L'amministratore aveva già tirato fuori il domino e si trastullava a fare costruzioni con le tessere. Marlow sedeva a poppa, con le gambe incrociate, appoggiato all'albero di mezzana. Aveva le guance incavate, la carnagione giallastra, la schiena eretta, l'aspetto ascetico e con le braccia abbandonate e le palme rivolte all'infuori sembrava un idolo. Il direttore, soddisfatto che l'ancora avesse fatto buona presa, venne a poppa a sedersi in mezzo a noi. Scambiammo pigramente qualche parola. Poi cadde il silenzio a bordo dello yacht. Per un motivo o per l'altro non cominciammo la partita a domino. Eravamo d'umore meditabondo, in vena soltanto di una tranquilla contemplazione. Il giorno finiva in una serenità di quieto e squisito splendore. L'acqua riluceva pacifica; il cielo immacolato era una benigna immensità di luce pura; la stessa foschia sulle paludi dell'Essex sembrava un tessuto traslucido e radioso che appeso alle alture boscose dell'entroterra ricadeva in pieghe diafane sulle sponde basse. Soltanto l'oscurità, che a occidente incombeva sui tratti più alti del fiume, si faceva ogni istante più cupa, quasi irritata dall'approssimarsi del sole.

E alla fine, nella sua discesa curva e impercettibile, il sole calò e da bianco incandescente si fece di un rosso smorto senza raggi né calore, come stesse per spegnersi all'improvviso, colpito a morte dal tocco di quell'oscurità incombente su una folla d'uomini.

Forthwith a change came over the waters, and the serenity became less brilliant but more profound. The old river in its broad reach rested unruffled at the decline of day, after ages of good service done to the race that peopled its banks, spread out in the tranquil dignity of a waterway leading to the uttermost ends of the earth. We looked at the venerable stream not in the vivid flush of a short day that comes and departs for ever, but in the august light of abiding memories. And indeed nothing is easier for a man who has, as the phrase goes, "followed the sea" with reverence and affection, than to evoke the great spirit of the past upon the lower reaches of the Thames. The tidal current runs to and fro in its unceasing service, crowded with memories of men and ships it has borne to the rest of home or to the battles of the sea. It had known and served all the men of whom the nation is proud, from Sir Francis Drake to Sir John Franklin, knights all, titled and untitled – the great knights-errant of the sea. It had borne all the ships whose names are like jewels flashing in the night of time, from the *Golden Hind* returning with her round flanks full of treasure, to be visited by the Queen's Highness and thus pass out of the gigantic tale, to the *Erebus* and *Terror*, bound on other conquests – and that never returned. It had known the ships and the men. They had sailed from Deptford, from Greenwich, from Erith – the adventurers and the settlers; kings' ships and the ships of men on 'Change; captains, admirals, the dark "interlopers" of the Eastern trade, and the commissioned "generals" of East India fleets. Hunters for gold or pursuers of fame, they all had gone out on that stream, bearing the sword, and often the torch, messengers of the might within the land, bearers

Immediatamente avvenne un cambiamento sulle acque e la serenità diventò meno brillante ma più profonda. Il vecchio fiume nel suo tratto più ampio riposava indisturbato al calare del giorno, dopo secoli di fedele servizio reso alla razza che ne popolava le sponde, disteso nella tranquilla dignità di un corso d'acqua diretto ai confini estremi della terra. Guardavamo quel flusso venerabile non nel bagliore vivido di un breve giorno che viene e se ne va per sempre, ma alla luce augusta di memorie eterne. E davvero non c'è nulla di più facile per chi, come si suol dire, "abbia seguito il mare" con riverenza e affetto, che evocare il grande spirito del passato sull'ultimo tratto del Tamigi. La corrente fluisce avanti e indietro con la marea nell'incessante servizio, popolata di ricordi di uomini e navi che ha portato al riposo della casa o alle battaglie del mare. Aveva conosciuto e servito tutti gli uomini di cui la nazione è fiera, da Sir Francis Drake a Sir John Franklin, cavalieri tutti, titolati o meno – i grandi cavalieri erranti del mare. Aveva portato tutte le navi i cui nomi sono come gioielli sfavillanti nella notte dei tempi, dalla *Golden Hind* che tornava con i fianchi tondi gonfi di tesori per essere visitata da Sua Maestà la Regina e uscire così dalla gigantesca leggenda, alla *Erebus* e alla *Terror*, partite per altre conquiste – e mai ritornate. Aveva conosciuto le navi e gli uomini. Erano partiti da Deptford, da Greenwich, da Erith – avventurieri e coloni; navi di re e di banchieri; capitani, ammiragli, gli oscuri "contrabbandieri" dei traffici orientali e i "generali" delle flotte delle Indie Orientali di nomina ufficiale. Cacciatori d'oro o inseguitori di gloria, erano tutti partiti da quel fiume, portando la spada e spesso la fiaccola, messaggeri della potenza racchiusa in quella terra, portatori di una scintilla del sacro

of a spark from the sacred fire. What greatness had not floated on the ebb of that river into the mystery of an unknown earth!... The dreams of men, the seed of commonwealths, the germs of empires.

The sun set; the dusk fell on the stream, and lights began to appear along the shore. The Chapman lighthouse, a three-legged thing erect on a mud-flat, shone strongly. Lights of ships moved in the fairway – a great stir of lights going up and going down. And farther west on the upper reaches the place of the monstrous town was still marked ominously on the sky, a brooding gloom in sunshine, a lurid glare under the stars.

"And this also," said Marlow suddenly, "has been one of the dark places of the earth."

He was the only man of us who still "followed the sea". The worst that could be said of him was that he did not represent his class. He was a seaman, but he was a wanderer too, while most seamen lead, if one may so express it, a sedentary life. Their minds are of the stay-at-home order, and their home is always with them – the ship; and so is their country – the sea. One ship is very much like another, and the sea is always the same. In the immutability of their surroundings the foreign shores, the foreign faces, the changing immensity of life, glide past, veiled not by a sense of mystery but by a slightly disdainful ignorance; for there is nothing mysterious to a seaman unless it be the sea itself, which is the mistress of his existence and as inscrutable as Destiny. For the rest, after his hours of work, a casual stroll or a casual spree on shore suffices to unfold for him the secret of a whole continent, and generally he finds the secret

fuoco. Quale grandezza non era salpata col riflusso di quel fiume verso il mistero di una terra sconosciuta!... Sogni di uomini, semi di confederazioni, germi d'imperi.

Il sole tramontò; il crepuscolo scese sul fiume, e sulla riva cominciò ad apparire qualche luce. Il faro di Chapman, una specie di treppiede eretto su un pantano, brillava gagliardo. Le luci delle navi si muovevano nel canale d'accesso – un viavai di luci sul fiume. E più a occidente, sui tratti superiori, il posto della città mostruosa era ancora segnato minacciosamente nel cielo, una oscurità incombente nella luce del sole, un bagliore livido sotto le stelle.

«E anche questo» disse Marlow improvvisamente, «è stato un angolo tenebroso della terra.»

Era l'unico di noi che ancora "seguisse il mare". Il peggio che si potesse dire di lui era che non rappresentava affatto la sua categoria. Era un uomo di mare, ma anche un vagabondo, mentre per la maggior parte gli uomini di mare conducono una vita, per così dire, sedentaria. Hanno una mentalità domestica e non abbandonano mai la loro casa: la nave, né la loro patria: il mare. Le navi si assomigliano tutte e il mare è sempre lo stesso. Nell'immutabilità del loro ambiente le spiagge straniere, i volti stranieri, la mutevole immensità della vita, scivolano via, velati non da un senso di mistero ma da un'ignoranza un poco sdegnosa; poiché nulla è misterioso per l'uomo di mare se non il mare stesso, che è per lui l'amante di tutta una vita, imperscrutabile come il Destino. Per il resto, dopo il lavoro basta una passeggiata occasionale o un'occasionale baldoria a terra a svelargli il segreto di un intero continente, e quasi sempre gli pare che non valesse poi la pena di scoprirlo, quel segreto. I racconti degli uomini di

not worth knowing. The yarns of seamen have a direct simplicity, the whole meaning of which lies within the shell of a cracked nut. But Marlow was not typical (if his propensity to spin yarns be excepted), and to him the meaning of an episode was not inside like a kernel but outside, enveloping the tale which brought it out only as a glow brings out a haze, in the likeness of one of these misty halos that sometimes are made visible by the spectral illumination of moonshine.

His remark did not seem at all surprising. It was just like Marlow. It was accepted in silence. No one took the trouble to grunt even; and presently he said, very slow:

"I was thinking of very old times, when the Romans first came here, nineteen hundred years ago – the other day... Light came out of this river since – you say Knights? Yes; but it is like a running blaze on a plain, like a flash of lightning in the clouds. We live in the flicker – may it last as long as the old earth keeps rolling! But darkness was here Yesterday. Imagine the feelings of a commander of a fine – what d'ye call 'em? – trireme in the Mediterranean, ordered suddenly to the north; run overland across the Gauls in a hurry; put in charge of one of these craft the legionaries – a wonderful lot of handy men they must have been too – used to build, apparently by the hundred, in a month or two, if we may believe what we read. Imagine him here – the very end of the world, a sea the colour of lead, a sky the colour of smoke, a kind of ship about as rigid as a concertina – and going up this river with stores, or orders, or what you like. Sandbanks, marshes, forests, savages – precious little to eat fit for a civilised man, nothing but Thames water to drink. No Falernian wine here, no going

mare hanno una semplicità immediata il cui significato sta in un guscio di noce. Marlow, però, non era il tipico uomo di mare (a parte la sua propensione a tessere racconti) e per lui il significato di un episodio non stava nell'interno come un gheriglio, ma dall'esterno avviluppava il racconto, e questo lo svelava soltanto come la luminescenza rivela la foschia, a somiglianza di quegli aloni indistinti che talvolta lo spettrale chiaro di luna rende visibili.

La sua osservazione non parve affatto sorprendente. Era proprio da Marlow. Venne accolta in silenzio. Nessuno si prese la briga di borbottare qualcosa; e subito egli aggiunse, molto lentamente:

«Pensavo ai tempi antichi, quando arrivarono qui i Romani, mille e novecento anni fa – l'altro giorno... La luce irradia da questo fiume sin dai tempi dei – i Cavalieri dite? Sì, ma è come un incendio che corre sulla pianura, come un lampo tra le nubi. Noi viviamo nel suo guizzo – speriamo che duri fintanto che la vecchia terra continua a girare! Ma qui ieri c'erano le tenebre. Pensate come doveva sentirsi il comandante di una bella – come si chiamano? – trireme del Mediterraneo, che venisse improvvisamente inviato al nord; trasportato in fretta e furia via terra in mezzo ai Galli, per comandare una di quelle barche che i legionari – e che manica di gente abilissima doveva essere pure quella – costruivano, pare, a centinaia in un mese o due, se dobbiamo credere a quello che si legge. Immaginatelo qui – proprio in capo al mondo, il mare color del piombo, il cielo color del fumo, una sorta di barca rigida quasi quanto una fisarmonica che risale il fiume portando provviste, o degli ordini, o quello che volete. Banchi di sabbia, paludi, foreste, selvaggi – ben poco di commestibile per un uomo civile e soltanto acqua del Tamigi da bere. Niente

ashore. Here and there a military camp lost in a wilderness, like a needle in a bundle of hay – cold, fog, tempests, disease, exile, and death – death skulking in the air, in the water, in the bush. They must have been dying like flies here. Oh yes – he did it. Did it very well, too, no doubt, and without thinking much about it either, except afterwards to brag of what he had gone through in his time, perhaps. They were men enough to face the darkness. And perhaps he was cheered by keeping his eye on a chance of promotion to the fleet at Ravenna by and by, if he had good friends in Rome and survived the awful climate. Or think of a decent young citizen in a toga – perhaps too much dice, you know – coming out here in the train of some prefect, or tax-gatherer, or trader, even, to mend his fortunes. Land in a swamp, march through the woods, and in some inland post feel the savagery, the utter savagery, had closed round him – all that mysterious life of the wilderness that stirs in the forest, in the jungles, in the hearts of wild men. There's no initiation either into such mysteries. He has to live in the midst of the incomprehensible, which is also detestable. And it has a fascination, too, that goes to work upon him. The fascination of the abomination – you know. Imagine the growing regrets, the longing to escape, the powerless disgust, the surrender, the hate."

He paused.

"Mind," he began again, lifting one arm from the elbow, the palm of the hand outwards, so that, with his legs folded before him, he had the pose of a Buddha preaching in European clothes and without a lotus-flower – "Mind, none of us would feel exactly like this. What saves us is efficiency –

vino di Falerno da queste parti, né passeggiate a terra. Qui e là un accampamento militare perduto in questa regione selvaggia come un ago in un pagliaio – freddo, nebbia, tempeste, malattie, esilio e morte – la morte appostata nell'aria, nell'acqua, nella boscaglia. Dovevano morire come mosche da queste parti. Oh sì – lui ce la fece. Ce la fece benissimo, non c'è dubbio, e senza pensarci molto, a parte forse vantarsi in seguito di quello che aveva passato ai suoi tempi. Erano abbastanza virili da affrontare le tenebre. E forse lo sosteneva l'idea di una possibile vicina promozione alla flotta di Ravenna, se aveva buoni amici a Roma e sopravviveva al clima terribile. Oppure pensate a un giovane e decoroso cittadino in toga – magari con la passione dei dadi – che viene qui al seguito di qualche prefetto, o di qualche esattore delle imposte, o anche di un mercante, per rimettere in sesto le sue sostanze. Sbarca in una palude, marcia attraverso i boschi, e in qualche insediamento dell'interno sente che la natura selvaggia, la natura più selvaggia, gli si è chiusa intorno – tutta la vita misteriosa e selvatica che si agita nella foresta, nella giungla, nel cuore di uomini primitivi. Non c'è iniziazione a questi misteri. Deve vivere in mezzo all'incomprensibile, che è pure detestabile. E ha anche un fascino che a poco a poco agisce su di lui. Il fascino dell'abominio – sapete. Immaginate i rimpianti crescenti, il desiderio di fuggire, il disgusto impotente, la capitolazione, l'odio.»

S'arrestò un attimo.

«Badate» riprese, alzando l'avambraccio con la palma rivolta all'infuori, cosicché con le gambe incrociate pareva un Budda che predicasse in abiti europei e senza fior di loto. «Badate, nessuno di noi si sentirebbe esattamente così. Ci salva l'efficienza – la devozione all'efficienza. Ma quella gente

the devotion to efficiency. But these chaps were not much account, really. They were no colonists; their administration was merely a squeeze – and nothing more, I suspect. They were conquerors, and for that you want only brute force – nothing to boast of, when you have it, since your strength is just an accident arising from the weakness of others. They grabbed what they could get for the sake of what was to be got. It was just robbery with violence, aggravated murder on a great scale, and men going at it blind – as is very proper for those who tackle a darkness. The conquest of the earth, which mostly means the taking it away from those who have a different complexion or slightly flatter noses than ourselves, is not a pretty thing when you look into it too much. What redeems it is the idea only. An idea at the back of it; not a sentimental pretence but an idea; and an unselfish belief in the idea – something you can set up, and bow down before, and offer a sacrifice to..."

He broke off. Flames glided in the river, small green flames, red flames, white flames, pursuing, overtaking, joining, crossing each other – then separating slowly or hastily. The traffic of the great city went on in the deepening night upon the sleepless river. We looked on, waiting patiently – there was nothing else to do till the end of the flood; but it was only after a long silence, when he said, in a hesitating voice, "I suppose you fellows remember I did once turn fresh-water sailor for a bit," that we knew we were fated, before the ebb began to run, to hear about one of Marlow's inconclusive experiences.

"I don't want to bother you much with what happened to me personally," he began, showing in this remark the weakness of many tellers of tales who

non ne aveva granché davvero. Non erano colonizzatori: sospetto che la loro amministrazione si limitasse a spremere e nient'altro. Erano dei conquistatori, e per quello basta la forza bruta – niente di cui vantarsi, ad averla, dato che la forza dell'uno è solo un accidente che nasce dalla debolezza degli altri. Arraffavano tutto quello che potevano solo per amore del possesso. Pura e semplice rapina a mano armata, omicidio aggravato su vasta scala, e uomini che ci si buttavano alla cieca – come si conviene a chi affronta le tenebre. La conquista della terra, che più che altro significa toglierla a chi ha un diverso colore di pelle o il naso un po' più schiacciato del nostro, non è una bella cosa a guardarla bene. C'è solo l'idea che la può riscattare. L'idea che le sta dietro: non una finzione sentimentale, ma un'idea; e una fede disinteressata nell'idea – qualcosa che si possa innalzare, davanti a cui ci si possa inchinare e offrire sacrifici...»

S'interruppe. Sul fiume scivolavano delle fiamme, fiammelle verdi, rosse, bianche s'inseguivano, si superavano, si congiungevano, s'incrociavano – per poi separarsi lentamente o in fretta. Il traffico della grande città proseguiva nella notte che s'incupiva sul fiume insonne. Guardavamo aspettando pazientemente – non c'era nulla da fare finché non cambiava la corrente; ma fu solo dopo un lungo silenzio, quando disse con voce esitante: «Immagino ricordiate che una volta mi sono messo a fare il marinaio d'acqua dolce per un po'», che sapemmo di essere destinati, in attesa del riflusso, ad ascoltare il racconto di una delle esperienze inconcludenti di Marlow.

«Non voglio annoiarvi troppo con quello che mi accadde personalmente» esordì, mostrando con quell'affermazione la debolezza di tanti narratori che sembrano molto spesso ignari di ciò che il lo-

seem so often unaware of what their audience would best like to hear; "yet to understand the effect of it on me you ought to know how I got out there, what I saw, how I went up that river to the place where I first met the poor chap. It was the farthest point of navigation and the culminating point of my experience. It seemed somehow to throw a kind of light on everything about me – and into my thoughts. It was sombre enough too – and pitiful – not extraordinary in any way – not very clear either. No, not very clear. And yet it seemed to throw a kind of light.

"I had then, as you remember, just returned to London after a lot of Indian Ocean, Pacific, China Seas – a regular dose of the East – six years or so, and I was loafing about, hindering you fellows in your work and invading your homes, just as though I had got a heavenly mission to civilise you. It was very fine for a time, but after a bit I did get tired of resting. Then I began to look for a ship – I should think the hardest work on earth. But the ships wouldn't even look at me. And I got tired of that game too.

"Now when I was a little chap I had a passion for maps. I would look for hours at South America, or Africa, or Australia, and lose myself in all the glories of exploration. At that time there were many blank spaces on the earth, and when I saw one that looked particularly inviting on a map (but they all look that) I would put my finger on it and say, When I grow up I will go there. The North Pole was one of these places, I remember. Well, I haven't been there yet, and shall not try now. The glamour's off. Other places were scattered about the Equator, and in every sort of latitude all over the two hemispheres. I have been in some of them, and... well,

ro pubblico preferirebbe ascoltare; «eppure per comprendere l'effetto che ebbe su di me, dovete sapere come finii laggiù, che cosa vidi e come risalii quel fiume fino al punto in cui incontrai per la prima volta quel poveraccio. Fu il punto estremo della navigazione e il punto culminante della mia esperienza. Sembrò gettare, in qualche modo, una specie di luce su tutto quello che mi circondava – e nei miei pensieri. Fu una cosa piuttosto cupa – e pietosa – niente affatto straordinaria – neanche molto chiara. No, non molto chiara. Eppure sembrò gettare una specie di luce.

«Come ricorderete, ero appena ritornato a Londra dopo un bel po' di Oceano Indiano, Pacifico, Mari della Cina – la solita dose di Oriente – sei anni più o meno, e me ne andavo in giro senza niente da fare, disturbandovi al lavoro e invadendovi le case, come se avessi ricevuto dal cielo la missione di civilizzarvi. Fu molto bello per qualche tempo, ma dopo un po' il riposo cominciò a stancarmi. Allora mi misi a cercare una nave – per mia esperienza il lavoro più duro che ci sia sulla terra. Ma le navi non mi degnavano neppure di uno sguardo. E io mi stancai anche di quel gioco.

«Ora, quando ero bambino avevo una passione per le carte geografiche. Stavo ore a guardare il Sud America, l'Africa o l'Australia, e mi perdevo nelle glorie dell'esplorazione. Allora c'erano parecchi spazi vuoti sulla terra, e quando ne trovavo uno che sembrava particolarmente invitante sulla carta (ma lo sembravano tutti) ci mettevo il dito sopra e dicevo: "Quando sarò grande andrò là". Ricordo che il Polo Nord era uno di quei posti. Be', non ci sono ancora andato e non ci proverò adesso. L'incanto è svanito. C'erano altri posti sparsi intorno all'equatore e a ogni sorta di latitudine in entrambi gli emisferi. In alcuni ci sono stato e... be', lasciamo perde-

we won't talk about that. But there was one yet – the biggest, the most blank, so to speak – that I had a hankering after.

"True, by this time it was not a blank space any more. It had got filled since my boyhood with rivers and lakes and names. It had ceased to be a blank space of delightful mystery – a white patch for a boy to dream gloriously over. It had become a place of darkness. But there was in it one river especially, a mighty big river, that you could see on the map, resembling an immense snake uncoiled, with its head in the sea, its body at rest curving afar over a vast country, and its tail lost in the depths of the land. And as I looked at the map of it in a shop-window, it fascinated me as a snake would a bird – a silly little bird. Then I remembered there was a big concern, a Company for trade on that river. Dash it all! I thought to myself, they can't trade without using some kind of craft on that lot of fresh water – steamboats! Why shouldn't I try to get charge of one? I went on along Fleet Street, but could not shake off the idea. The snake had charmed me.

"You understand it was a Continental concern, that Trading Society; but I have a lot of relations living on the Continent, because it's cheap and not so nasty as it looks, they say.

"I am sorry to own I began to worry them. This was already a fresh departure for me. I was not used to get things that way, you know. I always went my own road and on my own legs where I had a mind to go. I wouldn't have believed it of myself; but, then – you see – I felt somehow I must get there by hook or by crook. So I worried them. The men

re. Ma ce n'era ancora uno – il più grande, il più vuoto per così dire – che volevo vedere a tutti i costi.

«È vero, a quel punto non era più uno spazio vuoto. Dalla mia infanzia si era riempito di laghi e fiumi e nomi. Aveva cessato di essere uno spazio vuoto incantevole e misterioso – una macchia bianca che un bambino può riempire di sogni di gloria. Era diventato un luogo di tenebra. Ma conteneva un fiume, soprattutto, un fiume grandissimo che appariva sulla carta come un immenso serpente con la testa nel mare, mentre il corpo in riposo formava un'ampia curva su una vasta regione e la coda si perdeva nella profondità della terra. E mentre guardavo la carta geografica di quella zona esposta in una vetrina, mi affascinò come il serpente ammalia l'uccello – un uccellino sciocco. Mi ricordai allora che c'era una grossa impresa, una Compagnia commerciale su quel fiume. Accidenti! pensai fra me, per i loro traffici avranno senz'altro bisogno di qualche barca su tutta quell'acqua dolce – i battelli a vapore! Perché non potevo cercare di farmene assegnare uno? Continuai a camminare per Fleet Street senza riuscire a togliermi di mente quell'idea. Il serpente mi aveva incantato.

«Dovete sapere che quella Società era un'impresa continentale; ma io ho tanti parenti che vivono sul continente, perché costa poco e non si sta poi tanto male, dicono.

«Mi dispiace dover confessare che cominciai a importunarli. Cosa per me assolutamente nuova. Non ero abituato a ottenere le cose in quel modo, capite. Andavo sempre dove mi pareva, dritto per la mia strada, con le mie sole gambe. Non avrei neppure creduto di esserne capace, ma, ecco – vedete – sentivo non so come che dovevo arrivare laggiù per amore o per forza. Così presi a importunarli. Gli uomini dicevano "Carissimo" e non facevano

said, 'My dear fellow,' and did nothing. Then – would you believe it? – I tried the women. I, Charlie Marlow, set the women to work – to get a job. Heavens! Well, you see, the notion drove me. I had an aunt, a dear enthusiastic soul. She wrote: 'It will be delightful. I am ready to do anything, anything for you. It is a glorious idea. I know the wife of a very high personage in the Administration, and also a man who has lots of influence with,' etc. etc. She was determined to make no end of fuss to get me appointed skipper of a river steamboat, if such was my fancy.

"I got my appointment – of course; and I got it very quick. It appears the Company had received news that one of their captains had been killed in a scuffle with the natives. This was my chance, and it made me the more anxious to go. It was only months and months afterwards, when I made the attempt to recover what was left of the body, that I heard the original quarrel arose from a misunderstanding about some hens. Yes, two black hens. Fresleven – that was the fellow's name, a Dane – thought himself wronged somehow in the bargain, so he went ashore and started to hammer the chief of the village with a stick. Oh, it didn't surprise me in the least to hear this, and at the same time to be told that Fresleven was the gentlest, quietest creature that ever walked on two legs. No doubt he was; but he had been a couple of years already out there engaged in the noble cause, you know, and he probably felt the need at last of asserting his self-respect in some way. Therefore he whacked the old nigger mercilessly, while a big crowd of his people watched him, thunderstruck, till some man – I was told the chief's son – in desperation at hearing the old chap yell, made a tentative jab with a spear at the white man – and of

nulla. E allora – ci credereste? – provai con le donne. Io, Charlie Marlow, misi le donne al lavoro – per trovare un posto. Santo Cielo! Be', vedete, era quell'idea fissa a guidarmi. Avevo una zia, una cara creatura piena d'entusiasmo. Mi scrisse: "Sarà un vero piacere. Sono pronta a fare qualsiasi cosa, qualsiasi cosa per te. È un'idea stupenda. Conosco la moglie di un pezzo grosso dell'Amministrazione, e anche una persona che ha molta influenza su" eccetera eccetera. Era decisa a smuovere mari e monti pur di farmi affidare il comando di un battello a vapore, se era quello il mio capriccio.

«Ottenni la nomina – naturalmente; e molto in fretta anche. Pare che la Compagnia avesse saputo che uno dei loro capitani era stato ucciso in una zuffa con gli indigeni. Era l'occasione buona per me e mi rese ancora più ansioso di partire. Solo molti mesi dopo, quando tentai di recuperare ciò che restava del corpo, venni a sapere che la lite era sorta per un malinteso a proposito di certe galline. Sì, due galline nere. Fresleven – così si chiamava quel tale, un danese – convinto che l'avessero imbrogliato nell'affare, era sceso a terra e si era messo a bastonare il capo del villaggio. Oh, tutto questo non mi sorprese affatto, anche se al tempo stesso mi si garantiva che Fresleven era la persona più cortese e tranquilla che avesse mai messo piede sulla terra. Lo era senza dubbio; ma da più di due anni si trovava laggiù, impegnato nella nobile causa, sapete, e probabilmente aveva infine sentito il bisogno di rivendicare in qualche modo la sua dignità. Perciò bastonò spietatamente il povero negro, davanti alla sua gente che lo stava a guardare impietrita, finché un uomo – il figlio del capo, mi dissero – angosciato dalle grida del vecchio, tentò una stoccata al bianco con la lancia – che ovviamente penetrò con facilità tra le scapole. Al che tut-

course it went quite easy between the shoulder-blades. Then the whole population cleared into the forest, expecting all kinds of calamities to happen, while, on the other hand, the steamer Fresleven commanded left also in a bad panic, in charge of the engineer, I believe. Afterwards nobody seemed to trouble much about Fresleven's remains, till I got out and stepped into his shoes. I couldn't let it rest, though; but when an opportunity offered at last to meet my predecessor, the grass growing through his ribs was tall enough to hide his bones. They were all there. The supernatural being had not been touched after he fell. And the village was deserted, the huts gaped black, rotting, all askew within the fallen enclosures. A calamity had come to it, sure enough. The people had vanished. Mad terror had scattered them, men, women, and children, through the bush, and they had never returned. What became of the hens I don't know either. I should think the cause of progress got them, anyhow. However, through this glorious affair I got my appointment, before I had fairly begun to hope for it.

"I flew around like mad to get ready, and before fortyeight hours I was crossing the Channel to show myself to my employers, and sign the contract. In a very few hours I arrived in a city that always makes me think of a whited sepulchre. Prejudice no doubt. I had no difficulty in finding the Company's offices. It was the biggest thing in the town, and everybody I met was full of it. They were going to run an oversea empire, and make no end of coin by trade.

"A narrow and desertea street in deep shadow, high houses, innumerable windows with venetian blinds, a dead silence, grass sprouting between the stones, imposing carriage archways right and

ta la popolazione fuggì nella foresta in attesa di chissà quali calamità, mentre, per parte sua, pure il battello di Fresleven si allontanava in preda al panico, agli ordini del macchinista, credo. In seguito nessuno sembrò darsi gran pena per i resti mortali di Fresleven, finché non saltai fuori io a prenderne il posto. Io, però, non riuscivo a non pensarci; ma quando finalmente ebbi l'opportunità di incontrare il mio predecessore, l'erba che gli cresceva tra le costole era alta abbastanza da nasconderne le ossa. C'erano tutte. L'essere soprannaturale non era stato toccato dopo la caduta. E il villaggio era deserto, le capanne si spalancavano nere, marcescenti e tutte sghembe tra gli steccati in rovina. Senz'altro una calamità si era abbattuta su quel luogo. La gente era svanita. Un terrore folle li aveva dispersi nella boscaglia, uomini, donne e bambini, e non erano più tornati. Non so neppure che fine abbiano fatto le galline. Credo, però, che se le sia prese la causa del progresso. Comunque, grazie a questo fatto glorioso ottenni la nomina, prima ancora di cominciare a sperarvi.

«Corsi di qua e di là come un forsennato per i preparativi, e in meno di quarantott'ore già attraversavo la Manica per presentarmi ai miei principali e firmare il contratto. In pochissime ore arrivai in una città che mi fa sempre pensare a un sepolcro imbiancato. Senza dubbio un pregiudizio. Non ebbi difficoltà a trovare gli uffici della Compagnia. Era la cosa più grande della città ed era sulla bocca di tutti quelli che incontrai. Stavano costruendo un impero oltremare e avrebbero guadagnato quattrini a non finire con il commercio.

«Una strada stretta e deserta nell'ombra profonda, case alte, innumerevoli finestre con le veneziane, un silenzio di tomba, erba che spuntava tra le pietre, volte imponenti a destra e a manca, portoni

left, immense double doors standing ponderously ajar. I slipped through one of these cracks, went up a swept and ungarnished staircase, as arid as a desert, and opened the first door I came to. Two women, one fat and the other slim, sat on straw-bottomed chairs, knitting black wool. The slim one got up and walked straight at me – still knitting with downcast eyes – and only just as I began to think of getting out of her way, as you would for a somnambulist, stood still, and looked up. Her dress was as plain as an umbrella-cover, and she turned round without a word and preceded me into a waiting-room. I gave my name, and looked about. Deal table in the middle, plain chairs all round the walls, on one end a large shining map, marked with all the colours of a rainbow. There was a vast amount of red – good to see at any time, because one knows that some real work is done in there, a deuce of a lot of blue, a little green, smears of orange, and, on the East Coast, a purple patch, to show where the jolly pioneers of progress drink the jolly lager-beer. However, I wasn't going into any of these. I was going into the yellow. Dead in the centre. And the river was there – fascinating – deadly – like a snake. Ough! A door opened, a white-haired secretarial head, but wearing a compassionate expression, appeared, and a skinny forefinger beckoned me into the sanctuary. Its light was dim, and a heavy writing-desk squatted in the middle. From behind that structure came out an impression of pale plumpness in a frock-coat. The great man himself. He was five feet six, I should judge, and had his grip on the handle-end of ever so many millions. He shook hands, I fancy, murmured vaguely, was satisfied with my French. *Bon voyage.*

immensi e massicci appena socchiusi. Scivolai attraverso una di queste fessure, salii una scala spazzata e spoglia, arida come un deserto, e aprii la prima porta che trovai. Due donne, una grassa e l'altra magra, sedevano su due sedie impagliate sferruzzando della lana nera. La magra si alzò e mi venne dritta incontro – continuando a sferruzzare con gli occhi bassi – e solo nel momento in cui cominciai a pensare di scansarmi come si farebbe con un sonnambulo, si fermò e alzò gli occhi. L'abito che indossava era liscio quanto il fodero di un ombrello, lei si voltò senza una parola e mi precedette in una sala d'attesa. Diedi il mio nome e mi guardai intorno. Un tavolo d'abete nel centro, comunissime sedie tutt'intorno alle pareti e a un'estremità una grande carta geografica sgargiante segnata con tutti i colori dell'arcobaleno. C'era moltissimo rosso – che fa sempre piacere vedere, perché vuol dire che in quel punto si lavora davvero, un sacco di blu, un po' di verde, qualche chiazza arancione e sulla costa orientale una macchia viola a indicare il posto in cui gli allegri pionieri del progresso si ubriacano allegramente di birra. Io però non sarei andato in nessuno di quei posti. Andavo nel giallo. Dritto nel centro. Lì c'era il fiume – affascinante – letale – come un serpente. Brr! Si aprì una porta, spuntò una testa bianca segretariale, ma con un'espressione compassionevole, e un indice scarno m'invitò a entrare nel santuario. Dentro, la luce era fioca e nel centro era acquattata una pesante scrivania. Da dietro quella struttura emergeva un'impressione di pallida pinguedine in finanziera. Il grand'uomo in persona. Era alto un metro e sessanta, direi, e teneva in pugno chissà quanti milioni. Mi strinse la mano, immagino, bisbigliò qualcosa, sembrò soddisfatto del mio francese. *Bon voyage.*

«Nel giro di quarantacinque secondi mi ritrovai

"In about forty-five seconds I found myself again in the waiting-room with the compassionate secretary, who, full of desolation and sympathy, made me sign some document. I believe I undertook amongst other things not to disclose any trade secrets. Well, I am not going to.

"I began to feel slightly uneasy. You know I am not used to such ceremonies, and there was something ominous in the atmosphere. It was just as though I had been let into some conspiracy – I don't know – something not quite right; and I was glad to get out. In the outer room the two women knitted black wool feverishly. People were arriving, and the younger one was walking back and forth introducing them. The old one sat on her chair. Her flat cloth slippers were propped up on a foot-warmer, and a cat reposed on her lap. She wore a starched white affair on her head, had a wart on one cheek, and silver-rimmed spectacles hung on the tip of her nose. She glanced at me above the glasses. The swift and indifferent placidity of that look troubled me. Two youths with foolish and cheery countenances were being piloted over, and she threw at them the same quick glance of unconcerned wisdom. She seemed to know all about them and about me too. An eerie feeling came over me. She seemed uncanny and fateful. Often far away there I thought of these two, guarding the door of Darkness, knitting black wool as for a warm pall, one introducing, introducing continuously to the unknown, the other scrutinising the cheery and foolish faces with unconcerned old eyes. *Ave!* Old knitter of black wool. *Morituri te salutant.* Not many of those she looked at ever saw her again – not half, by a long way.

"There was yet a visit to the doctor. 'A simple

nella sala d'attesa con il segretario compassionevole che, pieno di desolazione e solidarietà, mi fece firmare dei documenti. Credo di essermi impegnato tra le altre cose a non rivelare nessun segreto commerciale. Be', non ho intenzione di farlo.

«Cominciavo a sentirmi un po' a disagio. Sapete che non sono abituato a quelle cerimonie e c'era qualcosa di sinistro nell'atmosfera. Era come se mi avessero ammesso a far parte di qualche cospirazione – non so – di qualcosa non del tutto a posto, e fui contento di andarmene. Nella prima stanza le due donne sferruzzavano febbrilmente la lana nera. Stavano arrivando delle persone e la giovane faceva la spola avanti e indietro per farle accomodare. La vecchia sedeva sulla sua seggiola, le pantofole basse di stoffa erano appoggiate su uno scaldino e un gatto le riposava in grembo. Aveva in testa una cosa bianca e inamidata, una verruca sulla guancia e degli occhiali d'argento sulla punta del naso. Mi lanciò un'occhiata da sopra le lenti. La placidità rapida e indifferente di quello sguardo mi turbò. Due giovani dall'espressione sciocca ed euforica venivano pilotati dall'altra parte e a loro lanciò lo stesso sguardo lesto di noncurante saggezza. Sembrava sapere tutto di loro e anche di me. Venni assalito da una sensazione arcana. La donna pareva misteriosa e fatale. Spesso laggiù pensai a quelle due, di guardia alla porta delle Tenebre, che sferruzzavano lana nera come per un caldo drappo funebre, l'una che introduceva, introduceva continuamente all'ignoto, l'altra che scrutava i volti euforici e sciocchi con vecchi occhi colmi di noncuranza. *Ave!* Vecchia sferruzzatrice di lana nera! *Morituri te salutant.* Tra quelli che guardò, non furono in molti a rivederla – assai meno della metà.

«C'era ancora la visita dal medico. "Una semplice formalità", mi assicurò il segretario con l'aria

formality,' assured me the secretary, with an air of taking an immense part in all my sorrows. Accordingly a young chap wearing his hat over the left eyebrow, some clerk I suppose – there must have been clerks in the business, though the house was as still as a house in a city of the dead – came from somewhere upstairs, and led me forth. He was shabby and careless, with ink-stains on the sleeves of his jacket, and his cravat was large and billowy, under a chin shaped like the toe of an old boot. It was a little too early for the doctor, so I proposed a drink, and thereupon he developed a vein of joviality. As we sat over our vermuths he glorified the Company's business, and by and by I expressed casually my surprise at him not going out there. He became very cool and collected all at once. 'I am not such a fool as I look, quoth Plato to his disciples,' he said sententiously, emptied his glass with great resolution, and we rose.

"The old doctor felt my pulse, evidently thinking of something else the while. 'Good, good for there,' he mumbled, and then with a certain eagerness asked me whether I would let him measure my head. Rather surprised, I said Yes, when he produced a thing like callipers and got the dimensions back and front and every way, taking notes carefully. He was an unshaven little man in a threadbare coat like a gaberdine, with his feet in slippers, and I thought him a harmless fool. 'I always ask leave, in the interests of science, to measure the crania of those going out there,' he said. 'And when they come back too?' I asked. 'Oh, I never see them,' he remarked; 'and, moreover, the changes take place inside, you know.' He smiled, as if at some quiet joke. 'So you are going out there. Famous. Interesting

di prendere immensa parte a tutte le mie pene. Quindi un giovanotto col cappello calato sull'occhio sinistro, un impiegato suppongo – dovevano pur esserci degli impiegati in quell'impresa benché l'edificio fosse silenzioso quanto una dimora della città dei morti – arrivò da qualche parte del piano di sopra a farmi strada. Era malconcio e trasandato, con delle macchie d'inchiostro sulle maniche della giacca e una cravatta larga che ondeggiava sotto il mento fatto a punta di vecchio stivale. Era un po' troppo presto per il medico, così gli proposi di bere qualcosa, al che rivelò una vena di cordialità. Mentre sedevamo davanti ai nostri vermut, si mise a glorificare gli affari della Compagnia e di lì a poco accidentalmente gli dimostrai la mia sorpresa che non fosse ancora andato laggiù. Diventò all'improvviso freddo e formale. "Non sono poi così stupido quanto sembro, disse Platone ai suoi discepoli" sentenziò, vuotò risolutamente il bicchiere e ci alzammo.

«Il vecchio medico mi tastò il polso, evidentemente immerso in altri pensieri. "Buono, buono per quei posti" borbottò, e poi con una certa sollecitudine mi chiese se gli permettevo di misurarmi la testa. Piuttosto sorpreso risposi di sì e allora tirò fuori una specie di calibro e misurò davanti, dietro e da ogni parte, prendendo accuratamente nota. Era un ometto mal rasato con una giacca frusta, una sorta di gabardine, le pantofole ai piedi e io pensai che fosse un pazzo innocuo. "Chiedo sempre il permesso, nell'interesse della scienza, di misurare il cranio di quelli che vanno laggiù" disse. "E anche quando tornano?" chiesi. "Oh, non li vedo mai" osservò, "e poi i cambiamenti avvengono dentro, sa." Sorrise come si trattasse di un'arguzia discreta. "Così, lei va laggiù. Ottimo. Interessante, anche." Mi lanciò uno sguardo penetrante e prese un altro

too.' He gave me a searching glance, and made another note. 'Ever any madness in your family?' he asked, in a matter-of-fact tone. I felt very annoyed. 'Is that question in the interests of science too?' 'It would be,' he said, without taking notice of my irritation, 'interesting for science to watch the mental changes of individuals, on the spot, but...' 'Are you an alienist?' I interrupted. 'Every doctor should be – a little,' answered that original imperturbably. 'I have a little theory which you Messieurs who go out there must help me to prove. This is my share in the advantages my country shall reap from the possession of such a magnificent dependency. The mere wealth I leave to others. Pardon my questions, but you are the first Englishman coming under my observation...' I hastened to assure him I was not in the least typical. 'If I were,' said I, 'I wouldn't be talking like this with you.' 'What you say is rather profound, and probably erroneous,' he said, with a laugh. 'Avoid irritation more than exposure to the sun. Adieu. How do you English say, eh? Good-bye. Ah! Good-bye. Adieu. In the tropics one must before everything keep calm.'... He lifted a warning forefinger... '*Du calme, du calme. Adieu.*'

"One thing more remained to do – say good-bye to my excellent aunt. I found her triumphant. I had a cup of tea – the last decent cup of tea for many days – and in a room that most soothingly looked just as you would expect a lady's drawing-room to look, we had a long quiet chat by the fireside. In the course of these confidences it became quite plain to me I had been represented to the wife of the high dignitary, and goodness knows to how many more people besides, as an exceptional and gifted creature – a piece of good fortune for the Company – a man you don't get hold of every day. Good Heavens! and I was going to take char-

appunto. "Nessun caso di pazzia in famiglia?" chiese con tono pratico. Mi sentii estremamente irritato. "Anche questa domanda è nell'interesse della scienza?" "Sarebbe interessante" aggiunse senza rilevare la mia irritazione "per la scienza poter osservare sul posto i mutamenti mentali degli individui, ma..." "Lei è uno psichiatra?" lo interruppi. "Ogni medico dovrebbe esserlo – un po'" rispose imperturbabile quell'originale. "Ho una piccola teoria che voi *Messieurs* che andate laggiù dovete aiutarmi a provare. Questa è la mia parte dei vantaggi che il mio paese trarrà dal possesso di quella magnifica colonia. Lascio agli altri la mera ricchezza. Perdoni le mie domande, ma lei è il primo inglese che mi sia capitato di osservare..." Mi affrettai ad assicurargli che non ero affatto tipico. "Se lo fossi" aggiunsi, "non sarei qui a parlarle così." "Quello che dice è piuttosto profondo e probabilmente errato" disse con una risata. "Eviti di irritarsi ancor più che di esporsi al sole. Addio. Come dite voi inglesi, eh? *Good-bye*. Ah! *Good-bye. Adieu*. Nei tropici bisogna innanzitutto mantenere la calma."... Alzò un indice ammonitore... *"Du calme, du calme. Adieu."*

«Restava ancora una cosa da fare – andare a salutare la mia ottima zia. La trovai esultante. Presi una tazza di tè – l'ultima tazza di tè decente per lungo tempo – e in una stanza molto rassicurante, poiché in tutto e per tutto uguale a ciò che ci si aspetta dal salotto di una signora, chiacchierammo tranquillamente a lungo accanto al fuoco. Nel corso di quella conversazione intima mi parve chiaro che ero stato descritto alla moglie dell'alto dignitario, e a chissà quante altre persone, come una creatura eccezionalmente dotata – una vera fortuna per la Compagnia – un uomo come non se ne trovano certo tutti i giorni. Santo Cielo! e pensare che stavo per prendere il comando di un vapore da due soldi

ge of a two-penny-half-penny river-steamboat with a penny whistle attached! It appeared, however, I was also one of the Workers, with a capital – you know. Something like an emissary of light, something like a lower sort of apostle. There had been a lot of such rot let loose in print and talk just about that time, and the excellent woman, living right in the rush of all that humbug, got carried off her feet. She talked about 'weaning those ignorant millions from their horrid ways,' till, upon my word, she made me quite uncomfortable. I ventured to hint that the Company was run for profit.

"'You forget, dear Charlie, that the labourer is worthy of his hire,' she said brightly. It's queer how out of touch with truth women are. They live in a world of their own, and there had never been anything like it, and never can be. It is too beautiful altogether, and if they were to set it up it would go to pieces before the first sunset. Some confounded fact we men have been living contentedly with ever since the day of creation would start up and knock the whole thing over.

"After this I got embraced, told to wear flannel, be sure to write often, and so on – and I left. In the street – I don't know why – a queer feeling came to me that I was an impostor. Odd thing that I, who used to clear out for any part of the world at twenty-four hours' notice, with less thought than most men give to the crossing of a street, had a moment – I won't say of hesitation, but of startled pause, before this commonplace affair. The best way I can explain it to you is by saying that, for a second or two, I felt as though, instead of going to the centre of a continent, I were about to set off for the centre of the earth

con tanto di fischietto da mezzo soldo attaccato! Tuttavia sembrava che io fossi anche uno dei Lavoratori con la lettera maiuscola – capite. Una specie di emissario di luce, una specie di apostolo minore. Proprio in quel tempo un tal genere di sciocchezze circolava ampiamente sulla stampa e nei discorsi, e l'ottima donna si era lasciata trasportare dalla frenesia di quelle fandonie in mezzo a cui viveva. Parlava di "svezzare quei milioni di ignoranti dalle loro orribili abitudini" finché vi assicuro che mi fece sentire a disagio. Mi arrischiai ad accennare al fatto che la Compagnia era gestita a fini di lucro.

«"Dimentichi, caro Charlie, che il bracciante merita la sua paga" disse allegramente. È strano quanto alle donne manchi il contatto con la realtà. Vivono in un mondo tutto loro, e non c'è mai stato nulla che gli somigli, né mai ci potrà essere. È troppo bello e se mai riuscissero a realizzarlo, andrebbe in frantumi prima del tramonto. Qualche dannato fatto con cui noi uomini abbiamo felicemente convissuto fin dal giorno della creazione salterebbe fuori a mandare tutto all'aria.

«Dopo di che ricevetti un abbraccio, la raccomandazione di portare sempre la maglia di lana, di scrivere sovente e così via – e me ne andai. Per strada – non so perché – mi prese la curiosa sensazione di essere un impostore. Davvero strano che io, abituato a partire per qualsiasi angolo della terra con ventiquattro ore di preavviso e con meno cura di quanto un altro ci metta per attraversare la strada, abbia avuto un momento – non direi di esitazione, ma di allarme, davanti a quella faccenda così usuale. Non riesco a spiegarmi meglio se non dicendovi che per un secondo o due ebbi l'impressione di partire non per il centro di un continente, ma per il centro della terra.

«Partii con un piroscafo francese che toccò uno

"I left in a French steamer, and she called in every blamed port they have out there, for, as far as I could see, the sole purpose of landing soldiers and custom-house officers. I watched the coast. Watching a coast as it slips by the ship is like thinking about an enigma. There it is before you – smiling, frowning, inviting, grand, mean, insipid, or savage, and always mute with an air of whispe-ring, Come and find out. This one was almost fea-tureless, as if still in the making, with an aspect of monotonous grimness. The edge of a colossal jun-gle, so dark green as to be almost black, fringed with white surf, ran straight, like a ruled line, far, far away along a blue sea whose glitter was blur-red by a creeping mist. The sun was fierce, the land seemed to glisten and drip with steam. Here and there greyish-whitish specks showed up clus-tered inside the white surf, with a flag flying above them perhaps – settlements some centuries old, and still no bigger than pin-heads on the untou-ched expanse of their background. We pounded along, stopped, landed soldiers; went on, landed custom-house clerks to levy toll in what looked like a God-forsaken wilderness, with a tin shed and a flag-pole lost in it; landed more soldiers – to take care of the custom-house clerks presumably. So-me, I heard, got drowned in the surf; but whether they did or not, nobody seemed particularly to ca-re. They were just flung out there, and on we went. Every day the coast looked the same, as though we had not moved; but we passed various places – trading places – with names like Gran' Bassam, Little Popo; names that seemed to belong to some sordid farce acted in front of a sinister back-cloth.

dopo l'altro tutti i dannati porti che hanno laggiù col solo scopo, per quanto potei capire, di sbarcare soldati e doganieri. Io guardavo la costa. Osservare la costa che scivola via lungo la nave è come pensare a un enigma. Eccola lì davanti a voi – sorridente, accigliata, invitante, grandiosa, meschina, insignificante o selvaggia e sempre muta, con l'aria di bisbigliare: vieni a scoprire. Quella era quasi priva di fattezze, come se fosse ancora in formazione, con un aspetto monotono e sinistro. L'orlo di una giungla colossale d'un verde così scuro da sembrare nero, bordato dalla risacca bianca, correva diritto come una linea tracciata col righello, lontano, lontano, lungo un mare azzurro il cui scintillio era velato da una foschia strisciante. Il sole era feroce, la terra pareva luccicare e stillare vapore. Qua e là appariva un grappolo di chiazze grigio-biancastre nella risacca bianca, che forse issavano una bandiera al vento – insediamenti vecchi di secoli, eppure non più grossi della capocchia di uno spillo sulla distesa intatta di quello sfondo. Procedevamo di gran carriera, ci fermavamo, sbarcavamo soldati; proseguivamo, sbarcavamo i doganieri per raccogliere imposte in quella che pareva una zona selvaggia e desolata, dimenticata da Dio, con una baracca di latta e un'asta di bandiera sperdute là in mezzo; sbarcavamo degli altri soldati – probabilmente per proteggere i doganieri. Si diceva che ne annegassero alcuni nella risacca; ma che fosse vero o no, sembrava non importare a nessuno. Li si scaraventava solamente là e si proseguiva. Ogni giorno la costa pareva identica, come se non ci fossimo mossi; ma superavamo diverse località – centri commerciali – con nomi come Gran' Bassam e Little Popo; nomi che sembravano appartenere a qualche sordida farsa rappresentata davanti a un fondale sinistro. L'ozio del passeggero, il mio isola-

The idleness of a passenger, my isolation amongst all these men with whom I had no point of contact, the oily and languid sea, the uniform sombreness of the coast, seemed to keep me away from the truth of things, within the toil of a mournful and senseless delusion. The voice of the surf heard now and then was a positive pleasure, like the speech of a brother. It was something natural, that had its reason, that had a meaning. Now and then a boat from the shore gave one a momentary contact with reality. It was paddled by black fellows. You could see from afar the white of their eyeballs glistening. They shouted, sang; their bodies streamed with perspiration; they had faces like grotesque masks – these chaps; but they had bone, muscle, a wild vitality, an intense energy of movement, that was as natural and true as the surf along their coast. They wanted no excuse for being there. They were a great comfort to look at. For a time I would feel I belonged still to a world of straightforward facts; but the feeling would not last long. Something would turn up to scare it away. Once, I remember, we came upon a man-of-war anchored off the coast. There wasn't even a shed there, and she was shelling the bush. It appears the French had one of their wars going on thereabouts. Her ensign drooped limp like a rag; the muzzles of the long six-inch guns stuck out all over the low hull; the greasy, slimy swell swung her up lazily and let her down, swaying her thin masts. In the empty immensity of earth, sky, and water, there she was, incomprehensible, firing into a continent. Pop, would go one of the six-inch guns; a small flame would dart and vanish, a little white smoke would disappear, a tiny projectile

mento fra tutti quegli uomini con cui non avevo alcun punto di contatto, il mare languido e oleoso, la cupa uniformità della costa, tutto sembrava tenermi lontano dalla verità delle cose, nel travaglio di una lugubre e assurda allucinazione. La voce della risacca che si udiva di tanto in tanto era un vero piacere, una nota fraterna. Era una cosa naturale, aveva una propria ragione d'essere e un significato. Di tanto in tanto, una barca dalla riva stabiliva un contatto momentaneo con la realtà. Alle pagaie stavano dei negri. Di lontano si vedeva brillare il bianco dei loro occhi. Gridavano, cantavano; i corpi grondanti di sudore; quella gente aveva facce come maschere grottesche; ma aveva ossa, muscoli, una vitalità selvaggia, un'intensa energia nel movimento, naturale e autentica quanto la risacca lungo la loro costa. Non avevano bisogno di giustificare la loro presenza. Era un gran conforto stare a guardarli. Per un po' sentivo di appartenere ancora a un mondo di fatti schietti, ma la sensazione non durava a lungo. Sopraggiungeva sempre qualcosa ad allontanarla. Una volta, ricordo, ci imbattemmo in una nave da guerra ancorata al largo della costa. Non c'era neppure una baracca in quel punto e la nave bombardava la boscaglia. A quanto pare i francesi erano impegnati in una delle loro guerre da quelle parti. La bandiera penzolava fiacca come uno straccio: da ogni punto dello scafo basso spuntavano le bocche dei lunghi cannoni da sei pollici; i flutti untuosi e viscidi sollevavano pigramente la nave e la lasciavano ricadere, facendo ondeggiare i suoi alberi sottili. In quella vuota immensità di terra, cielo e mare, eccola, incomprensibile, a far fuoco contro un continente. Pum, faceva un cannone da sei pollici, una fiammella guizzava e svaniva, un po' di fumo bianco che subito spariva, un minuscolo proiettile lanciava un debole stridore – e non

would give a feeble screech – and nothing happened. Nothing could happen. There was a touch of insanity in the proceeding, a sense of lugubrious drollery in the sight; and it was not dissipated by somebody on board assuring me earnestly there was a camp of natives – he called them enemies! – hidden out of sight somewhere.

"We gave her her letters (I heard the men in that lonely ship were dying of fever at the rate of three a day) and went on. We called at some more places with farcical names, where the merry dance of death and trade goes on in a still and earthy atmosphere as of an overheated catacomb; all along the formless coast bordered by dangerous surf, as if Nature herself had tried to ward off intruders; in and out of rivers, streams of death in life, whose banks were rotting into mud, whose waters, thickened into slime, invaded the contorted mangroves, that seemed to writhe at us in the extremity of an impotent despair. Nowhere did we stop long enough to get a particularised impression, but the general sense of vague and oppressive wonder grew upon me. It was like a weary pilgrimage amongst hints for nightmares.

"It was upward of thirty days before I saw the mouth of the big river. We anchored off the seat of the government. But my work would not begin till some two hundred miles farther on. So as soon as I could I made a start for a place thirty miles higher up.

"I had my passage on a little sea-going steamer. Her captain was a Swede, and knowing me for a seaman, invited me on the bridge. He was a young man, lean, fair, and morose, with lanky hair and a

succedeva nulla. Nulla poteva succedere. C'era un tocco di follia in quella condotta, un senso di lugubre stramberia in quella vista; e non servì a dissiparlo che qualcuno a bordo mi assicurasse con convinzione che, nascosto laggiù da qualche parte, c'era un accampamento di indigeni – nemici li chiamò!

«Le consegnammo la posta (sentii dire che su quella nave solitaria gli uomini morivano di febbre al ritmo di tre al giorno) e proseguimmo. Facemmo scalo in altri posti dal nome farsesco, dove l'allegra danza della morte e del commercio procede nell'atmosfera immobile e terrosa di una catacomba surriscaldata; lungo tutta la costa uniforme bordata dalla pericolosa risacca, come se la Natura stessa avesse cercato di respingere gli intrusi; fuori e dentro i fiumi, correnti di morte in vita, le cui rive si decomponevano in mota, le cui acque, ispessite in limo, invadevano le mangrovie contorte, che parevano agitarsi verso di noi allo stremo di una disperazione impotente. Da nessuna parte ci fermammo abbastanza perché potessi ricavarne un'impressione particolareggiata, ma cresceva in me un indefinibile senso di sbigottimento vago e oppressivo. Era come un faticoso pellegrinaggio tra suggestioni d'incubo.

«Trascorsero più di trenta giorni prima che potessi scorgere la foce del grande fiume. Ci ancorammo al largo della sede dell'Amministrazione. Ma il mio lavoro sarebbe iniziato soltanto duecento miglia più all'interno. Così, appena mi fu possibile, partii per una località trenta miglia più in su.

«Ebbi un passaggio da un piccolo piroscafo. Il capitano era uno svedese e, avendo saputo che ero un uomo di mare, mi invitò sul ponte. Era giovane, snello, biondo e scontroso, con i capelli lisci e l'andatura strascicata. Mentre ci allontanavamo dal

shuffling gait. As we left the miserable little wharf, he tossed his head contemptuously at the shore. 'Been living there?' he asked. I said, 'Yes'. 'Fine lot these government chaps – are they not?' he went on, speaking English with great precision and considerable bitterness. 'It is funny what some people will do for a few francs a month. I wonder what becomes of that kind when it goes up country?' I said to him I expected to see that soon. 'So-o-o!' he exclaimed. He shuffled athwart, keeping one eye ahead vigilantly. 'Don't be too sure,' he continued. 'The other day I took up a man who hanged himself on the road. He was a Swede too.' 'Hanged himself! Why, in God's name?' I cried. He kept on looking out watchfully. 'Who knows? The sun too much for him, or the country perhaps.'

"At last we opened a reach. A rock cliff appeared, mounds of turned-up earth by the shore, houses on a hill, others with iron roofs, amongst a waste of excavations, or hanging to the declivity. A continuous noise of the rapids above hovered over this scene of inhabited devastation. A lot of people, mostly black and naked, moved about like ants. A jetty projected into the river. A blinding sunlight drowned all this at times in a sudden recrudescence of glare. 'There's your Company's station,' said the Swede, pointing to three wooden barrack-like structures on the rocky slope. 'I will send your things up. Four boxes did you say? So. Farewell.'

"I came upon a boiler wallowing in the grass, then found a path leading up the hill. It turned aside for the boulders, and also for an undersized railway truck lying there on its back with its wheels in the air. One was off. The thing looked as

misero attracco, accennò sdegnosamente col capo alla riva. "Si è fermato lì?" chiese. "Sì" risposi. "Bei tipi quelli dell'Amministrazione – vero?" continuò parlando inglese con grande precisione e considerevole amarezza. "È strano quello che certa gente è disposta a fare per pochi franchi al mese. Mi chiedo che cosa diventino quei tipi quando se ne vanno all'interno." Gli dissi che mi aspettavo di scoprirlo presto. "Davvero!" esclamò. Si spostò di traverso strascicando i piedi e continuando a fissare vigile davanti a sé. "Non ne sia tanto sicuro" aggiunse. "L'altro giorno ne ho raccolto uno che si era impiccato per strada. Era svedese pure lui." "Si è impiccato! E perché, in nome di Dio?" gridai. Continuò a osservare la rotta con occhio attento. "Chissà. Troppo sole, o forse il paese."

«Finalmente si aprì alla vista un tratto dritto del fiume. Apparve una rupe, mucchi di terra rimossa presso la spiaggia, delle case su una collina, altre con i tetti di lamiera tra una distesa di scavi, o aggrappate al declivio. Il fragore incessante delle rapide più a monte incombeva su quella scena di devastazione abitata. Moltissima gente, per lo più nera e nuda, si affaccendava come tante formiche. Un pontile si allungava nel fiume. A tratti un sole accecante sommergeva tutto ciò con una improvvisa recrudescenza di luce abbacinante. "Ecco la stazione della sua Compagnia" disse lo svedese indicando tre costruzioni di legno che parevano caserme sulla china rocciosa. "Le manderò su la roba. Quattro casse ha detto? Bene. Addio."

«Mi imbattei in una caldaia rotolata sull'erba, quindi trovai un sentiero che conduceva su per la collina. Non procedeva diritto a causa di certi massi e di un piccolo carrello ferroviario che giaceva rovesciato a ruote all'aria. Gliene mancava una. Pareva la carcassa di qualche animale. Mi imbattei in

dead as the carcass of some animal. I came upon more pieces of decaying machinery, a stack of rusty rails. To the left a clump of trees made a shady spot, where dark things seemed to stir feebly. I blinked, the path was steep. A horn tooted to the right, and I saw the black people run. A heavy and dull detonation shook the ground, a puff of smoke came out of the cliff, and that was all. No change appeared on the face of the rock. They were building a railway. The cliff was not in the way or anything; but this objectless blasting was all the work going on.

"A slight clinking behind me made me turn my head. Six black men advanced in a file, toiling up the path. They walked erect and slow, balancing small baskets full of earth on their heads, and the clink kept time with their footsteps. Black rags were wound round their loins, and the short ends behind waggled to and fro like tails. I could see every rib, the joints of their limbs were like knots in a rope; each had an iron collar on his neck, and all were connected together with a chain whose bights swung between them, rhythmically clinking. Another report from the cliff made me think suddenly of that ship of war I had seen firing into a continent. It was the same kind of ominous voice; but these men could by no stretch of imagination be called enemies. They were called criminals, and the outraged law, like the bursting shells, had come to them, an insoluble mystery from the sea. All their meagre breasts panted together, the violently dilated nostrils quivered, the eyes stared stonily uphill. They passed me within six inches, without a glance, with that complete, deathlike indifference of unhappy

altri pezzi di macchinari in rovina, in una catasta di rotaie arrugginite. A sinistra un folto d'alberi formava una chiazza d'ombra, in cui parevano muoversi debolmente delle cose scure. Strizzai gli occhi, il sentiero era ripido. A destra risuonò un corno e vidi i negri allontanarsi di corsa. Una detonazione greve e sorda scosse il terreno, uno sbuffo di fumo si alzò dalla rupe e fu tutto. Sulla superficie della roccia non apparve alcun cambiamento. Stavano costruendo una ferrovia. Non è che la rupe li intralciasse; eppure quelle inutili esplosioni erano l'unico lavoro in corso.

«Un lieve tintinnio alle mie spalle mi fece volgere il capo. Sei negri avanzavano in fila, arrancando lungo il sentiero. Camminavano lenti col busto eretto, bilanciando sulla testa dei cestelli pieni di terra e il tintinnio seguiva il ritmo dei loro passi. Intorno ai lombi portavano degli stracci neri, le cui corte estremità si agitavano dietro come code. Potevo contar loro le costole, e le giunture delle membra parevano nodi su di una corda; intorno al collo avevano tutti un anello di ferro, i collari erano uniti l'uno all'altro da una catena che oscillava in mezzo a loro tintinnando ritmicamente. Un'altra detonazione dalla rupe mi fece pensare d'un tratto a quella nave da guerra che avevo visto far fuoco contro un continente. Era la stessa specie di voce sinistra, ma neppure un grande sforzo d'immaginazione avrebbe permesso di definire quegli uomini nemici. Li chiamavano criminali e la legge oltraggiata, mistero insolubile venuto dal mare, era piombata su di loro come colpi di cannone. I toraci scarni ansimavano all'unisono, le narici violentemente dilatate fremevano, gli occhi impietriti fissavano la salita. Mi superarono a un palmo di distanza senza uno sguardo, con la completa e mortale indifferenza dei selvaggi infelici. Dietro

savages. Behind this raw matter one of the reclaimed, the product of the new forces at work, strolled despondently, carrying a rifle by its middle. He had a uniform jacket with one button off, and seeing a white man on the path, hoisted his weapon to his shoulder with alacrity. This was simple prudence, white men being so much alike at a distance that he could not tell who I might be. He was speedily reassured, and with a large, white, rascally grin, and a glance at his charge, seemed to take me into partnership in his exalted trust. After all, I also was a part of the great cause of these high and just proceedings.

"Instead of going up, I turned and descended to the left. My idea was to let that chain-gang get out of sight before I climbed the hill. You know I am not particularly tender; I've had to strike and to fend off. I've had to resist and to attack sometimes – that's only one way of resisting – without counting the exact cost, according to the demands of such sort of life as I had blundered into. I've seen the devil of violence, and the devil of greed, and the devil of hot desire; but, by all the stars! these were strong, lusty, red-eyed devils, that swayed and drove men – men, I tell you. But as I stood on this hillside, I foresaw that in the blinding sunshine of that land I would become acquainted with a flabby, pretending, weak-eyed devil of a rapacious and pitiless folly. How insidious he could be, too, I was only to find out several months later and a thousand miles farther. For a moment I stood appalled, as though by a warning. Finally I descended the hill, obliquely, towards the trees I had seen.

"I avoided a vast artificial hole somebody had been digging on the slope, the purpose of which I found it impossible to divine. It wasn't a quarry or

quella materia grezza camminava avvilito un indigeno redento, il prodotto delle nuove forze al lavoro, bilanciando un fucile. Portava una giacca d'uniforme a cui mancava un bottone; e vedendo un bianco sul sentiero issò svelto l'arma sulla spalla. Semplice prudenza, poiché i bianchi si assomigliano tutti a una certa distanza e non poteva sapere chi fossi. Si rassicurò presto, e con un largo sorriso, bianco e mascalzone, e un'occhiata a quelli che aveva in custodia sembrò volermi includere nella sua esaltata responsabilità. Dopotutto partecipavo anch'io alla grande causa di questi mutamenti elevati e giusti.

«Invece di proseguire, mi voltai e scesi a sinistra. Avevo in mente di lasciar sparire quel gruppo in catene prima di risalire la collina. Sapete che non sono particolarmente tenero; ho dovuto colpire e difendermi. Ho dovuto resistere e a volte attaccare – che è solo un modo di difendersi – senza calcolarne esattamente il prezzo, secondo le esigenze del genere di vita in cui mi ero cacciato. Ho visto il demone della violenza, e il demone della cupidigia, e il demone della concupiscenza; ma per tutte le stelle! quelli erano demoni vigorosi, robusti, demoni dagli occhi di fiamma che dominavano e trascinavano gli uomini – uomini, vi dico. Ma sul fianco di quella collina previdi che nella luce accecante di quella terra avrei conosciuto il demone flaccido, bugiardo, dall'occhio spento, di una follia rapace e spietata. Quanto potesse essere insidioso l'avrei scoperto solo molti mesi dopo, a mille miglia da lì. Restai per un attimo sbigottito come in presenza di un ammonimento. Infine discesi la collina, piegando verso gli alberi che avevo visto.

«Evitai una vasta fossa artificiale scavata da qualcuno sul pendio per una ragione che non seppi immaginare. Non era una cava di pietra o di

a sandpit, anyhow. It was just a hole. It might have been connected with the philanthropic desire of giving the criminals something to do. I don't know. Then I nearly fell into a very narrow ravine, almost no more than a scar in the hillside. I discovered that a lot of imported drainage-pipes for the settlement had been tumbled in there. There wasn't one that was not broken. It was a wanton smash-up. At last I got under the trees. My purpose was to stroll into the shade for a moment; but no sooner within than it seemed to me I had stepped into the gloomy circle of some Inferno. The rapids were near, and an uninterrupted, uniform, headlong, rushing noise filled the mournful stillness of the grove, where not a breath stirred, not a leaf moved, with a mysterious sound – as though the tearing pace of the launched earth had suddenly become audible.

"Black shapes crouched, lay, sat between the trees, leaning against the trunks, clinging to the earth, half coming out, half effaced within the dim light, in all the attitudes of pain, abandonment, and despair. Another mine on the cliff went off, followed by a slight shudder of the soil under my feet. The work was going on. The work! And this was the place where some of the helpers had withdrawn to die.

"They were dying slowly – it was very clear. They were not enemies, they were not criminals, they were nothing earthly now – nothing but black shadows of disease and starvation, lying confusedly in the greenish gloom. Brought from all the recesses of the coast in all the legality of time contracts, lost in uncongenial surroundings, fed on unfamiliar food, they sickened, became inefficient, and were then allowed to crawl away and rest. These moribund shapes were free as air –

sabbia, comunque. Era soltanto una fossa. Forse era legata al desiderio filantropico di tenere in qualche modo i criminali occupati. Non so. Poi quasi caddi in una gola strettissima, poco più di una cicatrice nel fianco della collina. Scoprii che ci avevano gettato un mucchio di tubi di scarico importati per la colonia. Non ce n'era uno che non fosse rotto. Uno scempio gratuito. Finalmente giunsi sotto gli alberi. Avevo intenzione di passeggiare all'ombra per un momento; ma appena m'i noltrai, mi parve di essere penetrato nel cupo gi rone di qualche Inferno. Le rapide erano vicine e un fragore ininterrotto, uniforme, precipitoso e impetuoso colmava la funerea immobilità del boschetto, dove non soffiava un alito di vento né si muoveva una foglia, di un suono misterioso – come se all'improvviso si fosse potuto udire il moto vorticoso della terra lanciata nello spazio.

«Accucciate, distese, sedute tra gli alberi, c'erano delle forme nere appoggiate ai tronchi, tutt'uno con la terra, mezzo stagliate e mezzo confuse nella penombra, in tutti gli atteggiamenti del dolore, dell'abbandono, della disperazione. Sulla rupe esplose un'altra mina, seguita da un fremito leggero del terreno sotto i miei piedi. Il lavoro proseguiva. Il lavoro! E questo era il luogo in cui alcuni uomini impegnati in quel lavoro s'erano appartati per morire.

«Stavano lentamente morendo – era chiaro. Non erano nemici, non erano criminali, non erano nulla di terrestre, ormai – nient'altro che ombre nere di malattia e di inedia distese alla rinfusa nell'oscurità verdastra. Portati da tutti i recessi della costa con tutta la legalità dei contratti a termine, perduti in un ambiente sfavorevole, nutriti con cibi sconosciuti, si ammalavano, diventavano inefficienti e allora ottenevano di potersi trascinare in disparte a riposare. Quelle forme moribonde erano libere co-

and nearly as thin. I began to distinguish the gleam of the eyes under the trees. Then, glancing down, I saw a face near my hand. The black bones reclined at full length with one shoulder against the tree, and slowly the eyelids rose and the sunken eyes looked up at me, enormous and vacant, a kind of blind, white flicker in the depths of the orbs, which died out slowly. The man seemed young – almost a boy – but you know with them it's hard to tell. I found nothing else to do but to offer him one of my good Swede's ship's biscuits I had in my pocket. The fingers closed slowly on it and held – there was no other movement and no other glance. He had tied a bit of white worsted round his neck – Why? Where did he get it? Was it a badge – an ornament – a charm – a propitiatory act? Was there any idea at all connected with it? It looked startling round his black neck, this bit of white thread from beyond the seas.

"Near the same tree two more bundles of acute angles sat with their legs drawn up. One, with his chin propped on his knees, stared at nothing, in an intolerable and appalling manner: his brother phantom rested its forehead, as if overcome with a great weariness; and all about others were scattered in every pose of contorted collapse, as in some picture of a massacre or a pestilence. While I stood horror-struck, one of these creatures rose to his hands and knees, and went off on all-fours towards the river to drink. He lapped out of his hand, then sat up in the sunlight, crossing his shins in front of him, and after a time let his woolly head fall on his breastbone.

"I didn't want any more loitering in the shade, and I made haste towards the station. When near

me l'aria e quasi altrettanto sottili. Incominciai a distinguere il luccicare degli occhi sotto gli alberi. Poi, abbassando lo sguardo, scorsi un viso accanto alla mia mano. Le lunghe ossa nere distese a terra, solo una spalla s'appoggiava all'albero, e lentamente le palpebre si alzarono e gli occhi incavati mi fissarono, enormi e vacui, una sorta di guizzo cieco, bianco nella profondità dell'orbita, che si spense lentamente. L'uomo sembrava giovane – quasi un ragazzo – ma sapete, con quella gente è difficile dirlo. Non trovai niente di meglio che offrirgli uno di quei biscotti che mi ero messo in tasca sulla barca del mio buon svedese. Lentamente le dita si chiusero intorno a esso e lo tennero stretto – non ci fu un altro movimento, né uno sguardo. Aveva legato intorno al collo un pezzo di lana bianca. – Perché? Dove l'aveva preso? Era un segno distintivo – un ornamento – un amuleto – un gesto propiziatorio? Era legato a qualche idea? Aveva un aspetto sor prendente intorno al collo nero, quel pezzo di filato bianco venuto da oltre oceano.

«Accanto allo stesso albero, altri due fagotti di angoli acuti sedevano con le gambe al petto. Uno, col mento appoggiato alle ginocchia, fissava il vuoto in modo insopportabile e spaventoso: il suo fantasma gemello appoggiava la fronte come vinto da una grande stanchezza; e tutt'intorno gli altri erano disseminati in ogni posa di prostrazione contorta come in un quadro di massacro o pestilenza. Mentre restavo impietrito dall'orrore, una di que ste creature si alzò sulle ginocchia e si diresse carponi verso il fiume a bere. Lambì l'acqua dalla mano, poi si sedette al sole, incrociando gli stinchi davanti a sé, e poco dopo la testa lanuginosa gli ricadde sullo sterno.

«Non avevo più voglia di passeggiare nell'ombra e mi affrettai verso la stazione. Vicino agli edifici in-

the buildings I met a white man, in such an unexpected elegance of get-up that in the first moment I took him for a sort of vision. I saw a high starched collar, white cuffs, a light alpaca jacket, snowy trousers, a clean necktie, and varnished boots. No hat. Hair parted, brushed, oiled, under a green-lined parasol held in a big white hand. He was amazing, and had a pen-holder behind his ear.

"I shook hands with this miracle, and I learned he was the Company's chief accountant, and that all the book-keeping was done at this station. He had come out for a moment, he said, 'to get a breath of fresh air'. The expression sounded wonderfully odd, with its suggestion of sedentary desk-life. I wouldn't have mentioned the fellow to you at all, only it was from his lips that I first heard the name of the man who is so indissolubly connected with the memories of that time. Moreover, I respected the fellow. Yes; I respected his collars, his vast cuffs, his brushed hair. His appearance was certainly that of a hairdresser's dummy; but in the great demoralisation of the land he kept up his appearance. That's backbone. His starched collars and got-up shirt-fronts were achievements of character. He had been out nearly three years; and, later, I could not help asking him how he managed to sport such linen. He had just the faintest blush, and said modestly, 'I've been teaching one of the native women about the station. It was difficult. She had a distaste for the work'. Thus this man had verily accomplished something. And he was devoted to his books, which were in apple-pie order.

"Everything else in the station was in a muddle, – heads, things, buildings. Strings of dusty niggers with splay feet arrived and departed; a stream of

contrai un bianco vestito con tanta inattesa eleganza che sulle prime lo presi per una specie di visione. Vidi un alto colletto inamidato, polsini bianchi, una giacca d'alpaca leggera, pantaloni candidi, una cravatta immacolata e stivaletti di vernice. Niente cappello. Scriminatura accurata, capelli impomatati sotto un parasole a strisce verdi sorretto da una grande mano bianca. Era stupefacente e portava dietro l'orecchio la cannuccia di una penna.

«Strinsi la mano a quel prodigio e appresi che era il ragioniere capo della Compagnia e che tutta la contabilità veniva svolta in quella stazione. Era uscito un attimo, disse, "a prendere una boccata d'aria fresca". L'espressione suonava meravigliosamente bizzarra, con quel tanto che suggeriva di una vita sedentaria alla scrivania. Non vi avrei parlato affatto di quest'individuo se non fosse che proprio dalle sue labbra udii il nome dell'uomo a cui sono indissolubilmente legati i miei ricordi di quel periodo. Inoltre avevo rispetto per quel tipo. Sì; rispettavo il colletto, i grandi polsini, i capelli ordinati. Sembrava indubbiamente il manichino di un parrucchiere, ma nella demoralizzazione generale di quella terra, continuava a curare il proprio aspetto. Quella sì che è spina dorsale. I colletti inamidati e gli sparati inappuntabili erano conquiste del suo carattere. Era lì da quasi tre anni e in seguito non potei fare a meno di chiedergli come riuscisse a sfoggiare quei panni. Arrossì appena e rispose con modestia: "Ho insegnato a un'indigena di queste parti. È stato difficile. Non le piaceva quel lavoro". Così quell'uomo aveva veramente compiuto qualcosa. Ed era devoto ai suoi registri, tenuti in ordine perfetto.

«Tutto il resto della stazione era in stato di scompiglio – teste, cose, edifici. File di negri coperti di polvere e dai piedi piatti andavano e venivano; un

manufactured goods, rubbishy cottons, beads, and brass-wire set into the depths of darkness, and in return came a precious trickle of ivory.

"I had to wait in the station for ten days – an eternity. I lived in a hut in the yard, but to be out of the chaos I would sometimes get into the accountant's office. It was built of horizontal planks, and so badly put together that as he bent over his high desk, he was barred from neck to heels with narrow strips of sunlight. There was no need to open the big shutter to see. It was hot there too; big flies buzzed fiendishly, and did not sting, but stabbed. I sat generally on the floor, while, of faultless appearance (and even slightly scented), perching on a high stool, he wrote, he wrote. Sometimes he stood up for exercise. When a truckle-bed with a sick man (some invalided agent from up-country) was put in there, he exhibited a gentle annoyance. 'The groans of this sick person,' he said, 'distract my attention. And without that it is extremely difficult to guard against clerical errors in this climate.'

"One day he remarked, without lifting his head, 'In the interior you will no doubt meet Mr. Kurtz'. On my asking who Mr. Kurtz was, he said he was a first-class agent; and seeing my disappointment at this information, he added slowly, laying down his pen, 'He is a very remarkable person'. Further questions elicited from him that Mr. Kurtz was at present in charge of a trading-post, a very important one, in the true ivory-country, at 'the very bottom of there. Sends in as much ivory as all the others put together...' He began to write again. The sick man was too ill to groan. The flies buzzed in a great peace.

"Suddenly there was a growing murmur of voices and a great tramping of feet. A caravan had come

fiume di manufatti, cotonacci, perline e filo d'ottone partiva per le profondità della tenebra da cui in cambio tornava un prezioso rigagnolo d'avorio.

«Dovetti attendere dieci giorni alla stazione – un'eternità. Vivevo in una capanna nel cortile, ma per sfuggire al caos andavo a volte nell'ufficio del ragioniere. Era costruito con tavole orizzontali così mal sistemate che quando il ragioniere si piegava sull'alta scrivania era striato dal collo ai calcagni da sottili righe di sole. Non c'era bisogno di aprire le grandi imposte per vederci. Anche lì faceva caldo; dei mosconi ronzavano diabolicamente e non pungevano: pugnalavano. Di solito sedevo per terra mentre lui, impeccabile (e anche leggermente profumato), appollaiato su un alto sgabello, scriveva, scriveva. A volte si alzava per sgranchirsi un poco. Quando trasportarono nell'ufficio un letto a rotelle (qualche agente dell'interno reso invalido) mostrò un garbato fastidio. "I lamenti dell'ammalato" disse "distraggono la mia attenzione. E senza questa è estremamente difficile guardarsi dal commettere errori di registrazione in questo clima."

«Un giorno osservò, senza alzare il capo: "All'interno incontrerà senz'altro Mr Kurtz". Quando gli chiesi chi fosse Mr Kurtz, disse che era un agente di prima classe; e notando quanto m'avesse deluso quell'informazione, aggiunse lentamente, poggiando la penna: "È una persona davvero notevole". Con altre domande riuscii a strappargli che al momento Mr Kurtz era a capo di una stazione commerciale, una molto importante, nella vera regione dell'avorio, "proprio laggiù in fondo. Manda tanto avorio quanto tutti gli altri messi insieme...". Ricominciò a scrivere. L'infermo stava troppo male per lamentarsi. Le mosche ronzavano in una grande pace.

«Improvvisamente ci fu un mormorio crescente di voci e un grande scalpiccio. Era arrivata una ca-

in. A violent babble of uncouth sounds burst out on the other side of the planks. All the carriers were speaking together, and in the midst of the uproar the lamentable voice of the chief agent was heard 'giving it up' tearfully for the twentieth time that day... He rose slowly. 'What a frightful row,' he said. He crossed the room gently to look at the sick man, and returning, said to me, 'He does not hear'. 'What! Dead?' I asked, startled. 'No, not yet,' he answered, with great composure. Then, alluding with a toss of the head to the tumult in the station-yard, 'When one has got to make correct entries, one comes to hate those savages – hate them to the death'. He remained thoughtful for a moment. 'When you see Mr. Kurtz,' he went on, 'tell him from me that everything here' – he glanced at the desk – 'is very satisfactory. I don't like to write to him – with those messengers of ours you never know who may get hold of your letter – at that Central Station.' He stared at me for a moment with his mild, bulging eyes. 'Oh, he will go far, very far,' he began again. 'He will be a somebody in the Administration before long. They, above – the Council in Europe, you know – mean him to be.'

"He turned to his work. The noise outside had ceased, and presently in going out I stopped at the door. In the steady buzz of flies the homeward-bound agent was lying flushed and insensible; the other, bent over his books, was making correct entries of perfectly correct transactions; and fifty feet below the doorstep I could see the still treetops of the grove of death.

"Next day I left that station at last, with a caravan of sixty men, for a two-hundred-mile tramp.

"No use telling you much about that. Paths,

rovana. Dall'altra parte del muro di tavole scoppiò un violento balbettio di suoni rozzi. I portatori parlavano tutti insieme, e in mezzo a quel clamore si udì la voce lamentevole dell'agente capo che per la ventesima volta in quel giorno annunciava in tono lacrimoso che "ci rinunciava"... Il ragioniere si alzò lentamente. "Che baccano spaventoso" disse. Attraversò delicatamente la stanza per guardare l'ammalato e ritornando mi disse: "Non sente". "Cosa? Morto?" chiesi allarmato. "No, non ancora" rispose con grande compostezza. Poi, alludendo con un cenno del capo al tumulto nel cortile: "Quando bisogna fare delle registrazioni corrette, si finisce per odiare quei selvaggi – odiarli a morte". Restò un attimo soprappensiero. "Quando vedrà Mr Kurtz, gli dica da parte mia che qui – lanciò un'occhiata alla scrivania – tutto procede in modo molto soddisfacente. Non mi va di scrivergli – con i nostri messaggeri non si sa mai in che mani può finire la corrispondenza – in quella Stazione Centrale." Mi fissò per un attimo con quegli occhi miti, sporgenti. "Oh, farà strada, tanta strada" riprese. "Non ci vorrà molto prima che diventi qualcuno nell'Amministrazione. Quelli che stanno in alto – i Consiglieri in Europa, sa – ci contano."

«Ritornò al lavoro. Il rumore fuori era cessato e uscendo subito dopo mi fermai sulla porta. Nel ronzio costante delle mosche, l'agente diretto in patria giaceva congestionato e insensibile· l'altro chino sui libri, registrava correttamente operazioni perfettamente corrette; e una quindicina di metri più in giù scorgevo le cime immobili del boschetto della morte.

«Il giorno dopo partii finalmente con una carovana di sessanta uomini per una marcia di duecento miglia.

«Inutile che ve la racconti nei dettagli. Piste, piste

paths, everywhere; a stamped-in network of paths spreading over the empty land, through long grass, through burnt grass, through thickets, down and up chilly ravines, up and down stony hills ablaze with heat; and a solitude, a solitude, nobody, not a hut. The population had cleared out a long time ago. Well, if a lot of mysterious niggers armed with all kinds of fearful weapons suddenly took to travelling on the road between Deal and Gravesend, catching the yokels right and left to carry heavy loads for them, I fancy every farm and cottage thereabouts would get empty very soon. Only here the dwellings were gone too. Still, I passed through several abandoned villages. There's something pathetically childish in the ruins of grass walls. Day after day, with the stamp and shuffle of sixty pair of bare feet behind me, each pair under a 60-lb. load. Camp, cook, sleep; strike camp, march. Now and then a carrier dead in harness, at rest in the long grass near the path, with an empty water-gourd and his long staff lying by his side. A great silence around and above. Perhaps on some quiet night the tremor of far-off drums, sinking, swelling, a tremor vast, faint; a sound weird, appealing, suggestive, and wild – and perhaps with as profound a meaning as the sound of bells in a Christian country. Once a white man in an unbuttoned uniform, camping on the path with an armed escort of lank Zanzibaris, very hospitable and festive – not to say drunk. Was looking after the upkeep of the road, he declared. Can't say I saw any road or any upkeep, unless the body of a middle-aged negro, with a bullet-hole in the forehead, upon which I absolutely stumbled three miles farther on, may be considered as a

dovunque; una rete di piste battute che si stendeva sulla terra vuota attraverso l'erba alta, attraverso l'erba bruciata, attraverso la boscaglia, giù e su per gole raggelanti, su e giù per colline pietrose e arroventate; e solitudine, solitudine, nessuno, non una capanna. La popolazione se n'era andata molto tempo prima. Be', se un mucchio di negri misteriosi con terribili armi di ogni tipo si mettesse all'improvviso a scorrazzare sulla strada tra Deal e Gravesend, costringendo i bifolchi a destra e a manca a portare i loro carichi pesanti, immagino che ogni fattoria e casupola dei dintorni si svuoterebbe molto in fretta. Solo che lì se n'erano andate anche le abitazioni. Eppure attraversai diversi villaggi abbandonati. C'è qualcosa di pateticamente infantile nelle rovine di muri d'erba. Giorno dopo giorno, alle mie spalle passi decisi o strascicati di sessanta paia di piedi scalzi con un carico di sessanta libbre ciascuno. Accamparsi, cucinare, dormire, levare il campo, marciare. Di tanto in tanto un portatore morto sul lavoro, disteso nell'erba alta accanto al sentiero, con la zucca per l'acqua vuota e il lungo bastone al suo fianco. Tutt'intorno e nell'aria un gran silenzio. Forse in una notte quieta il fremito di tamburi lontani calava, si faceva più forte, un fremito immenso, fievole, un suono misterioso, commovente, suggestivo e selvaggio – e forse carico di significato come lo scampanio in un paese cristiano. Una volta un bianco con l'uniforme sbottonata, accampato sulla pista con una scorta armata di zanzibaresi allampanati, molto ospitale e festoso – per non dire ubriaco. Dichiarò che stava badando alla manutenzione della strada. Non posso dire di aver notato una strada o qualsiasi forma di manutenzione, a meno che il cadavere di un negro di mezza età, con un proiettile in mezzo agli occhi, su cui letteralmente inciampai tre miglia più in là non

permanent improvement. I had a white companion too, not a bad chap, but rather too fleshy and with the exasperating habit of fainting on the hot hillsides, miles away from the least bit of shade and water. Annoying, you know, to hold your own coat like a parasol over a man's head while he is coming to. I couldn't help asking him once what he meant by coming there at all. 'To make money, of course. What do you think?' he said scornfully. Then he got fever, and had to be carried in a hammock slung under a pole. As he weighed sixteen stone I had no end of rows with the carriers. They jibbed, ran away, sneaked off with their loads in the night – quite a mutiny. So, one evening, I made a speech in English with gestures, not one of which was lost to the sixty pairs of eyes before me, and the next morning I started the hammock off in front all right. An hour afterwards I came upon the whole concern wrecked in a bush – man, hammock, groans, blankets, horrors. The heavy pole had skinned his poor nose. He was very anxious for me to kill somebody, but there wasn't the shadow of a carrier near I remembered the old doctor – 'It would be interesting for science to watch the mental changes of individuals, on the spot'. I felt I was becoming scientifically interesting. However, all that is to no purpose. On the fifteenth day I came in sight of the big river again, and hobbled into the Central Station. It was on a back water surrounded by scrub and forest, with a pretty border of smelly mud on one side, and on the three others enclosed by a crazy fence of rushes. A neglected gap was all the gate it had, and the first glance at the place was enough to let you see

possa essere considerato una miglioria permanente. Avevo anche un compagno bianco, tutt'altro che spiacevole, a parte il fatto che era un po' troppo in carne e aveva l'esasperante abitudine di svenire sui pendii infuocati a miglia di distanza dalla minima traccia d'acqua e di ombra. È seccante, sapete, tenere la propria giacca a mo' di parasole sulla testa di un uomo aspettando che rinvenga. Non potei fare a meno di chiedergli una volta perché mai avesse deciso di venire laggiù. "Per far soldi, naturalmente. Che cosa crede?" aveva risposto, indignato. Poi prese la febbre e si dovette trasportarlo in un'amaca sospesa a un palo. Siccome pesava qualcosa più di un quintale, ebbi infinite discussioni con i portatori. Rifiutavano di proseguire, fuggivano, se la svignavano col carico nottetempo – un vero ammutinamento. Così, una sera, feci un discorso in inglese accompagnandolo con gesti che i sessanta paia d'occhi davanti a me registrarono a uno a uno e la mattina dopo feci partire l'amaca davanti senza problemi. Un'ora dopo scoprii che tutto era rovinato in un cespuglio – uomo, amaca, lamenti, coperte, orrori. Il palo pesante gli aveva scorticato il povero naso. Era impaziente di vedermi ammazzare qualcuno, ma non c'era neppure l'ombra di un portatore in giro. Ricordai il vecchio dottore – "Sarebbe interessante, per la scienza, osservare sul posto i mutamenti mentali degli individui". Sentii che stavo diventando scientificamente interessante. Comunque, tutto questo non ha importanza. Il quindicesimo giorno avvistai nuovamente il grande fiume ed entrai zoppicando nella Stazione Centrale. Si trovava su un'ansa di acqua stagnante circondata da arbusti e foresta, con un bell'orlo di fango putrido da un lato e cintata sugli altri tre da uno steccato irregolare di giunchi. Come cancello aveva un varco trascurato e una semplice occhiata al posto era sufficiente a ca-

the flabby devil was running that show. White men with long staves in their hands appeared languidly from amongst the buildings, strolling up to take a look at me, and then retired out of sight somewhere. One of them, a stout, excitable chap with black moustaches, informed me with great volubility and many digressions, as soon as I told him who I was, that my steamer was at the bottom of the river. I was thunderstruck. What, how, why? Oh, it was 'all right'. The 'manager himself' was there. All quite correct. 'Everybody had behaved splendidly! splendidly!' – 'You must,' he said in agitation, 'go and see the general manager at once. He is waiting!'

"I did not see the real significance of that wreck at once. I fancy I see it now, but I am not sure – not at all. Certainly the affair was too stupid – when I think of it – to be altogether natural. Still... But at the moment it presented itself simply as a confounded nuisance. The steamer was sunk. They had started two days before in a sudden hurry up the river with the manager on board, in charge of some volunteer skipper, and before they had been out three hours they tore the bottom out of her on stones, and she sank near the south bank. I asked myself what I was to do there, now my boat was lost. As a matter of fact, I had plenty to do in fishing my command out of the river. I had to set about it the very next day. That, and the repairs when I brought the pieces to the station, took some months.

"My first interview with the manager was curious. He did not ask me to sit down after my twenty-mile walk that morning. He was commonplace in complexion, in feature, in manners, and in voice. He was of middle size and of ordinary build. His eyes, of the usual blue, were perhaps re-

pire che lì era il demone della fiacchezza a farla da padrone. In mezzo agli edifici, apparvero indolenti alcuni bianchi con dei lunghi bastoni in mano, si avvicinarono lentamente per guardarmi e poi scomparvero da qualche parte. Uno di loro, un tipo robusto ed eccitabile con i baffi neri, appena gli ebbi detto chi ero, mi informò con grande loquacità e molte digressioni che il mio vapore si trovava in fondo al fiume. Restai esterrefatto. Che cosa, come, perché? Oh, era tutto "a posto". C'era il "direttore in persona". Tutto come doveva essere. "Si sono comportati tutti in modo splendido, splendido! – Deve andare immediatamente" continuò agitato "a parlare col direttore generale. La sta aspettando!"

«Non compresi subito il vero significato di quel naufragio. Mi pare di capirlo ora, ma non ne sono sicuro – proprio per nulla. Certo la cosa era troppo stupida – a ripensarci – per essere del tutto naturale. Eppure... Ma al momento si presentava soltanto come una dannata seccatura. Il vapore era affondato. Erano partiti due giorni prima, con una fretta improvvisa su per il fiume col direttore a bordo e al comando un volontario che si era offerto di fare il capitano; e meno di tre ore dopo ne laceravano il fondo sulle pietre e il battello affondava vicino alla riva meridionale. Mi chiesi che cosa mi restasse da fare ora che la mia barca era andata perduta. In realtà ebbi un gran daffare a ripescare il mio comando dal fondo del fiume. Dovetti mettermi all'opera l'indomani stesso. Quel lavoro, e le riparazioni quando riportai i pezzi alla stazione, richiesero alcuni mesi.

«Il primo colloquio con il direttore fu curioso. Non mi invitò a sedere dopo la camminata di venti miglia di quella mattina. Aveva carnagione, lineamenti, modi e voce banali. Era di statura media e di corporatura normale. Gli occhi, del solito

markably cold, and he certainly could make his glance fall on one as trenchant and heavy as an axe. But even at these times the rest of his person seemed to disclaim the intention. Otherwise there was only an indefinable, faint expression of his lips, something stealthy – a smile – not a smile – I remember it, but I can't explain. It was unconscious, this smile was, though just after he had said something it got intensified for an instant. It came at the end of his speeches like a seal applied on the words to make the meaning of the commonest phrase appear absolutely inscrutable. He was a common trader, from his youth up employed in these parts – nothing more. He was obeyed, yet he inspired neither love nor fear, nor even respect. He inspired uneasiness. That was it! Uneasiness. Not a definite mistrust – just uneasiness – nothing more. You have no idea how effective such a... a... faculty can be. He had no genius for organising, for initiative, or for order even. That was evident in such things as the deplorable state of the station. He had no learning, and no intelligence. His position had come to him – why? Perhaps because he was never ill... He had served three terms of three years out there... Because triumphant health in the general rout of constitutions is a kind of power in itself. When he went home on leave he rioted on a large scale – pompously. Jack ashore – with a difference – in externals only. This one could gather from his casual talk. He originated nothing, he could keep the routine going – that's all. But he was great. He was great by this little thing that it was impossible to tell what could control such a man. He never gave that secret away. Perhaps there was nothing within

azzurro, erano forse particolarmente freddi e certo sapeva far cadere sguardi penetranti e grevi come una scure. Ma persino in quei momenti il resto della sua persona sembrava sconfessarne l'intenzione. Altrimenti aveva sulle labbra solo un'espressione indefinibile, un po' furtiva – un sorriso – no, non un sorriso – la ricordo, ma non riesco a definirla. Era inconscio quel sorriso, benché per un attimo si facesse più intenso ogni volta che diceva qualcosa. Giungeva alla fine della frase come un sigillo apposto sulle parole per rendere il significato della locuzione più comune assolutamente imperscrutabile. Era un semplice trafficante che sin da giovane aveva lavorato da quelle parti – niente di più. Era ubbidito, eppure non ispirava amore né paura e neppure rispetto. Ispirava disagio. Ecco! Disagio. Non una diffidenza precisa – solo disagio – niente di più. Non avete idea di quanto possa essere efficace una... una... facoltà del genere. Non aveva nessuna dote per l'organizzazione, l'iniziativa o perfino l'ordine. Come dimostrava chiaramente lo stato deplorevole della stazione. Non era istruito, né intelligente. Gli era arrivata quella carica – chissà perché? Forse perché non si era mai ammalato... Aveva lavorato laggiù per tre periodi di tre anni ciascuno... Perché la salute trionfante nel disfacimento generale è una sorta di potere di per sé. Quando tornava a casa in licenza gozzovigliava alla grande – fastosamente. Come un marinaio a terra – con una differenza – solo nell'esteriorità. Questo lo si capiva dai suoi discorsi occasionali. Non creava nulla, faceva funzionare il solito tran tran – tutto lì. Eppure era grande. Era grande per via di una cosa da nulla: era impossibile capire che cosa potesse esercitare un controllo su un uomo simile. Non lasciò mai trapelare quel segreto. Forse non aveva dentro

him. Such a suspicion made one pause – for out there there were no external checks. Once when various tropical diseases had laid low almost every 'agent' in the station, he was heard to say, 'Men who come out here should have no entrails'. He sealed the utterance with that smile of his, as though it had been a door opening into a darkness he had in his keeping. You fancied you had seen things – but the seal was on. When annoyed at meal-times by the constant quarrels of the white men about precedence, he ordered an immense round table to be made, for which a special house had to be built. This was the station's mess-room. Where he sat was the first place – the rest were nowhere. One felt this to be his unalterable conviction. He was neither civil nor uncivil. He was quiet. He allowed his 'boy' – an overfed young negro from the coast – to treat the white men, under his very eyes, with provoking insolence.

"He began to speak as soon as he saw me. I had been very long on the road. He could not wait. Had to start without me. The up-river stations had to be relieved. There had been so many delays already that he did not know who was dead and who was alive, and how they got on – and so on, and so on. He paid no attention to my explanations, and, playing with a stick of sealing-wax, repeated several times that the situation was 'very grave, very grave'. There were rumours that a very important station was in jeopardy, and its chief, Mr. Kurtz, was ill. Hoped it was not true. Mr. Kurtz was... I felt weary and irritable. Hang Kurtz, I thought. I interrupted him by saying I had heard of Mr. Kurtz on the coast. 'Ah! So they talk of him down there,' he murmured to himself. Then he be-

nulla. Ci si arrestava davanti a questo sospetto – perché laggiù non c'erano controlli esterni. Una volta, quando quasi ogni "agente" della stazione era stato assalito da svariate malattie tropicali, lo sentirono dire: "Gli uomini che vengono quaggiù non dovrebbero avere budella". Aveva sigillato la frase con quel suo sorriso, come se fosse stata una porta aperta sulle tenebre di cui aveva la custodia. Uno immaginava di aver visto qualcosa – ma c'era il sigillo. Seccato dalle continue discussioni dei bianchi sulle precedenze all'ora dei pasti, ordinò un'immensa tavola rotonda per cui dovettero costruire un locale apposta. Quella era la mensa della stazione. Dove si sedeva lui era il posto d'onore – il resto era nulla. Si sentiva che questa era la sua inalterabile convinzione. Non era cortese, né scortese. Era tranquillo. Permetteva che il suo "boy" – un negretto della costa un po' troppo ben nutrito – trattasse con provocatoria impertinenza i bianchi proprio sotto i suoi occhi.

«Incominciò a parlare nel momento stesso in cui mi vide. Ci avevo messo troppo ad arrivare. Non poteva aspettare. Era dovuto partire senza di me. Le stazioni a monte dovevano ricevere il cambio. C'erano già stati troppi ritardi e lui non sapeva più chi fosse vivo o morto, e come andavano le cose – eccetera eccetera. Non prestò la minima attenzione alle mie spiegazioni e, giocando con un bastoncino di ceralacca, ripeté più volte che la situazione era "gravissima, gravissima". Correva voce che una stazione molto importante fosse in pericolo e che il suo capo, Mr Kurtz, fosse malato. Sperava che non fosse vero. Mr Kurtz era... Mi sentivo stanco e irritabile. Al diavolo Kurtz, pensai. Lo interruppi dicendo che avevo sentito parlare di Mr Kurtz sulla costa. "Ah! Così parlano di lui, laggiù" mormorò tra sé. Poi ricominciò assicurandomi che Mr Kurtz

gan again, assuring me Mr. Kurtz was the best agent he had, an exceptional man, of the greatest importance to the Company; therefore I could understand his anxiety. He was, he said, 'very, very uneasy'. Certainly he fidgeted on his chair a good deal, exclaimed, 'Ah Mr. Kurtz!' broke the stick of sealing-wax and seemed dumbfounded by the accident. Next thing he wanted to know 'how long it would take to'... I interrupted him again. Being hungry, you know, and kept on my feet too, I was getting savage. 'How can I tell?' I said. 'I haven't even seen the wreck yet – some months, no doubt.' All this talk seemed to me so futile. 'Some months,' he said. 'Well, let us say three months before we can make a start. Yes. That ought to do the affair.' I flung out of his hut (he lived all alone in a clay hut with a sort of verandah) muttering to myself my opinion of him. He was a chattering idiot. Afterwards I took it back when it was borne in upon me startlingly with what extreme nicety he had estimated the time requisite for the 'affair'.

"I went to work the next day, turning, so to speak, my back on that station. In that way only it seemed to me I could keep my hold on the redeeming facts of life. Still, one must look about sometimes; and then I saw this station, these men strolling aimlessly about in the sunshine of the yard. I asked myself sometimes what it all meant. They wandered here and there with their absurd long staves in their hands, like a lot of faithless pilgrims bewitched inside a rotten fence. The word 'ivory' rang in the air, was whispered, was sighed. You would think they were praying to it. A taint of imbecile rapacity blew through it all, like a whiff from some corpse. By Jove! I've never seen anything so

era il migliore agente che avesse, un uomo eccezionale, della massima importanza per la Compagnia; e quindi potevo comprendere la sua ansia. Disse che era "molto, molto inquieto". Di sicuro si agitava non poco sulla sedia, esclamò: "Ah, Mr Kurtz!", ruppe il bastoncino di ceralacca e sembrò ammutolito dall'incidente. Quando si riprese, volle sapere "quanto tempo ci sarebbe voluto"... Lo interruppi di nuovo. Avevo fame, sapete, e costretto a stare in piedi per di più, stavo montando su tutte le furie. "Come faccio a saperlo?" dissi. "Non ho ancora visto il relitto – qualche mese, senza dubbio." Quella conversazione mi pareva così inutile. "Qualche mese" disse lui. "Be', diciamo tre mesi prima di poter partire. Sì. Dovrebbero bastare per la faccenda." Mi precipitai fuori dalla sua capanna (viveva tutto solo in una capanna d'argilla con una specie di veranda) borbottando tra me quello che pensavo di lui. Idiota d'un ciarlone. In seguito mi ricredetti, quando mi resi conto con stupore dell'estrema precisione con cui aveva calcolato il tempo che ci sarebbe voluto per sistemare "la faccenda".

«Mi misi all'opera l'indomani, dando le spalle, per così dire, alla stazione. Solo in quel modo mi pareva che avrei potuto mantenere la presa sui fatti consolanti della vita. Però ogni tanto bisogna pur guardarsi intorno, e allora vedevo la stazione e gli uomini nel cortile gironzolare senza scopo sotto il sole. A volte mi chiedevo che senso avesse tutto ciò. Vagavano di qua e di là con in mano quei lunghi bastoni, come tanti pellegrini miscredenti che un incantesimo costringesse entro un recinto in sfacelo. Nell'aria risuonava la parola "avorio", la si sentiva sussurrare, sospirare. Sembrava che le innalzassero preghiere. Da tutto ciò spirava un lezzo di rapacità imbecille, come una zaffata da qualche cadavere. Per Giove! Non ho mai visto nulla di tanto

unreal in my life. And outside, the silent wilderness surrounding this cleared speck on the earth struck me as something great and invincible, like evil or truth, waiting patiently for the passing away of this fantastic invasion.

"Oh, those months! Well, never mind. Various things happened. One evening a grass shed full of calico, cotton prints, beads, and I don't know what else, burst into a blaze so suddenly that you would have thought the earth had opened to let an avenging fire consume all that trash. I was smoking my pipe quietly by my dismantled steamer, and saw them all cutting capers in the light, with their arms lifted high, when the stout man with moustaches came tearing down to the river, a tin pail in his hand, assured me that everybody was 'behaving splendidly, splendidly', dipped about a quart of water and tore back again. I noticed there was a hole in the bottom of his pail.

"I strolled up. There was no hurry. You see the thing had gone off like a box of matches. It had been hopeless from the very first. The flame had leaped high, driven everybody back, lighted up everything – and collapsed. The shed was already a heap of embers glowing fiercely. A nigger was being beaten near by. They said he had caused the fire in some way; be that as it may, he was screeching most horribly. I saw him, later, for several days, sitting in a bit of shade looking very sick and trying to recover himself: afterwards he arose and went out – and the wilderness without a sound took him into its bosom again. As I approached the glow from the dark I found myself at the back of two men, talking. I heard the name of Kurtz pronounced, then the words 'take advantage of this unfortunate accident'. One of the men was the manager. I wished him a good evening. 'Did you

irreale in vita mia. E fuori, la terra selvaggia e silenziosa che circondava quella minuscola radura mi pareva grande e invincibile quanto il male o la verità, attendendo pazientemente la scomparsa di quell'invasione grottesca.

«Oh, che mesi! Be', non ha importanza. Accaddero diverse cose. Una sera una capanna d'erba piena di calicò, cotoni stampati, perline e non so che altro, andò in fiamme con una rapidità tale che pareva la terra si fosse spalancata perché un fuoco vendicatore consumasse tutte quelle cianfrusaglie. Fumavo tranquillamente la pipa accanto al mio vapore smantellato e li vedevo saltellare tutti nella luce con le braccia al cielo, quando il tipo robusto con i baffi arrivò di corsa al fiume con un secchiello di latta in mano, mi assicurò che "si stavano comportando tutti splendidamente, splendidamente", prese forse un litro d'acqua e corse via di nuovo. Notai che c'era un buco nel fondo del secchiello.

«Mi avviai lentamente. Non c'era fretta. Vedete, aveva preso fuoco come una scatola di fiammiferi. Sin dal primo momento la cosa era irreparabile. La fiamma si era levata alta, allontanando tutti, aveva incendiato tutto – e s'era accasciata. La capanna era ormai un mucchio di tizzoni ardenti. Poco distante stavano bastonando un negro. Dicevano che aveva provocato l'incendio in qualche modo; comunque fosse, strillava orribilmente. Lo vidi poi, per diversi giorni, seduto in una macchia d'ombra con l'aria molto sofferente, che cercava di riprendersi; quindi si alzò e se ne andò – e la natura selvaggia se lo riprese in seno senza il minimo rumore. Mentre dal buio mi avvicinavo al fuoco, mi trovai alle spalle di due uomini che stavano parlando. Sentii pronunciare il nome di Kurtz, poi le parole "approfittare di questo sfortunato incidente". Uno dei due era il direttore. Gli augurai la buona sera. "Ha mai visto

ever see anything like it – eh? it is incredible,' he said, and walked off. The other man remained. He was a first-class agent, young, gentlemanly, a bit reserved, with a forked little beard and a hooked nose. He was stand-offish with the other agents, and they on their side said he was the manager's spy upon them. As to me, I had hardly ever spoken to him before. We got into talk, and by and by we strolled away from the hissing ruins. Then he asked me to his room, which was in the main building of the station. He struck a match, and I perceived that this young aristocrat had not only a silver-mounted dressing-case but also a whole candle all to himself. Just at that time the manager was the only man supposed to have any right to candles. Native mats covered the clay walls; a collection of spears, assegais, shields, knives, was hung up in trophies. The business entrusted to this fellow was the making of bricks – so I had been informed; but there wasn't a fragment of a brick anywhere in the station, and he had been there more than a year – waiting. It seems he could not make bricks without something, I don't know what – straw maybe. Anyway, it could not be found there, and as it was not likely to be sent from Europe, it did not appear clear to me what he was waiting for. An act of special creation perhaps. However, they were all waiting – all the sixteen or twenty pilgrims of them – for something; and upon my word it did not seem an uncongenial occupation, from the way they took it, though the only thing that ever came to them was disease – as far as I could see. They beguiled the time by backbiting and intriguing against each other in a foolish kind of way. There was an air of plotting about that station, but nothing came of it, of course. It was as unreal as everything else – as

niente di simile – eh? è incredibile" disse, e si allontanò. L'altro rimase. Era un agente di prima classe, giovane, distinto, un po' riservato, con una barbetta biforcuta e il naso a uncino. Era piuttosto scostante con gli altri agenti che, per contro, dicevano fosse la spia del direttore. Quanto a me, gli avevo a malapena rivolto la parola prima di allora. Ci mettemmo a discorrere e poco dopo ci allontanammo dalle rovine sibilanti. Poi m'invitò nella sua stanza che si trovava nell'edificio principale della stazione. Accese un fiammifero e mi resi conto che il giovane aristocratico non solo possedeva un nécessaire d'argento, ma anche un'intera candela tutta per sé. Proprio in quel periodo l'unica persona ad avere diritto alle candele era il direttore. Le pareti d'argilla erano coperte di stuoie indigene e una collezione di lance, zagaglie, scudi, coltelli, era appesa a mo' di trofei. A quell'individuo era stata assegnata la fabbricazione dei mattoni – così mi avevano detto; ma in tutta la stazione non c'era l'ombra di laterizi e quel tipo si trovava lì da più di un anno – in attesa. Pareva che non potesse fare i mattoni perché gli mancava qualcosa, non so che cosa – paglia forse. Comunque da quelle parti non se ne trovava, ed essendo piuttosto improbabile che gliela spedissero dall'Europa, non mi era chiaro che cosa stesse aspettando. Forse un atto straordinario della creazione. Ad ogni modo aspettavano tutti – tutti quei sedici o venti pellegrini – qualcosa; e parola mia non sembrava affatto un'occupazione spiacevole, a giudicare dal modo in cui la prendevano, benché – per quel che potevo vedere – la sola cosa che mai giungesse loro era qualche malattia. Ingannavano il tempo sparlando e complottando scioccamente l'uno contro l'altro. Nella stazione aleggiava un'aria di congiura, ma naturalmente non ne veniva fuori nulla. Era irreale quanto tutto il resto – come le pretese filantropiche

the philanthropic pretence of the whole concern, as their talk, as their government, as their show of work. The only real feeling was a desire to get appointed to a trading-post where ivory was to be had, so that they could earn percentages. They intrigued and slandered and hated each other only on that account – but as to effectually lifting a little finger – oh no. By Heavens! there is something after all in the world allowing one man to steal a horse while another must not look at a halter. Steal a horse straight out. Very well. He has done it. Perhaps he can ride. But there is a way of looking at a halter that would provoke the most charitable of saints into a kick.

"I had no idea why he wanted to be sociable, but as we chatted in there it suddenly occurred to me the fellow was trying to get at something – in fact, pumping me. He alluded constantly to Europe, to the people I was supposed to know there – putting leading questions as to my acquaintances in the sepulchral city, and so on. His little eyes glittered like mica discs – with curiosity – though he tried to keep up a bit of superciliousness. At first I was astonished, but very soon I became awfully curious to see what he would find out from me. I couldn't possibly imagine what I had in me to make it worth his while. It was very pretty to see how he baffled himself, for in truth my body was full only of chills, and my head had nothing in it but that wretched steamboat business. It was evident he took me for a perfectly shameless prevaricator. At last he got angry, and, to conceal a movement of furious annoyance, he yawned. I rose. Then I noticed a small sketch in oils, on a panel, representing a woman, draped and blindfolded, carrying a lighted torch.

di tutta l'impresa, come le loro chiacchiere, l'Amministrazione, la messa in scena di operosità. L'unico sentimento reale era il desiderio di essere assegnati a una stazione commerciale in cui ci fosse l'avorio, così da guadagnarne le percentuali. Complottavano, calunniavano, si odiavano soltanto per quella ragione – ma quanto a muovere effettivamente un dito – oh no. Santo Cielo! Dopo tutto c'è un po' di giustizia a questo mondo se a un uomo è concesso di rubare un cavallo, mentre un altro non può nemmeno guardare la cavezza. Ruba un cavallo senza indugi. Molto bene. L'ha fatto. Forse sa cavalcare. Ma c'è un modo di guardare la cavezza che strapperebbe un calcio anche al santo più caritatevole.

«Non avevo la minima idea del perché cercasse di socializzare, ma nel corso della conversazione mi resi conto all'improvviso che il tipo mirava a qualcosa – e precisamente a farmi cantare. Alludeva continuamente all'Europa, alla gente che avrei dovuto conoscere là – faceva domande tendenziose sulle mie conoscenze nella città sepolcrale e così via. Dalla curiosità gli brillavano gli occhietti come dischi di mica, benché cercasse di mantenersi un tantino arrogante. Dapprima mi stupii, ma molto presto fui preso dall'irresistibile curiosità di vedere che cosa sarebbe riuscito a scoprire da me. Non riuscivo assolutamente a immaginare che cosa c'era in me di tanto prezioso per lui. Era davvero bello vedere quanto si ingannasse dato che, a dire il vero, il mio corpo era pieno solo di brividi e in testa non avevo altro che quel dannato affare del vapore. Era evidentemente convinto che fossi uno sfacciato bugiardo. Alla fine si adirò e, per nascondere un gesto di infuriata irritazione, sbadigliò. Mi alzai. Poi notai su un pannello un piccolo bozzetto a olio che rappresentava una donna bendata con indosso un

The background was sombre – almost black. The movement of the woman was stately, and the effect of the torchlight on the face was sinister.

"It arrested me, and he stood by civilly, holding an empty half-pint champagne bottle (medical comforts) with the candle stuck in it. To my question he said Mr. Kurtz had painted this – in this very station more than a year ago – while waiting for means to go to his trading-post. 'Tell me, pray,' said I, 'who is this Mr. Kurtz?'

"'The chief of the Inner Station,' he answered in a short tone, looking away. 'Much obliged,' I said, laughing. 'And you are the brickmaker of the Central Station. Every one knows that.' He was silent for a while. 'He is a prodigy,' he said at last. 'He is an emissary of pity, and science, and progress, and devil knows what else. We want,' he began to declaim suddenly, 'for the guidance of the cause entrusted to us by Europe, so to speak, higher intelligence, wide sympathies, a singleness of purpose.' 'Who says that?' I asked. 'Lots of them,' he replied. 'Some even write that; and so *he* comes here, a special being, as you ought to know.' 'Why ought I to know?' I interrupted, really surprised. He paid no attention. 'Yes. To-day he is chief of the best station, next year he will be assistant-manager, two years more and... but I daresay you know what he will be in two years' time. You are of the new gang – the gang of virtue. The same people who sent him specially also recommended you. Oh, don't say no. I've my own eyes to trust.' Light dawned upon me. My dear aunt's influential acquaintances were producing an unexpected effect upon that young man. I nearly burst into a

drappo e in mano una fiaccola accesa. Lo sfondo era scuro, quasi nero. Il movimento della donna era solenne e l'effetto della fiamma sul suo viso, sinistro.

«Ciò attirò la mia attenzione, ed egli si avvicinò cortesemente reggendo una bottiglia di champagne da un quarto (medicinale di conforto) nel cui collo era infilata la candela. Alla mia domanda rispose che l'aveva dipinta Kurtz – proprio in quella stazione più di un anno prima – mentre attendeva il mezzo per raggiungere la sua postazione. "Per favore" gli chiesi, "mi dica chi è questo Mr Kurtz."

«"Il capo della Stazione Interna" rispose bruscamente, distogliendo lo sguardo. "Molto obbligato" dissi ridendo. "E lei è il fabbricante di mattoni della Stazione Centrale. Questo lo sanno tutti." Per un attimo restò in silenzio. "È un prodigio" disse infine. "È un emissario di pietà e scienza e progresso e solo il diavolo sa che altro. Abbiamo bisogno" d'un tratto si mise a declamare "a guida della causa che c'è stata, per così dire, affidata dall'Europa, di una comprensione superiore, di una vasta solidarietà, di unità di intenti." "Chi lo dice?" chiesi. "Tanta gente" rispose. "C'è anche chi lo scrive; e così *lui* arriva qui, un essere particolare, come lei dovrebbe sapere." "Perché dovrei saperlo?" lo interruppi sinceramente sorpreso. Non mi prestò attenzione. "Sì. Oggi è a capo della stazione migliore. Il prossimo anno sarà vicedirettore, ancora due anni e... ma lei sa senz'altro che cosa sarà diventato tra un paio d'anni. Voi appartenete alla nuova congrega – la congrega della virtù. La stessa gente che ha mandato proprio lui ha anche raccomandato lei. Oh, non dica di no. Mi fido dei miei occhi." Tutto mi fu improvvisamente chiaro. Le conoscenze influenti della mia cara zia stavano producendo un effetto inatteso su quel giovanotto. Quasi scoppiai a ridere.

laugh. 'Do you read the Company's confidential correspondence?' I asked. He hadn't a word to say. It was great fun. 'When Mr. Kurtz,' I continued severely, 'is General Manager, you won't have the opportunity.'

"He blew the candle out suddenly, and we went outside. The moon had risen. Black figures strolled about listlessly, pouring water on the glow, whence proceeded a sound of hissing; steam ascended in the moonlight; the beaten nigger groaned somewhere. 'What a row the brute makes!' said the indefatigable man with the moustaches, appearing near us. 'Serve him right. Transgression – punishment – bang! Pitiless, pitiless. That's the only way. This will prevent all conflagrations for the future. I was just telling the manager...' He noticed my companion, and became crestfallen all at once. 'Not in bed yet,' he said, with a kind of servile heartiness; 'it's so natural. Ha! Danger – agitation.' He vanished. I went on to the river-side, and the other followed me. I heard a scathing murmur at my ear, 'Heaps of muffs – go to'. The pilgrims could be seen in knots gesticulating, discussing. Several had still their staves in their hands. I verily believe they took these sticks to bed with them. Beyond the fence the forest stood up spectrally in the moonlight, and through the dim stir, through the faint sounds of that lamentable courtyard, the silence of the land went home to one's very heart – its mystery, its greatness, the amazing reality of its concealed life. The hurt nigger moaned feebly somewhere near by, and then fetched a deep sigh that made me mend my pace away from there. I felt a hand introducing itself under my arm. 'My dear sir,' said the fellow, 'I don't want to be misunderstood, and especially by you, who will see Mr.

"Legge per caso la corrispondenza riservata della Compagnia?" chiesi. Non trovò parole per rispondere. Era molto divertente. "Quando Mr Kurtz" continuai severo, "sarà direttore generale, non ne avrà più occasione."

«Spense improvvisamente la candela e uscimmo. Si era levata la luna. Delle figure nere, muovendosi svogliatamente, versavano acqua sul fuoco, da cui proveniva un sibilo; il vapore si alzava nel chiaro di luna; il negro bastonato gemeva da qualche parte. "Che baccano fa quella bestia!" disse l'infaticabile tipo con i baffi, comparendo accanto a noi. "Gli sta bene. Trasgressione – punizione – pam! Senza pietà, senza pietà. È l'unico modo. Questo eviterà altre conflagrazioni in futuro. Stavo proprio dicendo al direttore..." Notò il mio compagno e abbassò immediatamente la cresta. "Non ancora a letto" disse con una sorta di cordialità servile; "è naturale. Ah! Pericolo – agitazione." Svanì. Mi diressi verso la riva del fiume e l'altro mi seguì. Udii un mordace bisbiglio all'orecchio: "Mucchio di cialtroni, andate al...". Si scorgevano capannelli di pellegrini che gesticolavano, discutevano. Molti stringevano ancora in mano i bastoni. Sono convinto che li portassero a letto con loro quei bastoni. Oltre lo steccato la foresta si ergeva spettrale al chiaro di luna e attraverso la confusa agitazione, attraverso suoni indistinti di quel cortile deplorevole, il silenzio della terra penetrava in fondo al cuore – il suo mistero, la sua grandezza, la straordinaria realtà della vita nascosta. Da qualche parte lì vicino, il negro bastonato si lamentava debolmente, poi trasse un sospiro profondo che mi spinse ad allungare il passo per allontanarmi di là. Sentii una mano introdursi sotto il mio braccio. "Mio caro signore" disse il tipo, "non vorrei essere frainteso e soprattutto da lei che vedrà Mr Kurtz molto prima

Kurtz long before I can have that pleasure. I wouldn't like him to get a false idea of my disposition...'

"I let him run on, this papier-mâché Mephistopheles, and it seemed to me that if I tried I could poke my forefinger through him, and would find nothing inside but a little loose dirt, maybe. He, don't you see, had been planning to be assistant-manager by and by under the present man, and I could see that the coming of that Kurtz had upset them both not a little. He talked precipitately, and I did not try to stop him. I had my shoulders against the wreck of my steamer, hauled up on the slope like a carcass of some big river animal. The smell of mud, of primeval mud, by Jove! was in my nostrils, the high stillness of primeval forest was before my eyes; there were shiny patches on the black creek. The moon had spread over everything a thin layer of silver – over the rank grass, over the mud, upon the wall of matted vegetation standing higher than the wall of a temple, over the great river I could see through a sombre gap glittering, glittering, as it flowed broadly by without a murmur. All this was great, expectant, mute, while the man jabbered about himself. I wondered whether the stillness on the face of the immensity looking at us two were meant as an appeal or as a menace. What were we who had strayed in here? Could we handle that dumb thing, or would it handle us? I felt how big, how confoundedly big, was that thing that couldn't talk and perhaps was deaf as well. What was in there? I could see a little ivory coming out from there, and I had heard Mr. Kurtz was in there. I had heard enough about it too – God knows! Yet somehow it didn't bring any image with it – no more than if I had been told an angel or a fiend was in

di quanto io possa avere il piacere. Non vorrei che lui si facesse un'idea errata della mia disposizione d'animo..."

«Lo lasciai proseguire, quel Mefistofele di cartapesta, e mi pareva che se ci avessi provato avrei potuto attraversarlo con un dito senza trovare nulla fuorché un po' di sudiciume, forse. Capite, aveva progettato di diventare in breve vicedirettore sotto il capo attuale e mi resi conto che l'arrivo di quel Kurtz li aveva sconvolti entrambi non poco. Parlava concitatamente e io non cercai di fermarlo. Appoggiavo le spalle al relitto del mio vapore, trasportato sul pendio come la carcassa di qualche grossa bestia fluviale. Avevo nelle narici l'odore del fango, il fango primordiale, per Giove! davanti agli occhi avevo l'alta immobilità della foresta primordiale; c'erano delle chiazze lucenti sull'insenatura nera. La luna aveva steso sopra ogni cosa una sottile patina d'argento – sull'erba lussureggiante, sul fango, sul muro di intricata vegetazione più alto del muro d'un tempio, sul grande fiume, che attraverso un varco cupo vedevo brillare, brillare, mentre scorreva ampio senza un solo mormorio. Tutto ciò era grande, carico di anticipazione, muto, intanto che l'uomo ciarlava di sé. Mi chiedevo se la quiete sul volto dell'immensità che ci fissava fosse un appello o una minaccia. Che cosa eravamo mai noi, smarriti là in mezzo? Avremmo saputo domare quella cosa muta o sarebbe stata lei a dominarci? Sentii quanto grande, quanto dannatamente grande fosse quella cosa che non poteva parlare e forse neanche ci sentiva. Che c'era là dentro? Vedevo uscirne un po' d'avorio e avevo sentito che dentro c'era Mr Kurtz. Ne avevo sentito parlare a sufficienza – lo sa Dio! Eppure da ciò non traspariva alcuna immagine – non più che se mi avessero detto che c'era dentro un angelo o un demonio. Ci credevo come qual-

there. I believed it in the same way one of you might believe there are inhabitants in the planet Mars. I knew once a Scotch sailmaker who was certain, dead sure, there were people in Mars. If you asked him for some idea how they looked and behaved, he would get shy and mutter something about 'walking on all-fours'. If you as much as smiled, he would – though a man of sixty – offer to fight you. I would not have gone so far as to fight for Kurtz, but I went for him near enough to a lie. You know I hate, detest, and can't bear a lie, not because I am straighter than the rest of us, but simply because it appals me. There is a taint of death, a flavour of mortality in lies – which is exactly what I hate and detest in the world – what I want to forget. It makes me miserable and sick, like biting something rotten would do. Temperament, I suppose. Well, I went near enough to it by letting the young fool there believe anything he liked to imagine as to my influence in Europe. I became in an instant as much of a pretence as the rest of the bewitched pilgrims. This simply because I had a notion it somehow would be of help to that Kurtz whom at the time I did not see – you understand. He was just a word for me. I did not see the man in the name any more than you do. Do you see him? Do you see the story? Do you see anything? It seems to me I am trying to tell you a dream – making a vain attempt, because no relation of a dream can convey the dream-sensation, that commingling of absurdity, surprise, and bewilderment in a tremor of struggling revolt, that notion of being captured by the incredible which is of the very essence of dreams..."

He was silent for a while.

"... No, it is impossible; it is impossible to con vey the life-sensation of any given epoch of one's

cuno di voi potrebbe credere che Marte è abitato. Una volta ho conosciuto un velaio scozzese che era certo, sicurissimo che ci fosse gente su Marte. Se gli si chiedeva che aspetto avessero, secondo lui, o come si comportassero, si faceva timido e mormorava qualcosa come che "camminavano a quattro zampe". E se vi sfuggiva un sorriso – benché avesse sessant'anni – vi sfidava a battervi con lui. Io non sarei arrivato al punto di battermi per Kurtz, ma per lui arrivai quasi a mentire. Sapete quanto odi, detesti e non possa sopportare la menzogna, non perché sia più onesto degli altri, ma semplicemente perché mi spaventa. C'è un alito letale, un sapore di mortalità nelle menzogne – ed è esattamente ciò che odio e detesto al mondo – ciò che voglio dimenticare. Mi avvilisce e mi nausea, come se addentassi qualcosa di marcio. Temperamento, suppongo. Be', mi ci avvicinai abbastanza lasciando credere a quel giovane sciocco tutto quello che gli piaceva immaginare della mia influenza in Europa. In un istante divenni una finzione quanto il resto dei pellegrini stregati. Questo semplicemente perché mi pareva che in qualche modo avrei potuto essere d'aiuto a quel Kurtz che al momento non vedevo – capite. Per me era soltanto una parola. Non vedevo l'uomo nel nome, più di quanto lo vediate voi. Lo vedete? Vedete la storia? Vedete qualcosa? Per me è come se stessi cercando di raccontarvi un sogno – un tentativo inutile perché non c'è modo di comunicare a parole la sensazione del sogno, quel miscuglio di assurdità, sorpresa e stupore in un fremito di lotta e ribellione, la consapevolezza di essere preda dell'incredibile, che è l'essenza stessa dei sogni...»

Per un po' restò in silenzio.

«... No, è impossibile; è impossibile comunicare la sensazione di vita di qualsiasi fase della propria esistenza – ciò che ne costituisce la verità, il signi-

existence – that which makes its truth, its meaning – its subtle and penetrating essence. It is impossible. We live, as we dream – alone..."

He paused again as if reflecting, then added:

"Of course in this you fellows see more than I could then. You see me, whom you know..."

It had become so pitch dark that we listeners could hardly see one another. For a long time already he, sitting apart, had been no more to us than a voice. There was not a word from anybody. The others might have been asleep, but I was awake. I listened, I listened on the watch for the sentence, for the word, that would give me the clue to the faint uneasiness inspired by this narrative that seemed to shape itself without human lips in the heavy night-air of the river.

"... Yes – I let him run on," Marlow began again, "and think what he pleased about the powers that were behind me. I did! And there was nothing behind me! There was nothing but that wretched, old, mangled steamboat I was leaning against while he talked fluently about 'the necessity for every man to get on'. 'And when one comes out here, you conceive, it is not to gaze at the moon.' Mr. Kurtz was a 'universal genius', but even a genius would find it easier to work with 'adequate tools – intelligent men'. He did not make bricks – why, there was a physical impossibility in the way – as I was well aware; and if he did secretarial work for the manager, it was because 'no sensible man rejects wantonly the confidence of his superiors'. Did I see it? I saw it. What more did I want? What I really wanted was rivets, by Heaven! Rivets. To get on with the work – to stop the hole. Rivets I wanted. There were cases of them down at the

ficato – l'essenza sottile e penetrante. È impossibile. Si vive come si sogna – soli...»

Fece un'altra pausa come di riflessione, poi aggiunse:

«Naturalmente in questo voialtri vedete più di quanto potessi vedere io allora. Voi vedete me, che conoscete...»

Si era fatto buio così pesto che noi ascoltatori riuscivamo a malapena a scorgerci. Da tempo lui, seduto in disparte, non era altro che una voce per noi. Nessuno pronunciò parola. Poteva darsi che gli altri dormissero, ma io ero sveglio. Ascoltavo, ascoltavo, attendendo all'erta la frase, la parola che mi avrebbe permesso di comprendere l'indefinibile disagio ispirato da quel racconto che sembrava prendere forma senza il bisogno di labbra umane nell'aria greve della notte sul fiume.

«... Sì – lo lasciai proseguire» riprese Marlow, «e credere quel che voleva del potere che stava dietro di me. Proprio così! E non c'era niente dietro di me! Non c'era nulla fuorché quel povero vecchio vapore semidistrutto a cui m'appoggiavo mentre lui parlava senza posa della "necessità che ogni uomo ha di farsi strada". "E quando si viene qui, lei capisce, non è certo per guardare la luna!" Mr Kurtz era un "genio universale", ma perfino un genio avrebbe trovato più semplice lavorare "con gli attrezzi adeguati – uomini intelligenti". Non fabbricava mattoni – certo, era materialmente impossibile – come sapevo bene; e se faceva da segretario al direttore era perché "nessun uomo un po' assennato rifiuta senza motivo la fiducia dei superiori". Capivo, no? Capivo. Che cosa volevo di più? Quel che volevo davvero erano dei rivetti, per Dio! Rivetti. Per continuare il lavoro – per tappare la falla. Dei chiodi volevo. Ce n'erano casse intere sulla costa – casse – accatastate – sfondate – sfasciate! Nel cortile della

coast – cases – piled up – burst – split! You kicked a loose rivet at every second step in that station yard on the hillside. Rivets had rolled into the grove of death. You could fill your pockets with rivets for the trouble of stooping down – and there wasn't one rivet to be found where it was wanted. We had plates that would do, but nothing to fasten them with. And every week the messenger, a lone negro, letter-bag on shoulder and staff in hand, left our station for the coast. And several times a week a coast caravan came in with trade goods – ghastly glazed calico that made you shudder only to look at it, glass beads value about a penny a quart, confounded spotted cotton handkerchiefs. And no rivets. Three carriers could have brought all that was wanted to set that steamboat afloat.

"He was becoming confidential now, but I fancy my unresponsive attitude must have exasperated him at last, for he judged it necessary to inform me he feared neither God nor devil, let alone any mere man. I said I could see that very well, but what I wanted was a certain quantity of rivets – and rivets were what really Mr. Kurtz wanted, if he had only known it. Now letters went to the coast every week... 'My dear sir,' he cried, 'I write from dictation'. I demanded rivets. There was a way – for an intelligent man. He changed his manner; became very cold, and suddenly began to talk about a hippopotamus; wondered whether sleeping on board the steamer (I stuck to my salvage night and day) I wasn't disturbed. There was an old hippo that had the bad habit of getting out on

stazione sul fianco della collina si inciampava su un rivetto ogni due passi. I rivetti erano rotolati giù fino al boschetto della morte. A prendersi la briga di chinarsi, ci si poteva riempire le tasche di quei rivetti – e qui dove ce n'era bisogno non si trovava neppure l'ombra di un rivetto. Avevamo delle lamiere che potevano andare bene, ma niente per fissarle. E ogni settimana il corriere, un negro solitario con il sacco della posta sulle spalle e il bastone in mano, partiva dalla stazione diretto alla costa. E più volte alla settimana dalla costa arrivava una carovana di merci di scambio – del calicò lustro e disgustoso che faceva rabbrividire solo a guardarlo, delle perline di vetro che valevano più o meno un soldo alla libbra, degli orribili fazzoletti di cotone a pallini. E neanche un rivetto. Sarebbero bastati tre uomini a trasportare il necessario per rimettere a galla il vapore.

«Stava abbandonandosi alle confidenze ora, ma immagino che alla fine il mio atteggiamento indifferente dovesse averlo esasperato, poiché reputò necessario informarmi che non temeva Dio, né il diavolo e tanto meno un semplice mortale. Dissi che me ne rendevo perfettamente conto, ma che avevo bisogno di una certa quantità di rivetti – e che i rivetti erano proprio quello che avrebbe voluto Mr Kurtz, se solo l'avesse saputo. Ora, tutte le settimane venivano mandate delle lettere sulla costa... "Mio caro signore" gridò "io scrivo sotto dettatura." Io esigevo dei rivetti. E c'era il modo – per un uomo intelligente. Cambiò condotta; diventò freddissimo e si mise a parlare improvvisamente di un ippopotamo; si chiedeva se dormendo a bordo del vapore (non abbandonavo mai il mio relitto, né di giorno né di notte) non ne provassi turbamento. C'era un vecchio ippopotamo che aveva la pessima abitudine di saltar fuori la notte e vagabondare sul

the bank and roaming at night over the station grounds. The pilgrims used to turn out in a body and empty every rifle they could lay hands on at him. Some even had sat up o' nights for him. All this energy was wasted, though. 'That animal has a charmed life,' he said; 'but you can say this only of brutes in this country. No man – you apprehend me? – no man here bears a charmed life.' He stood there for a moment in the moonlight with his delicate hooked nose set a little askew, and his mica eyes glittering without a wink, then, with a curt Good-night, he strode off. I could see he was disturbed and considerably puzzled, which made me feel more hopeful than I had been for days. It was a great confort to turn from that chap to my influential friend, the battered, twisted, ruined, tin-pot steamboat. I clambered on board. She rang under my feet like an empty Huntley & Palmer biscuit-tin kicked along a gutter; she was nothing so solid in make, and rather less pretty in shape, but I had expended enough hard work on her to make me love her. No influential friend would have served me better. She had given me a chance to come out a bit – to find out what I could do. No, I don't like work. I had rather laze about and think of all the fine things that can be done. I don't like work – no man does – but I like what is in the work – the chance to find yourself. Your own reality – for yourself, not for others – what no other man can ever know. They can only see the mere show, and never can tell what it really means.

"I was not surprised to see somebody sitting aft, on the deck, with his legs dangling over the mud.

terreno della stazione. I pellegrini facevano delle sortite in massa e gli scaricavano addosso tutti i fucili su cui riuscivano a mettere le mani. Alcuni avevano addirittura vegliato notti intere di attesa. Tutta energia sprecata, però. "Quell'animale ha una vita fatata," disse "ma è una cosa che succede soltanto alle bestie in questo paese. Non c'è uomo – mi comprende? – non c'è uomo qui che possegga una vita fatata." Restò un attimo sotto il chiaro di luna con il naso delicato adunco e un poco storto e gli occhi di mica che luccicavano senza battere ciglio, poi si allontanò con un secco "Buona notte". Mi resi conto che era preoccupato e piuttosto perplesso, e la cosa mi diede più speranza di quanto non ne avessi avuta da tempo. Fu un gran conforto passare da quell'individuo al mio influente amico, quella latta ammaccata, contorta, sfasciata, d'un vapore. Mi arrampicai a bordo. Risuonava sotto i miei piedi come una scatola vuota di biscotti Huntley & Palmer presa a calci lungo un fossato; non era altrettanto solido di fattura ed era molto meno bello, ma con tutto il duro lavoro che m'era costato, mi ci ero affezionato. Nessun amico influente avrebbe potuto rendermi miglior servizio. Mi aveva dato l'occasione di mettermi un po' alla prova – di scoprire che cosa sapevo fare. No, non mi piace il lavoro. Preferirei poltrire pensando a tutte le belle cose che si possono fare. Non mi piace il lavoro – a nessuno piace – ma mi piace quel che c'è nel lavoro – l'occasione di scoprire se stessi. La propria realtà – per sé, non per gli altri – ciò che nessun altro uomo potrà mai sapere. Gli altri possono soltanto vedere l'apparenza, senza poter mai sapere che cosa significhi veramente.

«Non fui sorpreso di vedere qualcuno seduto a poppa, sul ponte, con le gambe penzoloni sul fango. Vedete, avevo fatto amicizia con i pochi mecca-

You see I rather chummed with the few mechanics there were in that station, whom the other pilgrims naturally despised – on account of their imperfect manners, I suppose. This was the foreman – a boiler-maker by trade – a good worker. He was a lank, bony, yellow-faced man, with big intense eyes. His aspect was worried, and his head was as bald as the palm of my hand; but his hair in falling seemed to have stuck to his chin, and had prospered in the new locality, for his beard hung down to his waist. He was a widower with six young children (he had left them in charge of a sister of his to come out there), and the passion of his life was pigeon-flying. He was an enthusiast and a connoisseur. He would rave about pigeons. After work hours he used sometimes to come over from his hut for a talk about his children and his pigeons; at work, when he had to crawl in the mud under the bottom of the steamboat, he would tie up that beard of his in a kind of white serviette he brought for the purpose. It had loops to go over his ears. In the evening he could be seen squatted on the bank rinsing that wrapper in the creek with great care, then spreading it solemnly on a bush to dry.

"I slapped him on the back and shouted: 'We shall have rivets!'. He scrambled to his feet exclaiming 'No! Rivets!' as though he couldn't believe his ears. Then in a low voice, 'You... eh?'. I don't know why we behaved like lunatics. I put my finger to the side of my nose and nodded mysteriously. 'Good for you!' he cried, snapped his fingers above his head, lifting one foot. I tried a jig. We capered on the iron deck. A frightful clatter came out of that hulk, and the virgin forest on the other bank of the creek sent it back in a thundering roll upon the sleeping station. It must have made some of

nici della stazione che gli altri pellegrini naturalmente disdegnavano – per via delle loro maniere imperfette, suppongo. Questo era il caposquadra – un calderaio di professione – un buon operaio. Era un tipo magro, tutt'ossa, con la faccia gialla e gli occhi grandi ed espressivi. Sembrava sempre preoccupato e aveva la testa calva quanto il palmo di una mano, ma pareva che i capelli, nel cadergli, gli fossero rimasti attaccati al mento, e nella nuova ubicazione avessero prosperato, dato che la barba gli arrivava alla cintola. Era vedovo con sei bambini (li aveva lasciati a una sorella per venire laggiù), e la passione della sua vita erano i piccioni viaggiatori. Era un entusiasta e un esperto. Andava matto per i piccioni. A volte, dopo l'orario di lavoro, lasciava la capanna e veniva a parlare dei suoi figli e dei suoi piccioni; al lavoro, quando doveva strisciare nel fango sotto la chiglia del battello, si legava la barba in una specie di salvietta bianca che portava per quello scopo. Aveva due cappi per fissarla alle orecchie. Di sera lo si poteva vedere accovacciato sulla riva a risciacquare con gran cura la salvietta nell'insenatura per poi stenderla solennemente su un cespuglio ad asciugare.

«Gli diedi una manata sulla schiena e urlai: "Avremo i chiodi!". Si rialzò in piedi esclamando: "No! I chiodi!" come se non potesse credere alle sue orecchie. Quindi, sottovoce: "Lei... eh?". Non so perché ci comportavamo come matti. Misi un dito a lato del naso e annuii misteriosamente. "Bravo!" gridò, schioccò le dita sulla testa alzando un piede. Accennai un passo di giga. Ci mettemmo a saltellare sul ponte di ferro. Dallo scafo si alzò un frastuono spaventoso e la foresta vergine sull'altra riva dell'insenatura lo rimandò come un rombo tonante sulla stazione addormentata. Più di un pellegrino doveva esser saltato a sedere nella

the pilgrims sit up in their hovels. A dark figure obscured the lighted doorway of the manager's hut, vanished, then, a second or so after, the doorway itself vanished too. We stopped, and the silence driven away by the stamping of our feet flowed back again from the recesses of the land. The great wall of vegetation, an exuberant and entangled mass of trunks, branches, leaves, boughs, festoons, motionless in the moonlight, was like a rioting invasion of soundless life, a rolling wave of plants, piled up, crested, ready to topple over the creek, to sweep every little man of us out of his little existence. And it moved not. A deadened burst of mighty splashes and snorts reached us from afar, as though an ichthyosaurus had been taking a bath of glitter in the great river. 'After all', said the boiler-maker in a reasonable tone, 'why shouldn't we get the rivets?' Why not, indeed! I did not know of any reason why we shouldn't. 'They'll come in three weeks,' I said confidently.

"But they didn't. Instead of rivets there came an invasion, an infliction, a visitation. It came in sections during the next three weeks, each section headed by a donkey carrying a white man in new clothes and tan shoes, bowing from that elevation right and left to the impressed pilgrims. A quarrelsome band of footsore sulky niggers trod on the heels of the donkey; a lot of tents, campstools, tin boxes, white cases, brown bales would be shot down in the courtyard, and the air of mystery would deepen a little over the muddle of the station. Five such instalments came, with their absurd air of disorderly flight with the loot of innumerable outfit shops and provision stores, that, one would think, they were lugging, after a raid,

baracca. Una figura nera oscurò la soglia illuminata della capanna del direttore, svanì, poi, un secondo o due dopo, svanì anche la soglia. Ci fermammo e il silenzio scacciato dai nostri piedi rifluì dai recessi della terra. Il grande muro di vegetazione, una massa esuberante e intricata di tronchi, rami, foglie, frasche, liane, immobili sotto il chiaro di luna, era come un'invasione ribelle di vita muta e insondabile, un'ondata di piante gonfia, increspata, pronta a riversarsi sull'insenatura, a spazzar via ognuno di noi piccoli uomini dalla nostra piccola esistenza. E non si muoveva. Uno scoppio smorzato di spruzzi e sbuffi potenti ci giunse da lontano, come se un ittiosauro stesse facendo un bagno di luce nel grande fiume. "Dopotutto" disse il calderaio in tono ragionevole, "perché non dovrebbero arrivarci i chiodi?" Giusto, perché no? Non conoscevo nessuna ragione per cui non dovessero arrivarci. "Saranno qui fra tre settimane" dissi fiducioso.

«Ma non arrivarono. Invece dei chiodi arrivò un'invasione, un castigo, un flagello. Arrivò a scaglioni durante quelle tre settimane, ogni scaglione guidato da un asino con sopra un bianco vestito di nuovo con le scarpe tinta coloniale, che di lassù s'inchinava a destra e a manca davanti ai pellegrini impressionati. Alle calcagna dell'asino seguiva una frotta litigiosa di negri con i musi lunghi e i piedi doloranti; un mucchio di tende, sedie da campo, scatole di latta, casse bianche, balle marroni, veniva scaricato nel cortile e l'aria di mistero s'ispessiva un po' sullo scompiglio della stazione. Ne arrivarono cinque di quegli scaglioni, con l'aria assurda di fuggire disordinatamente col bottino di innumerevoli negozi di provviste e attrezzature che sembravano trascinare, dopo la rapina, in quella terra selvaggia per dividerlo equamente.

into the wilderness for equitable division. It was an inextricable mess of things decent in themselves but that human folly made look like the spoils of thieving.

"This devoted band called itself the Eldorado Exploring Expedition, and I believe they were sworn to secrecy. Their talk, however, was the talk of sordid buccaneers: it was reckless without hardihood, greedy without audacity, and cruel without courage; there was not an atom of foresight or of serious intention in the whole batch of them, and they did not seem aware these things are wanted for the work of the world. To tear treasure out of the bowels of the land was their desire, with no more moral purpose at the back of it than there is in burglars breaking into a safe. Who paid the expenses of the noble enterprise I don't know; but the uncle of our manager was leader of that lot.

"In exterior he resembled a butcher in a poor neighbourhood, and his eyes had a look of sleepy cunning. He carried his fat paunch with ostentation on his short legs, and during the time his gang infested the station spoke to no one but his nephew. You could see these two roaming about all day long with their heads close together in an everlasting confab.

"I had given up worrying myself about the rivets. One's capacity for that kind of folly is more limited than you would suppose. I said Hang! – and let things slide. I had plenty of time for meditation, and now and then I would give some thought to Kurtz. I wasn't very interested in him. No. Still, I was curious to see whether this man, who had come out equipped with moral ideas of some sort, would climb to the top after all, and how he would set about his work when there.

Era una confusione inestricabile di cose di per sé oneste, ma a cui l'umana follia aveva dato l'aspetto delle spoglie di un saccheggio.

«Questa banda di devoti si faceva chiamare la Spedizione Esploratrice Eldorado e credo che fossero legati al segreto da un giuramento. I loro discorsi, comunque, erano i discorsi di sordidi pirati: avventati senza ardimento, avidi senza audacia e crudeli senza coraggio; in tutta quella marmaglia non c'era un solo briciolo di previdenza o di serie intenzioni e non sembravano avvedersi di quanto necessarie siano quelle cose per il lavoro di questo mondo. Il loro unico desiderio era di strappare tesori alle viscere della terra e non erano sostenuti da un fine morale più di quanto lo siano dei ladri intenti a scassinare una cassaforte. Chi pagasse le spese della nobile impresa non lo so; ma a capo di quella gentaglia c'era lo zio del nostro direttore.

«D'aspetto somigliava al macellaio di un quartiere povero e negli occhi aveva impresso uno sguardo di astuzia sorniona. Ostentava un gran pancione sulle gambe corte e durante tutto il tempo in cui la sua congrega infestò la stazione non parlò ad altri che a suo nipote. Li si vedeva in giro tutto il giorno testa a testa, impegnati in interminabili confabulazioni.

«Avevo rinunciato a preoccuparmi per i chiodi. La capacità umana per quel genere di follie è più limitata di quanto si possa credere. Dissi: "Al diavolo!" – e lasciai che le cose andassero per il loro verso. Avevo tutto il tempo per meditare e a volte pensavo a Kurtz. Non è che mi interessasse molto. No. Eppure ero curioso di vedere se quell'uomo venuto laggiù con idee morali di qualche genere, sarebbe riuscito a scalare il potere, e che cosa avrebbe fatto una volta arrivato lassù.»

II

"One evening as I was lying flat on the deck of my steamboat, I heard voices approaching – and there were the nephew and the uncle strolling along the bank. I laid my head on my arm again, and had nearly lost myself in a doze, when somebody said in my ear, as it were: 'I am as harmless as a little child, but I don't like to be dictated to. Am I the manager – or am I not? I was ordered to send him there. It's incredible'... I became aware that the two were standing on the shore alongside the fore-part of the steamboat, just below my head. I did not move; it did not occur to me to move: I was sleepy. 'It *is* unpleasant,' grunted the uncle. 'He has asked the Administration to be sent there,' said the other, 'with the idea of showing what he could do; and I was instructed accordingly. Look at the influence that man must have. Is it not frightful?' They both agreed it was frightful, then made several bizarre remarks: 'Make rain and fine weather – one man – the Council – by the nose' – bits of absurd sentences that got the better of my drowsiness, so that I had pretty near the whole of my wits about me when the uncle said, 'The climate may do away with this difficulty for you. Is he alone there?'. 'Yes,' answered the manager; 'he sent his assistant down the river with a note to me

II

«Una sera, mentre me ne stavo disteso sul ponte del vapore, udii delle voci avvicinarsi – erano zio e nipote che passeggiavano lungo la riva. Riappoggiai il capo sul braccio ed ero già quasi scivolato nel dormiveglia, quando qualcuno mi disse, come all'orecchio: "Io sono un tipo innocuo come un bambino, ma non mi va di ricevere imposizioni. Sono il direttore – no? L'ordine era di spedirlo laggiù. È incredibile!"... Mi resi conto che i due si trovavano sulla riva in prossimità della prua del vapore, esattamente sotto la mia testa. Non mi mossi; non mi venne in mente di farlo: avevo sonno. "*È* davvero irritante" borbottò lo zio. "Ha chiesto all'Amministrazione di essere mandato là" disse l'altro, "con l'idea di dimostrare quel che sa fare; e io ho ricevuto istruzioni di conseguenza. Pensa all'influenza che deve avere quell'uomo. Non è spaventoso?" Riconobbero entrambi che era spaventoso, poi si dilungarono in una serie di commenti bizzarri: "Fare il bello e il cattivo tempo – un uomo solo – il Consiglio – per il naso" – frammenti di osservazioni assurde che ebbero la meglio sulla mia sonnolenza, tanto che avevo praticamente recuperato il pieno delle mie facoltà mentali quando lo zio disse: "Forse il clima ti toglierà da questo impiccio. È solo laggiù?". "Sì," rispose il direttore "ha rispedito indie-

in these terms: 'Clear this poor devil out of the country, and don't bother sending more of that sort. I had rather be alone than have the kind of men you can dispose of with me'. It was more than a year ago. Can you imagine such impudence?' 'Anything since then?' asked the other hoarsely. 'Ivory,' jerked the nephew; lots of it – prime sort – lots – most annoying, from him'. 'And with that?' questioned the heavy rumble. 'Invoice,' was the reply fired out, so to speak. Then silence. They had been talking about Kurtz.

"I was broad awake by this time, but, lying perfectly at ease, remained still, having no inducement to change my position. 'How did that ivory come all this way?' growled the elder man, who seemed very vexed. The other explained that it had come with a fleet of canoes in charge of an English half-caste clerk Kurtz had with him; that Kurtz had apparently intended to return himself, the station being by that time bare of goods and stores, but after coming three hundred miles, had suddenly decided to go back, which he started to do alone in a small dugout with four paddlers, leaving the half-caste to continue down the river with the ivory. The two fellows there seemed astounded at anybody attempting such a thing. They were at a loss for an adequate motive. As for me, I seemed to see Kurtz for the first time. It was a distinct glimpse: the dugout, four paddling savages, and the lone white man turning his back suddenly on the headquarters, on relief, on thoughts of home – perhaps; setting his face towards the depths of the wilderness, towards his empty and desolate sta-

tro il suo assistente con un biglietto per me che diceva: 'Allontanate questo povero diavolo dal paese e non disturbatevi a mandarmene altri del genere. Preferisco stare solo che avere d'attorno la specie di individui di cui volete liberarvi'. Questo fu più di un anno fa. Ti rendi conto, che insolenza?" "E da allora, più niente?" chiese l'altro con voce roca. "Avorio" sbottò il nipote; "mucchi di avorio – e del migliore – a mucchi – una cosa estremamente irritante, da lui." "E insieme a quello?" domandò il cupo brontolio. "Fatture" esplose, per così dire, in risposta. Poi silenzio. Era di Kurtz che parlavano.

«Ormai ero del tutto sveglio, ma essendo comodamente sdraiato, rimasi immobile, non sentendo alcun bisogno di cambiare posizione. "Come è arrivato fin qui tutto quell'avorio?" ringhiò il più anziano dei due, che aveva l'aria di essere molto irritato. L'altro spiegò che era arrivato su una flotta di canoe capitanata da un funzionario inglese mezzosangue che Kurtz aveva con sé; che Kurtz stesso doveva aver avuto in mente di tornare, dal momento che ormai la stazione era completamente sfornita di merci e provviste, ma che dopo un viaggio di circa trecento miglia aveva improvvisamente deciso di fare marcia indietro, intenzione che aveva attuato da solo a bordo di una piccola piroga con quattro rematori, mentre il mezzosangue proseguiva lungo il fiume, con l'avorio. I due sembravano sbigottiti all'idea che qualcuno potesse tentare un'impresa del genere. Non riuscivano a trovare una ragione plausibile. Per quanto mi riguarda, ebbi l'impressione di vedere Kurtz per la prima volta. Si trattò di una visione chiara: la piroga, i quattro selvaggi alle pagaie e quell'unico bianco che d'un colpo volta le spalle al quartiere generale, alla sua sostituzione, all'idea di casa – magari; e fissa il volto verso le profondità della terra selvaggia, verso la sua stazio-

tion. I did not know the motive. Perhaps he was just simply a fine fellow who stuck to his work for its own sake. His name, you understand, had not been pronounced once. He was 'that man'. The half-caste, who, as far as I could see, had conducted a difficult trip with great prudence and pluck, was invariably alluded to as 'that scoundrel'. The 'scoundrel' had reported that the 'man' had been very ill – had recovered imperfectly... The two below me moved away then a few paces, and strolled back and forth at some little distance. I heard: 'Military post – doctor – two hundred miles – quite alone now unavoidable delays – nine months – no news – strange rumours'. They approached again, just as the manager was saying, 'No one, as far as I know, unless a species of wandering trader – a pestilential fellow, snapping ivory from the natives'. Who was it they were talking about now? I gathered in snatches that this was some man supposed to be in Kurtz's district, and of whom the manager did not approve. 'We will not be free from unfair competition till one of these fellows is hanged for an example,' he said. 'Certainly,' grunted the other; 'get him hanged! Why not? Anything – anything can be done in this country. That's what I say; nobody here, you understand, *here*, can endanger your position. And why? You stand the climate – you outlast them all. The danger is in Europe; but there before I left I took care to***' They moved off and whispered, then their voices rose again 'The extraordinary series of delays is not my fault. I did my possible.' The fat man sighed, 'Very sad'. 'And the pestiferous absurdity of his talk,' con-

ne vuota e desolata. Non ne conoscevo il motivo. Poteva darsi che fosse semplicemente un uomo onesto che si dedicava al proprio lavoro per passione. Il suo nome, avrete notato, non era stato pronunciato una sola volta. Lui era "quell'uomo". Il mezzosangue, che a quanto capivo aveva condotto a termine un viaggio pericoloso con estrema prudenza e coraggio, veniva invariabilmente definito "quella canaglia". La "canaglia" aveva riferito che "l'uomo" era stato gravemente ammalato – non si era ristabilito del tutto... A quel punto i due sotto di me si allontanarono di qualche passo e presero ad andare su e giù un poco più in là. Sentii: "Postazione militare – dottore – duecento miglia – completamente solo adesso – inevitabili ritardi – nove mesi – nessuna notizia – strane dicerie". Tornarono ad avvicinarsi, proprio mentre il direttore diceva: "Nessuno, per quel che ne so, tranne una specie di trafficante girovago – un individuo inqualificabile che porta via l'avorio agli indigeni". E adesso, di chi stavano parlando? Dai frammenti di frasi, capii che si trattava di qualcuno che doveva trovarsi nella zona di Kurtz, e che non godeva della stima del direttore. "Non riusciremo a liberarci della concorrenza sleale, finché uno di questi individui non sarà impiccato per essere d'ammonimento agli altri" disse. "Esatto" ringhiò quell'altro; "fallo impiccare! Perché no? Tutto si può fare in questo paese – tutto. È quello che dico; nessuno qui, capisci, *qui*, nessuno può mettere in pericolo la tua posizione. E perché? Tu sopporti bene il clima – te li lasci tutti indietro. Il pericolo è in Europa; ma lì mi sono preoccupato io stesso, prima di partire, di ***." Si allontanarono bisbigliando, poi le loro voci tornarono a farsi sentire. "La straordinaria serie di ritardi non dipende da me. Io ho fatto del mio meglio." Il grasso sospirò: "Molto triste". "Per non parlare dell'assurdità delle

tinued the other; 'he bothered me enough when he was here. 'Each station should be like a beacon on the road towards better things, a centre for trade of course, but also for humanising, improving, instructing.' Conceive you – that ass! And he wants to be manager! No, it's...' Here he got choked by exessive indignation, and I lifted my head the least bit. I was surprised to see how near they were – right under me. I could have spat upon their hats. They were looking on the ground, absorbed in thought. The manager was switching his leg with a slender twig: his sagacious relative lifted his head. 'You have been well since you came out this time?' he asked. The other gave a start. 'Who? I? Oh! Like a charm – like a charm. But the rest – oh, my goodness! All sick. They die so quick, too, that I haven't the time to send them out of the country – it's incredible.' 'H'm. Just so,' grunted the uncle. 'Ah! my boy, trust to this – I say, trust to this.' I saw him extend his short flipper of an arm for a gesture that took in the forest, the creek, the mud, the river – seemed to beckon with a dishonouring flourish before the sunlit face of the land a treacherous appeal to the lurking death, to the hidden evil, to the profound darkness of its heart. It was so startling that I leaped to my feet and looked back at the edge of the forest, as though I had expected an answer of some sort to that black display of confidence. You know the foolish notions that come to one sometimes. The high stillness confronted these two figures with its ominous patience, waiting for the passing away of a fantastic invasion.

"They swore aloud together – out of sheer fright, I believe – then, pretending not to know anything of my existence, turned back to the sta-

sue chiacchiere pestifere" continuò l'altro; "ho avuto la mia dose di noia quando era qui. 'Ogni stazione dovrebbe essere come un faro sulla strada verso cose migliori, un centro di commercio, ovviamente, ma anche di umanizzazione, progresso, istruzione.' Figurati – quell'asino! E si è messo in mente di fare il direttore! No, è..." Qui l'eccessiva indignazione lo soffocò, e io sollevai la testa in modo quasi impercettibile. Fui sorpreso di vedere quanto fossero vicini – proprio sotto di me. Avrei potuto sputargli sul cappello. Stavano guardando a terra, assorti nei loro pensieri. Il direttore si frustava la gamba con un ramoscello: il suo sagace parente sollevò il capo. "Sei stato sempre bene dacché sei venuto qui l'ultima volta?" chiese. L'altro trasalì. "Chi? Io? Oh! A meraviglia – a meraviglia Ma gli altri – oh, buon Dio! Tutti malati. E muoiono così in fretta che non mi danno il tempo di allontanarli dal paese – è incredibile!" "Uhm. Proprio così" grugnì lo zio. "Ah, ragazzo mio, è su questo che devi fare affidamento – su questo ti dico." Lo vidi allungare la corta pinna del braccio in un gesto che abbracciava la foresta, l'insenatura, il fango, il fiume – in un ripugnante arabesco pareva inviare, di fronte al volto assolato della terra, un infido appello alla morte in agguato, al male nascosto e alla tenebra profonda di quel cuore. Fu così impressionante che balzai in piedi per guardare, alle mie spalle, il margine della foresta, come se mi aspettassi una risposta qualunque a quell'oscura dimostrazione di sicurezza. Sapete quali sciocchezze ci passano per la testa certe volte. L'assoluto silenzio replicò alle due figure con la sua pazienza sinistra, in attesa del dissolversi di quella invasione fantastica.

«Bestemmiarono entrambi ad alta voce – per paura, credo – poi, fingendo di non essersi accorti della mia presenza, si diressero nuovamente verso

tion. The sun was low; and leaning forward side by side, they seemed to be tugging painfully uphill their two ridiculous shadows of unequal length, that trailed behind them slowly over the tall grass without bending a single blade.

"In a few days the Eldorado Expedition went into the patient wilderness, that closed upon it as the sea closes over a diver. Long afterwards the news came that all the donkeys were dead. I know nothing as to the fate of the less valuable animals. They, no doubt, like the rest of us, found what they deserved. I did not inquire. I was then rather excited at the prospect of meeting Kurtz very soon. When I say very soon I mean it comparatively. It was just two months from the day we left the creek when we came to the bank below Kurtz's station.

"Going up that river was like travelling back to the earliest beginnings of the world, when vegetation rioted on the earth and the big trees were kings. An empty stream, a great silence, an impenetrable forest. The air was warm, thick, heavy, sluggish. There was no joy in the brilliance of sunshine. The long stretches of the waterway ran on, deserted, into the gloom of overshadowed distances. On silvery sandbanks hippos and alligators sunned themselves side by side. The broadening waters flowed through a mob of wooded islands; you lost your way on that river as you would in a desert, and butted all day long against shoals, trying to find the channel, till you thought yourself bewitched and cut off for ever from everything you had known once – somewhere – far away – in another existence perhaps. There were moments when one's past came back to one,

la stazione. Il sole era basso; e camminando fianco a fianco, protesi in avanti, sembrava che trainassero faticosamente in salita le loro ridicole ombre di lunghezza diseguale che lentamente li seguivano sull'erba alta, senza piegarne neppure un filo.

«Pochi giorni dopo la Spedizione Eldorado se ne andò nella paziente terra selvaggia e questa si richiuse su di essa come il mare si richiude su di un tuffatore. Molto tempo dopo ci giunse notizia che tutti gli asini erano morti. Non so nulla del destino che toccò agli animali di minor valore. Senza dubbio anche loro, come tutti noi, ebbero quanto meritavano. Non indagai. In quel momento ero piuttosto emozionato al pensiero che presto avrei incontrato Kurtz. Presto, si intende in senso relativo. Quando toccammo la riva presso la stazione di Kurtz, erano trascorsi esattamente due mesi dal giorno in cui avevamo lasciato l'insenatura.

«Risalire quel fiume era come viaggiare a ritroso verso i più remoti primordi del mondo, quando la vegetazione invadeva la terra e i grandi alberi ne erano sovrani. Un corso d'acqua deserto, un silenzio profondo, una foresta impenetrabile. L'aria era calda, spessa, greve, ferma. Nella luce del sole non brillava gioia alcuna. Lunghi tratti d'acqua correvano, deserti, nel buio di lontananze ombrose. Sulle rive argentate, ippopotami e alligatori si crogiolavano al sole fianco a fianco. Nei punti più ampi, le acque scorrevano tra una quantità di isolotti boscosi; su quel fiume ci si poteva smarrire come in un deserto, si sbatteva per giornate intere nelle secche alla ricerca di un canale navigabile finché non si aveva la sensazione di essere vittime di un incantesimo e tagliati fuori da tutto quel che era noto un tempo – chissà dove – lontano – forse in un'altra vita. C'erano momenti in cui il passato tornava alla

as it will sometimes when you have not a moment to spare to yourself; but it came in the shape of an unrestful and noisy dream, remembered with wonder amongst the overwhelming realities of this strange world of plants, and water, and silence. And this stillness of life did not in the least resemble a peace. It was the stillness of an implacable force brooding over an inscrutable intention. It looked at you with a vengeful aspect. I got used to it afterwards; I did not see it any more; I had no time. I had to keep guessing at the channel; I had to discern, mostly by inspiration, the signs of hidden banks; I watched for sunken stones; I was learning to clap my teeth smartly before my heart flew out, when I shaved by a fluke some infernal sly old snag that would have ripped the life out of the tin-pot steamboat and drowned all the pilgrims; I had to keep a look-out for the signs of dead wood we could cut up in the night for next day's steaming. When you have to attend to things of that sort, to the mere incidents of the surface, the reality – the reality, I tell you – fades. The inner truth is hidden – luckily, luckily. But I felt it all the same; I felt often its mysterious stillness watching me at my monkey tricks, just as it watches you fellows performing on your respective tightropes for – what is it? half a crown a tumble..."

"Try to be civil, Marlow," growled a voice, and I knew there was at least one listener awake besides myself.

"I beg your pardon. I forgot the heartache which makes up the rest of the price. And indeed what does the price matter, if the trick be well done? You do your tricks very well. And I didn't do badly

mente, come succede quando non si ha un attimo da dedicare a se stessi; ma assumeva i contorni di un sogno inquieto e chiassoso, il cui ricordo suscitava meraviglia nell'opprimente realtà di questo strano mondo di piante, d'acqua e di silenzio. E l'immobilità di questa vita non aveva nulla che somigliasse alla pace. Era l'immobilità di una forza implacabile che covava una intenzione imperscrutabile. Ti osservava con aria vendicativa. In seguito ci feci l'abitudine; non me ne accorgevo più; non avevo tempo. Dovevo badare a indovinare il canale; dovevo interpretare, per lo più in base all'ispirazione, i segnali delle secche nascoste; stare attento ai massi sommersi; stavo imparando a serrare i denti prima che mi volasse via il cuore quando passavo a un pelo da qualche infernale vecchio tronco infido che avrebbe strappato la vita a quella latta di un vapore facendo annegare tutti i pellegrini; e non dovevo smettere di controllare la riva alla ricerca di legna secca da tagliare nella notte per rifornire la caldaia il giorno dopo. Quando ci si deve concentrare su cose di questo genere, su meri incidenti di superficie, la realtà – la realtà, vi dico – perde consistenza. La verità interiore è nascosta – per fortuna, per fortuna. Eppure io la percepivo ugualmente; spesso sentivo la sua misteriosa immobilità osservare i miei numeri da scimmia ammaestrata, proprio come osserva voialtri mentre vi esibite sulle vostre rispettive corde tese per – quanto vi danno? mezza corona a capriola...»

«Cerchi di essere educato, Marlow» borbottò una voce, e io seppi di avere almeno un ascoltatore sveglio oltre a me.

«Chiedo scusa. Dimenticavo il dolore che viene a completare il prezzo. E in fondo, che importa il prezzo, se l'esercizio è ben fatto? Voi eseguite i vostri numeri benissimo. E neppure io me la cavai

either, since I managed not to sink that steamboat on my first trip. It's a wonder to me yet. Imagine a blindfolded man set to drive a van over a bad road. I sweated and shivered over that business considerably, I can tell you. After all, for a seaman, to scrape the bottom of the thing that's supposed to float all the time under his care is the unpardonable sin. No one may know of it, but you never forget the thump – eh? A blow on the very heart. You remember it, you dream of it, you wake up at night and think of it – years after – and go hot and cold all over. I don't pretend to say that steamboat floated all the time. More than once she had to wade for a bit, with twenty cannibals splashing around and pushing. We had enlisted some of these chaps on the way for a crew. Fine fellows – cannibals – in their place. They were men one could work with, and I am grateful to them. And, after all, they did not eat each other before my face: they had brought along a provision of hippo-meat which went rotten, and made the mystery of the wilderness stink in my nostrils. Phoo! I can sniff it now. I had the manager on board and three or four pilgrims with their staves – all complete. Sometimes we came upon a station close by the bank, clinging to the skirts of the unknown, and the white men rushing out of a tumble-down hovel, with great gestures of joy and surprise and welcome, seemed very strange – had the appearance of being held there captive by a spell. The word 'ivory' would ring in the air for a while – and on we went again into the silence, along empty reaches, round the still bends, between the high walls of our winding way, reverberating in hollow claps the ponderous beat of the stern-wheel. Trees, trees, millions of trees, massive, immense, running up high; and at their foot, hugging the bank against the stream, crept the little be-

male, se riuscii a tenere a galla quel vapore al mio primo viaggio. Mi stupisco ancora adesso. Immaginate un uomo bendato che debba guidare un furgone su una strada in cattive condizioni. Di sicuro posso dire che in quell'impresa ho sudato e tremato non poco. Dopo tutto, per un marinaio raschiare il fondo della cosa che grazie a lui dovrebbe stare sempre a galla, è un peccato imperdonabile. Magari nessuno lo verrà mai a sapere, ma chi la dimentica più la botta – eh? È un vero colpo al cuore. Te ne ricordi, la sogni, ti svegli la notte e ci pensi – anni dopo – e ti prendono i sudori caldi e freddi dappertutto. Non voglio dire che il vapore rimase a galla tutto il tempo. Più di una volta si dovette passare un tratto a guado, con venti cannibali a bagno a spingere. Ne avevamo arruolati alcuni durante il tragitto, come equipaggio. Brava gente – i cannibali – a casa loro. Erano tipi con cui si poteva lavorare; gliene rendo merito. E dopo tutto non si sono mai mangiati in mia presenza: si erano portati una provvista di carne di ippopotamo che, marcendo, legò il mistero di quella terra selvaggia al fetore nelle mie narici. Puah! Lo sento ancora adesso. Avevo a bordo il direttore e tre o quattro pellegrini con i loro bastoni – al completo. Di quando in quando superavamo una stazione vicina alla riva, aggrappata all'orlo dell'ignoto e da un tugurio sfondato uscivano di corsa dei bianchi molto strani che si sbracciavano in ampie dimostrazioni di gioia, di sorpresa e di benvenuto – sembravano tenuti prigionieri da una specie di incantesimo. Per un momento l'aria risuonava della parola "avorio" – e poi proseguivamo nel silenzio, lungo tratti deserti, anse mute, tra le alte pareti del nostro percorso tortuoso che riecheggiavano in colpi sordi il battito greve della ruota di poppa. Alberi, alberi, milioni di alberi, poderosi, immensi, altissimi; e ai loro piedi, strisciando lun-

grimed steamboat, like a sluggish beetle crawling on the floor of a lofty portico. It made you feel very small, very lost, and yet it was not altogether depressing, that feeling. After all, if you were small, the grimy beetle crawled on – which was just what you wanted it to do. Where the pilgrims imagined it crawled to I don't know. To some place where they expected to get something, I bet! For me it crawled towards Kurtz – exclusively; but when the steam-pipes started leaking we crawled very slow. The reaches opened before us and closed behind, as if the forest had stepped leisurely across the water to bar the way for our return. We penetrated deeper and deeper into the heart of darkness. It was very quiet there. At night sometimes the roll of drums behind the curtain of trees would run up the river and remain sustained faintly, as if hovering in the air high over our heads, till the first break of day. Whether it meant war, peace, or prayer we could not tell. The dawns were heralded by the descent of a chill stillness; the woodcutters slept, their fires burned low; the snapping of a twig would make you start. We were wanderers on a prehistoric earth, on an earth that wore the aspect of an unknown planet. We could have fancied ourselves the first of men taking possession of an accursed inheritance, to be subdued at the cost of profound anguish and of excessive toil. But suddenly, as we struggled round a bend, there would be a glimpse of rush walls, of peaked grass-roofs, a burst of yells, a whirl of black limbs, a mass of hands clapping, of feet stamping, of bodies

go la riva per contrastare la corrente, arrancava il piccolo e sudicio vapore, come un lento scarafaggio che si trascini sul pavimento di un colonnato grandioso. Ti faceva sentire minuscolo, sperduto, eppure non si trattava di una sensazione del tutto deprimente. In fondo, per quanto piccolo, il lurido scarafaggio andava avanti – ed era proprio quello che gli si chiedeva di fare. Non so davvero dove i pellegrini immaginassero che si spingesse. Scommetto verso qualche posto in cui si aspettavano di guadagnare qualcosa. Per me, comunque, era verso Kurtz soltanto che si dirigeva; ma quando i tubi del vapore cominciarono a perdere arrancammo molto più adagio. I tratti di fiume si aprivano davanti a noi e si richiudevano alle nostre spalle come se la foresta attraversasse con tutto comodo l'acqua per sbarrarci la via del ritorno. Penetravamo sempre più a fondo nel cuore delle tenebre. C'era un gran silenzio laggiù. Di notte a volte il rullo dei tamburi dietro la cortina degli alberi correva lungo il fiume e restava debolmente sospeso a mezz'aria, quasi che aleggiasse sulle nostre teste, fino ai primi chiarori del giorno. Impossibile stabilire se significasse guerra, pace o preghiera. Le albe erano preannunciate dal calare di una rigida quiete; i taglialegna dormivano, i loro fuochi bruciavano piano; bastava il rumore di un ramoscello spezzato a farci trasalire. Eravamo dei nomadi su una terra preistorica, una terra che aveva l'aria di un pianeta inesplorato. Avremmo potuto immaginarci come i primi uomini a prendere possesso di un'eredità maledetta, che occorreva conquistare a costo di profonda angoscia e sforzi estenuanti. D'un tratto però, superando a fatica un'ansa, scorgevamo appena pareti di frasche, qualche tetto appuntito fatto d'erba, uno scoppio di grida, un balenare confuso di membra nere, un gran numero di mani che battevano, di pie-

swaying, of eyes rolling, under the droop of heavy and motionless foliage. The steamer toiled along slowly on the edge of a black and incomprehensible frenzy. The prehistoric man was cursing us, praying to us, welcoming us – who could tell? We were cut off from the comprehension of our surroundings; we glided past like phantoms, wondering and secretly appalled, as sane men would be before an enthusiastic outbreak in a madhouse. We could not understand because we were too far and could not remember, because we were travelling in the night of first ages, of those ages that are gone, leaving hardly a sign – and no memories.

"The earth seemed unearthly. We are accustomed to look upon the shackled form of a conquered monster, but there – there you could look at a thing monstrous and free. It was unearthly, and the men were... No, they were not inhuman. Well, you know, that was the worst of it – this suspicion of their not being inhuman. It would come slowly to one. They howled and leaped, and spun, and made horrid faces; but what thrilled you was just the thought of their humanity – like yours – the thought of your remote kinship with this wild and passionate uproar. Ugly. Yes, it was ugly enough; but if you were man enough you would admit to yourself that there was in you just the faintest trace of a response to the terrible frankness of that noise, a dim suspicion of there being a meaning in it which you – you so remote from the night of first ages – could comprehend. And why not? The mind of man is capable of anything – because everything is in it, all the past as well as all the future. What was there after all? Joy, fear, sorrow,

di che pestavano, di corpi ondeggianti, occhi roteanti, sotto l'immobile e greve cascata di foglie. Il vapore arrancava lentamente ai margini di una nera frenesia imperscrutabile. L'uomo preistorico ci inviava le sue maledizioni, ci invocava, ci dava il benvenuto – chi poteva dirlo? Eravamo tagliati fuori dalla possibilità di comprendere quanto ci stava intorno; scivolavamo oltre come fantasmi, pieni di stupore e di segreto spavento, come dei sani di mente di fronte a un'esplosione di euforia in un manicomio. Non potevamo capire perché eravamo troppo lontani per ricordare perché viaggiavamo nella notte dell'era primordiale, di epoche ormai scomparse, lasciando appena una traccia – e nessun ricordo.

«La terra non aveva nulla di terrestre. Siamo abituati a guardare il mostro vinto e in catene, ma lì – lì quel che si vedeva era il mostruoso in piena libertà. Non aveva nulla di terrestre, e gli uomini erano... No, non erano disumani. E, sapete, proprio questo era il peggio – il sospetto che non fossero disumani. Era qualcosa che saliva dentro lentamente. Quelli urlavano e saltavano, e giravano, e facevano smorfie orrende; ma quel che dava i brividi era il pensiero della loro umanità – pari alla nostra – il pensiero di una remota parentela con quel grido selvaggio e sfrenato. Brutt'affare. Brutt'affare davvero; eppure se eravate abbastanza uomini avreste dovuto confessare a voi stessi l'esistenza di un'eco, magari debolissima, alla tremenda franchezza di quel chiasso, un vago sospetto che contenesse un significato che noi – pur così lontani dalla notte dei primordi – potevamo comprendere. E perché no? La mente umana è capace di qualsiasi cosa – poiché racchiude in sé ogni cosa, tutto il passato e tutto il futuro. Che cosa avevamo davanti dopotutto? Gioia, paura, dolore, devozione, coraggio,

devotion, valour, rage – who can tell? – but truth – truth stripped of its cloak of time. Let the fool gape and shudder – the man knows, and can look on without a wink. But he must at least be as much of a man as these on the shore. He must meet that truth with his own true stuff – with his own inborn strength. Principles? Principles won't do. Acquisitions, clothes, pretty rags – rags that would fly off at the first good shake. No; you want a deliberate belief. An appeal to me in this fiendish row – is there? Very well; I hear; I admit, but I have a voice too, and for good or evil mine is the speech that cannot be silenced. Of course, a fool, what with sheer fright and fine sentiments, is always safe. Who's that grunting? You wonder I didn't go ashore for a howl and a dance? Well, no – I didn't. Fine sentiments, you say? Fine sentiments be hanged! I had no time. I had to mess about with white-lead and strips of woollen blanket helping to put bandages on those leaky steam-pipes – I tell you. I had to watch the steering, and circumvent those snags, and get the tin-pot along by hook or by crook. There was surface-truth enough in these things to save a wiser man. And between whiles I had to look after the savage who was fireman. He was an improved specimen; he could fire up a vertical boiler. He was there below me, and, upon my word, to look at him was as edifying as seeing a dog in a parody of breeches and a feather hat, walking on his hind legs. A few months of training had done for that really fine chap. He squinted at the steam-gauge and at the water-gauge with an evident effort of intrepidity – and he had filed teeth too, the poor devil, and the wool of his pate

ira – chi lo sa? – ma la verità – verità libera dal manto del tempo. Stupore e raccapriccio lasciateli agli sciocchi – chi è uomo sa, e riesce a guardare senza battere ciglio. Certo è necessario essere uomo almeno quanto quelli sulla riva. Si deve affrontare quella verità con la propria autentica sostanza – con la propria forza innata. I principi? Quelli non servono. Sono cose acquisite, vestiti, stracci ornamentali – stracci che se ne volano via alla prima scrollata vigorosa. No; quel che ci vuole è un credo deliberato. C'è qualcosa che mi attrae in quel chiasso infernale – sì? Benissimo; mi metto in ascolto; lo ammetto, ma ho anch'io una voce, e nel bene e nel male la mia parola non si lascerà zittire. Ovviamente uno sciocco è sempre al sicuro, tra la paura dichiarata e i buoni sentimenti. Chi è che brontola? Vi domandate come mai non sia sceso a terra per unirmi alle urla e alla danza? Be', no – non l'ho fatto. Nobili sentimenti, dite? Al diavolo i nobili sentimenti! Mi mancava il tempo. Dovevo armeggiare con biacca e strisce di coperte di lana per dare una mano a fasciare i tubi fallati – ecco perché. Dovevo tenere d'occhio il timone e aggirare i tronchi sommersi e mandare avanti quella bagnarola per amore o per forza. C'era tanta verità alla superficie da salvare anche un uomo più saggio. E nel frattempo dovevo badare al selvaggio che faceva il fuochista. Era un esemplare perfezionato della specie; in grado di tenere accesa una caldaia verticale. Se ne stava là, sotto di me, e vi garantisco che guardarlo era edificante quanto vedere un cane in ridicoli calzoni e cappello con le piume andare avanti e indietro sulle zampe posteriori. Erano bastati pochi mesi di istruzioni per un tipo così in gamba. Sbirciava il manometro del vapore e l'indicatore dell'acqua con un evidente sforzo di coraggio – aveva persino i denti affilati, povero diavolo, e la lana della zucca

shaved into queer patterns, and three ornamental scars on each of his cheeks. He ought to have been clapping his hands and stamping his feet on the bank, instead of which he was hard at work, a thrall to strange witchcraft, full of improving knowledge. He was useful because he had been instructed; and what he knew was this – that should the water in that transparent thing disappear, the evil spirit inside the boiler would get angry through the greatness of his thirst, and take a terrible vengeance. So he sweated and fired up and watched the glass fearfully (with an impromptu charm, made of rags, tied to his arm, and a piece of polished bone, as big as a watch, stuck flatways through his lower lip), while the wooded banks slipped past us slowly, the short noise was left behind, the interminable miles of silence – and we crept on, towards Kurtz. But the snags were thick, the water was treacherous and shallow, the boiler seemed indeed to have a sulky devil in it, and thus neither that fireman nor I had any time to peer into our creepy thoughts.

"Some fifty miles below the Inner Station we came upon a hut of reeds, an inclined and melancholy pole, with the unrecognisable tatters of what had been a flag of some sort flying from it, and a neatly stacked wood-pile. This was unexpected. We came to the bank, and on the stack of firewood found a flat piece of board with some faded pencil-writing on it. When deciphered it said: 'Wood for you. Hurry up. Approach cautiously'. There was a signature, but it was illegible – not Kurtz – a much longer word. 'Hurry up.' Where? Up the river? 'Approach cautiously.' We had not done so. But the warning could not have been meant for the place where it could be only found

rasata in strani disegni, e tre cicatrici ornamentali su ciascuna guancia. Avrebbe dovuto trovarsi sulla riva a battere le mani e a pestare i piedi, e invece lavorava duro, schiavo di un misterioso sortilegio, e pieno di un sapere che andava migliorando di giorno in giorno. Era utile perché aveva ricevuto istruzioni e quel che sapeva era questo: che qualora l'acqua in quella cosa trasparente fosse sparita, lo spirito del male dentro la caldaia si sarebbe infuriato per la gran sete e avrebbe messo in atto la sua terribile vendetta. E così lui sudava e alimentava il fuoco e osservava spaventato il vetro (con intorno al braccio un amuleto improvvisato fatto di stracci e, infilato di piatto nel labbro inferiore, un osso levigato grande quanto un orologio) mentre le rive boscose scivolavano indietro lentamente, il breve frastuono spariva nelle interminabili miglia di silenzio – e noi continuavamo ad arrancare, alla volta di Kurtz. Ma i tronchi sommersi erano fitti, l'acqua infida e bassa e davvero pareva che la caldaia contenesse un demonio scorbutico, e così né a me né a quel fuochista restava il tempo per scrutare i nostri pensieri allarmanti.

«Cinquanta miglia circa a valle della Stazione Interna, scorgemmo una capanna di canne, un palo inclinato e malinconico su cui sventolavano gli irriconoscibili brandelli di quella che doveva essere stata una sorta di bandiera, e una catasta di legna ben sistemata. Una vista inattesa. Accostammo alla riva e sulla catasta di legna trovammo un'asse piatta con alcune parole sbiadite scritte a matita. Le deciframmo, dicevano: "Legna per voi. Affrettatevi. Avvicinatevi con cautela". C'era anche una firma, ma era illeggibile – non Kurtz – una parola ben più lunga. Affrettatevi. Dove? Su per il fiume? Avvicinatevi con cautela. Non l'avevamo fatto. Ma l'avvertimento non poteva riferirsi a quel luogo, dove non

after approach. Something was wrong above. But what – and how much? That was the question. We commented adversely upon the imbecility of that telegraphic style. The bush around said nothing, and would not let us look very far, either. A torn curtain of red twill hung in the doorway of the hut, and flapped sadly in our faces. The dwelling was dismantled; but we could see a white man had lived there not very long ago. There remained a rude table – a plank on two posts; a heap of rubbish reposed in a dark corner, and by the door I picked up a book. It had lost its covers, and the pages had been thumbed into a state of extremely dirty softness; but the back had been lovingly stitched afresh with white cotton thread, which looked clean yet. It was an extraordinary find. Its title was, *An Inquiry into some Points of Seamanship*, by a man Towser, Towson – some such name – Master in His Majesty's Navy. The matter looked dreary reading enough, with illustrative diagrams and repulsive tables of figures, and the copy was sixty years old. I handled this amazing antiquity with the greatest possible tenderness, lest it should dissolve in my hands. Within, Towson or Towser was inquiring earnestly into the breaking strain of ships' chains and tackle, and other such matters. Not a very enthralling book; but at the first glance you could see there a singleness of intention, a honest concern for the right way of going to work, which made these humble pages, thought out so many years ago, luminous with another than a professional light. The simple old sailor, with his talk of chains and purchases, made

avremmo potuto trovarlo che ad avvicinamento avvenuto. C'era qualcosa che non andava, più a monte. Ma che cosa – e in che misura? Questo era il problema. Commentammo sfavorevolmente l'imbecillità di quello stile telegrafico. La boscaglia tutt'intorno non diceva nulla e neppure ci consentiva di spingere lo sguardo molto lontano. Una tenda di lacera tela rossa pendeva sull'ingresso della capanna e ci sbatté in faccia tristemente. L'abitazione era stata abbandonata ma si capiva che c'era vissuto un bianco non molto tempo prima. Restava una tavola rustica – un'asse poggiata su due sostegni; in un angolo buio era ammassato un mucchio di rifiuti e, presso la porta, raccolsi un libro. Mancava la copertina e a furia d'essere sfogliate le pagine si erano fatte morbide e sporche; il dorso tuttavia era stato amorevolmente ricucito di recente con un filo di cotone bianco che appariva ancora pulito. Fu un ritrovamento straordinario. Il titolo era: *Questioni di tecnica di navigazione*, di un certo Towser, Towson – un nome simile – Capitano della Marina di Sua Maestà. L'argomento sembrava piuttosto pesante da mandare giù, con tanto di diagrammi illustrativi e ripugnanti tabelle di dati, e la copia era stata pubblicata sessant'anni prima. Maneggiai quel sorprendente pezzo d'antiquariato con tutta la tenerezza possibile, nel timore che mi si dissolvesse tra le mani. Dentro, il suddetto Towser, Towson – o qualcosa di simile – disquisiva scrupolosamente sul carico di rottura delle catene della nave e del paranco, e su altre questioni del genere. Una lettura non proprio entusiasmante; eppure si coglieva a prima vista un'unicità di propositi, una preoccupazione autentica di affrontare correttamente un lavoro, che donava a queste umili pagine, pensate tanti anni prima, una luce non meramente professionale. Il semplice vecchio uomo di mare, parlando di catene e di paran-

me forget the jungle and the pilgrims in a delicious sensation of having come upon something unmistakably real. Such a book being there was wonderful enough; but still more astounding were the notes pencilled in the margin, and plainly referring to the text. I couldn't believe my eyes! They were in cipher! Yes, it looked like cipher. Fancy a man lugging with him a book of that description into this nowhere and studying it – and making notes – in cipher at that! It was an extravagant mystery.

"I had been dimly aware for some time of a worrying noise, and when I lifted my eyes I saw the wood-pile was gone, and the manager, aided by all the pilgrims, was shouting at me from the river-side. I slipped the book into my pocket. I assure you to leave off reading was like tearing myself away from the shelter of an old and solid friendship.

"I started the lame engine ahead. 'It must be this miserable trader – this intruder,' exclaimed the manager, looking back malevolently at the place we had left. 'He must be English,' I said. 'It will not save him from getting into trouble if he is not careful,' muttered the manager darkly. I observed with assumed innocence that no man was safe from trouble in this world.

"The current was more rapid now, the steamer seemed at her last gasp, the stern-wheel flopped languidly, and I caught myself listening on tiptoe for the next beat of the float, for in sober truth I expected the wretched thing to give up every moment. It was like watching the last flickers of a life. But still we crawled. Sometimes I would pick out a tree a little way ahead to measure our pro-

chi, mi fece dimenticare la giungla e i pellegrini dandomi la splendida sensazione di trovarmi a contatto con qualcosa di inconfondibilmente vero. Era già abbastanza straordinario che un libro simile si trovasse lì, ma ancor più sorprendenti erano i commenti a matita scritti a margine e senza dubbio riferiti al testo. Non credevo ai miei occhi! Erano in codice! Sì, sembrava una scrittura cifrata. Ve lo immaginate un uomo che si porta un libro simile in quel nulla e se lo studia, annotandolo in codice per di più? Che stravaganza, che mistero.

«Da qualche tempo avevo la vaga sensazione di un rumore preoccupante e quando sollevai lo sguardo vidi che la catasta di legna era sparita e il direttore, aiutato da tutti i pellegrini, mi chiamava sbraitando dalla riva. Mi infilai il libro in tasca. Vi garantisco che smettere di leggere fu come strapparmi al rifugio sicuro di una vecchia e solida amicizia.

«Misi in moto la macchina zoppicante. "Deve trattarsi di quel miserabile mercante – quell'intruso" esclamò il direttore, lanciando un'occhiata malevola al luogo che avevamo abbandonato. "Deve essere inglese" dissi io. "La cosa non basterà a tenerlo fuori dai guai, se non fa attenzione" borbottò il direttore con voce cupa. Commentai con candore affettato che nessuno a questo mondo è al sicuro dai guai.

«La corrente era più rapida adesso, il vapore pareva sul punto di esalare l'ultimo respiro, la ruota di poppa girava languidamente e mi sorpresi ad attendere in punta di piedi il successivo battito della pala perché, a dirla tutta, mi aspettavo che da un momento all'altro la maledetta cedesse. Era come osservare le ultime scintille di una vita. E tuttavia arrancavamo ancora. Certe volte mi sceglievo un albero un poco più avanti sulla sponda per misura-

gress towards Kurtz by, but I lost it invariably before we got abreast. To keep the eyes so long on one thing was too much for human patience. The manager displayed a beautiful resignation. I fretted and fumed and took to arguing with myself whether or no I would talk openly with Kurtz; but before I could come to any conclusion it occurred to me that my speech or my silence, indeed any action of mine, would be a mere futility. What did it matter what any one knew or ignored? What did it matter who was manager? One gets sometimes such a flash of insight. The essentials of this affair lay deep under the surface, beyond my reach, and beyond my power of meddling.

"Towards the evening of the second day we judged ourselves about eight miles from Kurtz's station. I wanted to push on; but the manager looked grave, and told me the navigation up there was so dangerous that it would be advisable, the sun being very low already, to wait where we were till next morning. Moreover, he pointed out that if the warning to approach cautiously were to be followed, we must approach in daylight – not at dusk, or in the dark. This was sensible enough. Eight miles meant nearly three hours' steaming for us, and I could also see suspicious ripples at the upper end of the reach. Nevertheless, I was annoyed beyond expression at the delay, and most unreasonably too, since one night more could not matter much after so many months. As we had plenty of wood, and caution was the word, I brought up in the middle of the stream. The reach was narrow,

re la velocità del nostro procedere verso Kurtz, ma lo perdevo regolarmente di vista prima di raggiungerlo. Fissare lo sguardo tanto a lungo sulla stessa cosa era troppo per la pazienza umana. Il direttore dava prova di una meravigliosa rassegnazione. Io mi rodevo e fremevo e presi a ragionare fra me e me domandandomi se avrei parlato a Kurtz apertamente; ma prima ancora di giungere a una conclusione qualsiasi mi resi conto che il mio silenzio, o il mio discorrere, insomma qualunque mio atteggiamento, sarebbe stato affatto superfluo. Che importanza poteva avere quel che uno sapeva o non sapeva? Che importava chi fosse il direttore? In certi momenti si hanno dei veri lampi di intuizione. Ciò che contava in tutta questa storia se ne restava ben sotto la superficie, oltre la mia portata e oltre il mio potere d'intromissione.

«Verso la sera del secondo giorno ritenemmo di trovarci a circa otto miglia dalla stazione di Kurtz. Io volevo proseguire; ma il direttore, con aria molto seria, mi disse che la navigazione in quel tratto era così pericolosa da rendere consigliabile attendere dove eravamo fino al mattino successivo, dal momento che il sole era già molto basso. Inoltre, sottolineò che se volevamo rispettare l'ammonimento ad avvicinarci con cautela, era meglio farlo durante il giorno – non al crepuscolo o nel buio. Un discorso pieno di buon senso. Otto miglia per noi significavano quasi tre ore di navigazione e già scorgevo delle increspature sospette più in su lungo quel tratto di fiume. Ciononostante quel ritardo mi irritava oltre ogni dire e in modo del tutto irragionevole per di più, poiché dopo tanti mesi una notte in più o in meno non poteva significare granché. Disponendo di una buona scorta di legna e avendo fatto della prudenza il nostro motto, mi fermai nel centro della corrente. In quel tratto il

straight, with high sides like a railway cutting. The dusk came gliding into it long before the sun had set. The current ran smooth and swift, but a dumb immobility sat on the banks. The living trees, lashed together by the creepers and every living bush of the undergrowth, might have been changed into stone, even to the slenderest twig, to the lightest leaf. It was not sleep – it seemed unnatural, like a state of trance. Not the faintest sound of any kind could be heard. You looked on amazed, and began to suspect yourself of being deaf – then the night came suddenly, and struck you blind as well. About three in the morning some large fish leaped, and the loud splash made me jump as though a gun had been fired. When the sun rose there was a white fog, very warm and clammy, and more blinding than the night. It did not shift or drive; it was just there, standing all round you like something solid. At eight or nine, perhaps, it lifted as a shutter lifts. We had a glimpse of the towering multitude of trees, of the immense matted jungle, with the blazing little ball of the sun hanging over it – all perfectly still – and then the white shutter came down again, smoothly, as if sliding in greased grooves. I ordered the chain, which we had begun to heave in, to be paid out again. Before it stopped running with a muffled rattle, a cry, a very loud cry, as of infinite desolation, soared slowly in the opaque air. It ceased. A complaining clamour, modulated in savage discords, filled our ears. The sheer unexpectedness of it made my hair stir under my cap. I don't know how it struck the others: to me it seemed as though the mist itself had screamed, so suddenly, and apparently from all sides at once,

fiume era stretto e diritto, fiancheggiato da sponde alte, come una trincea ferroviaria. L'ombra del crepuscolo vi si insinuò ben prima del tramonto. La corrente era rapida e costante, ma sulla riva gravava una immobilità muta. Gli alberi viventi, intrecciati dai rampicanti e ogni vivente arbusto del sottobosco, fino al più sottile dei ramoscelli e alla più leggera delle foglie, avrebbero potuto essere stati trasformati in pietra. Non si trattava di sonno – sembrava innaturale, come uno stato di trance. Non si udiva il minimo suono, di alcun genere. Si osservava attoniti e nasceva il sospetto di essere diventati sordi – finché, di colpo, scese la notte, a rendere anche ciechi. Intorno alle tre del mattino un grosso pesce balzò dall'acqua e il forte tonfo mi fece trasalire come un colpo di cannone. Al sorgere del sole c'era una nebbia bianca, caldissima e collosa, ancor più accecante della notte. Non si spostava né avanzava; semplicemente stava lì intorno come qualcosa di solido. Alle otto o le nove, forse, si alzò, come si alza una saracinesca. Scorgemmo fugacemente la moltitudine degli alberi immani e l'immenso intrico della giungla sovrastato dalla piccola sfera ardente del sole – tutto perfettamente immobile – poi la bianca saracinesca calò di nuovo dolcemente, come scivolando su guide lubrificate. Ordinai di filare la catena che avevamo cominciato a levare. Prima che finisse di scorrere con un sordo sferragliare, l'aria opaca si riempì lentamente di un grido, acutissimo, come di disperazione infinita. Cessò. Ci giunse alle orecchie un clamore lamentoso, modulato su dissonanze selvagge. La sua totale imprevedibilità mi fece rizzare i capelli sotto il berretto. Non so che effetto ebbe sugli altri: a me sembrò che la foschia stessa si fosse messa a urlare, tanto improvviso s'era levato, e apparentemente da tutti i lati insie-

did this tumultuous and mournful uproar arise. It culminated in a hurried outbreak of almost intolerably excessive shrieking, which stopped short, leaving us stiffened in a variety of silly attitudes, and obstinately listening to the nearly as appalling and excessive silence. 'Good God! What is the meaning...?' stammered at my elbow one of the pilgrims – a little fat man, with sandy hair and red whiskers, who wore side-spring boots, and pink pyjamas tucked into his socks. Two others remained open-mouthed a whole minute, then dashed into the little cabin, to rush out incontinently and stand darting scared glances, with Winchesters at 'ready' in their hands. What we could see was just the steamer we were on, her outlines blurred as though she had been on the point of dissolving, and a misty strip of water, perhaps two feet broad, around her – and that was all. The rest of the world was nowhere, as far as our eyes and ears were concerned. Just nowhere. Gone, disappeared; swept off without leaving a whisper or a shadow behind.

"I went forward, and ordered the chain to be hauled in short, so as to be ready to trip the anchor and move the steamboat at once if necessary. 'Will they attack?' whispered an awed voice. 'We will all be butchered in this fog,' murmured another. The faces twitched with the strain, the hands trembled slightly, the eyes forgot to wink. It was very curious to see the contrast of expressions of the white men and of the black fellows of our crew, who were as much strangers to that part of the river as we, though their homes were only eight hundred miles away. The whites, of course greatly discomposed, had besides a curious look of being painfully shocked by such an outrageous row. The others had an alert, naturally interested

me, quel grido lugubre e tumultuoso. Culminò in una precipitosa esplosione di urla d'intensità quasi intollerabile che si interruppe di colpo, lasciandoci tutti quanti irrigiditi in posizioni ridicole, nel tentativo ostinato di decifrare quel silenzio quasi altrettanto eccessivo e sconcertante. "Buon Dio! Che significa?" farfugliò un pellegrino al mio fianco – un omino grasso dai capelli chiari e le basette rosse, che indossava scarponi con l'elastico e un pigiama rosa infilato nelle calze. Altri due rimasero a bocca spalancata per un minuto buono, poi sfrecciarono nella cabina da cui riemersero immediatamente lanciando occhiate terrorizzate, pronti a sparare con un paio di Winchester. Tutto quel che ci riusciva di vedere era il vapore su cui ci trovavamo, con i contorni sfumati come se fosse sul punto di dissolversi e, tutt'intorno, una striscia nebbiosa d'acqua, non più larga di mezzo metro – nient'altro. Il resto del mondo era nel nulla, per quanto i nostri occhi e orecchi potessero stabilire. Proprio nel nulla. Sparito, dissolto; spazzato via senza lasciarsi dietro un sussurro né un'ombra.

«Mi spostai avanti e ordinai di alare a picco la catena così da esser pronti a levare l'ancora e a partire subito in caso di necessità. "Ci attaccheranno?" bisbigliò una voce atterrita. "Finiremo tutti massacrati in questa nebbia", mormorò un'altra. I volti erano contratti dalla tensione, le mani tremavano leggermente, gli occhi si scordavano di ammiccare. La cosa più curiosa da osservare era la differenza di espressione tra i bianchi e i neri del nostro equipaggio, che su quella parte del fiume erano stranieri quanto noi, sebbene le loro case fossero a sole ottocento miglia di distanza. I bianchi, ovviamente assai sconvolti, avevano anche l'aria curiosa di essere dolorosamente turbati da quel chiasso così scandaloso. Gli altri avevano un'espressione atten-

expression; but their faces were essentially quiet, even those of the one or two who grinned as the hauled at the chain. Several exchanged short, grunting phrases, which seemed to settle the matter to their satisfaction. Their head-man, a young, broad-chested black, severely draped in dark-blue fringed cloths, with fierce nostrils and his hair all done up artfully in oily ringlets, stood near me. 'Aha!' I said, just for good fellowship's sake. 'Catch 'im,' he snapped, with a bloodshot widening of his eyes and a flash of sharp teeth – 'catch 'im. Give 'im to us.' 'To you, eh?' I asked; 'what would you do with them?' 'Eat 'im!' he said curtly, and, leaning his elbow on the rail, looked out into the fog in a dignified and profoundly pensive attitude. I would no doubt have been properly horrified, had it not occurred to me that he and his chaps must be very hungry: that they must have been growing increasingly hungry for at least this month past. They had been engaged for six months (I don't think a single one of them had any clear idea of time, as we at the end of countless ages have. They still belonged to the beginnings of time – had no inherited experience to teach them, as it were), and of course, as long as there was a piece of paper written over in accordance with some farcical law or other made down the river, it didn't enter anybody's head to trouble how they would live. Certainly they had brought with them some rotten hippo-meat, which couldn't have lasted very long, anyway, even if the pilgrims hadn't, in the midst of a shocking hullabaloo, thrown a considerable quantity of it overboard. It looked like a high-handed

ta, naturalmente carica d'interesse; ma i loro visi erano per lo più tranquilli, persino quelli dell'uno o due che erano contratti dallo sforzo nell'alare la catena. Molti si scambiarono brevi battute gutturali che parvero risolvere la faccenda con generale soddisfazione. Mi era accanto il loro capo, un giovane nero dal petto robusto, le narici feroci e la capigliatura ripartita accuratamente in riccioletti unti, rigorosamente drappeggiato in una veste blu scura a frange. "Aha!" dissi, solo per apparire cortese. "Prendili" scattò lui spalancando gli occhi iniettati di sangue e rivelando per un attimo i denti affilati – "prendili. Dalli a noi." "A voi, eh?" dissi io; "e voi che ve ne fareste?" "Mangiamo!" replicò secco e, appoggiandosi col gomito al corrimano, fissò lo sguardo nella nebbia in atteggiamento dignitoso e profondamente meditabondo. La cosa mi avrebbe senza dubbio scandalizzato, se non mi fosse venuto in mente che lui e i suoi compagni dovevano avere una gran fame: una fame che doveva essere andata aumentando progressivamente da almeno un mese a quella parte. Erano stati ingaggiati per un periodo di sei mesi (credo che nessuno di loro avesse un'idea del tempo chiara quanto quella che possiamo avere noi alla fine di innumerevoli secoli. Essi appartenevano ancora agli inizi del tempo – non potevano rifarsi ad alcuna esperienza del passato, per trarne, come dire, degli insegnamenti) e, naturalmente, fin tanto che su un pezzo di carta stava scritto un accordo rispettoso di qualche ridicola legge fatta a valle del fiume, a nessuno passava per la mente di preoccuparsi di come sarebbero vissuti. Certo, si erano portati un po' di carne marcia di ippopotamo che comunque non avrebbe potuto durare molto, quand'anche i pellegrini, in un baccano indiavolato, non ne avessero gettata in acqua una considerevole quantità. L'azione parve ar-

proceeding; but it was really a case of legitimate self-defence. You can't breathe dead hippo waking, sleeping, and eating, and at the same time keep your precarious grip on existence. Besides that, they had given them every week three pieces of brass wire, each about nine inches long; and the theory was they were to buy their provisions with that currency in river-side villages. You can see how *that* worked. There were either no villages, or the people were hostile, or the director, who like the rest of us fed out of tins, with an occasional old he-goat thrown in, didn't want to stop the steamer for some more or less recondite reason. So, unless they swallowed the wire itself, or made loops of it to snare the fishes with, I don't see what good their extravagant salary could be to them. I must say it was paid with a regularity worthy of a large and honourable trading company. For the rest, the only thing to eat – though it didn't look eatable in the least – I saw in their possession was a few lumps of some stuff like half-cooked dough, of a dirty lavender colour, they kept wrapped in leaves, and now and then swallowed a piece of, but so small that it seemed done more for the look of the thing than for any serious purpose of sustenance. Why in the name of all the gnawing devils of hunger they didn't go for us – they were thirty to five – and have a good tuckin for once, amazes me now when I think of it. They were big powerful men, with not much capacity to weigh the consequences, with courage, with strength, even yet, though their skins were no longer glossy and their muscles no longer hard. And I saw that something restraining, one of those

bitraria; ma fu in realtà un caso di legittima difesa. Non si può respirare carne marcia di ippopotamo da svegli, dormendo, mangiando, e intanto mantenere una precaria presa sull'esistenza. Per di più, ogni settimana gli era stata data una paga pari a tre pezzi di filo di ottone, lunghi più o meno venti centimetri ciascuno; in teoria, con quelli avrebbero dovuto procurarsi le provviste nei villaggi lungo il fiume. Potete immaginare quanto funzionasse *una cosa del genere*. O non c'erano villaggi, o la popolazione era ostile, oppure il direttore che, come tutti noi, si nutriva di cibo in scatola con l'aggiunta occasionale di qualche vecchio montone, si rifiutava di fermare il vapore per ragioni più o meno recondite. Così, a meno di trangugiare il filo stesso o di farne ami da pesca, non riesco proprio a capire quale vantaggio potessero trarre dal loro stravagante salario. Devo dire tuttavia che esso veniva pagato con una precisione degna di una grande e rispettabile società commerciale. Per il resto, l'unica cosa che avevano da mangiare – benché all'aspetto non apparisse affatto commestibile – che io vidi in loro possesso erano dei pezzi di una specie di pasta mezza cruda, color lavanda sporco, che tenevano ravvolta in foglie e di cui ogni tanto ingoiavano un pezzetto ma tanto piccolo che sembrava più un gesto fatto per salvare le apparenze che non l'autentica intenzione di tenersi in vita. Quello che, a pensarci, mi meraviglia ancora adesso, è perché, in nome di tutti i demoni divoratori della fame, non si siano buttati su di noi – erano trenta contro cinque – e non si siano fatti una bella scorpacciata una volta per tutte. Erano uomini grandi e robusti, con ben poca cognizione delle possibili conseguenze, coraggiosi, tuttora forti, sebbene la pelle avesse perso il suo lucore e i muscoli si fossero inflaccidi-ti. Capii dunque che a trattenerli era entrato in gio-

human secrets that baffle probability, had come into play there. I looked at them with a swift quickening of interest – not because it occurred to me I might be eaten by them before very long, though I own to you that just then I perceived – in a new light, as it were – how unwholesome the pilgrims looked, and I hoped, yes, I positively hoped, that my aspect was not so – what shall I say? – so – unappetising: a touch of fantastic vanity which fitted well with the dream-sensation that pervaded all my days at that time. Perhaps I had a little fever too. One can't live with one's finger everlastingly on one's pulse. I had often 'a little fever', or a little touch of other things – the playful paw-strokes of the wilderness, the preliminary trifling before the more serious onslaught which came in due course. Yes; I looked at them as you would on any human being, with a curiosity of their impulses, motives, capacities, weaknesses, when brought to the test of an inexorable physical necessity. Restraint! What possible restraint? Was it superstition, disgust, patience, fear – or some kind of primitive honour? No fear can stand up to hunger, no patience can wear it out, disgust simply does not exist where hunger is; and as to superstition, beliefs, and what you may call principles, they are less than chaff in a breeze. Don't you know the devilry of lingering starvation, its exasperating torment, its black thoughts, its sombre and brooding ferocity? Well, I do. It takes a man all his inborn strength to fight hunger properly. It's really easier to face bereavement, dishonour, and the perdition of one's soul – than this kind of prolonged hunger. Sad, but true. And these chaps too had no earthly reason for any kind of scruple.

co qualcosa, uno di quei misteri umani che sconvolgono ogni probabilità. Li osservavo con improvviso rinnovato interesse – non perché pensassi di poter finire divorato da lì a non molto, sebbene debba ammettere che proprio allora vidi – come sotto una nuova luce – quanto malsani apparissero i pellegrini, e sperai, proprio così, sperai che il mio aspetto non fosse altrettanto – come posso dire – inappetibile: un tocco di vaneggiante compiacimento che ben si adattava all'atmosfera onirica che in quel momento pervadeva ogni mia giornata. Forse avevo anche un po' di febbre. Non si può vivere con il dito costantemente sul polso. Avevo sovente "un po' di febbre" o un accenno di qualche altro malessere – zampate giocose di quella terra selvaggia, avvisaglie dell'assalto più serio che sarebbe arrivato a suo tempo. Sì; li osservavo come si osserva qualsiasi essere umano, curioso dei loro impulsi, motivazioni, capacità, debolezze, di fronte alla prova di una inesorabile necessità fisica. Ritegno! Ma quale ritegno era ancora possibile? Era forse superstizione, disgusto, rassegnazione, paura – o magari un senso di onore primitivo? Non c'è paura che tenga di fronte alla fame, non c'è rassegnazione capace di consumarla, il disgusto semplicemente non esiste al suo cospetto; e per quanto riguarda la superstizione, le credenze o quelli che si possono chiamare principi, sono meno che pula spazzata dal vento. Non conoscete l'inferno di una lunga inedia, il suo tormento esasperante, i suoi neri pensieri, quella lugubre ferocia che vi cova? Be', io sì. Un uomo ha bisogno di tutta la forza innata per combattere la fame come si deve. È davvero più facile far fronte a un lutto, al disonore, alla perdizione della propria anima – che a quel genere di fame senza tregua. Triste, ma vero. E questa gente oltretutto non aveva alcuna ragione al mondo di

Restraint! I would just as soon have expected restraint from a hyena prowling amongst the corpses of a battlefield. But there was the fact facing me – the fact dazzling, to be seen, like the foam on the depths of the sea, like a ripple on an unfathomable enigma, a mystery greater – when I thought of it – than the curious, inexplicable note of desperate grief in this savage clamour that had swept by us on the river-bank, behind the blind whiteness of the fog.

"Two pilgrims were quarrelling in hurried whispers as to which bank. 'Left.' 'No, no; how can you? Right, right, of course.' 'It is very serious,' said the manager's voice behind me; 'I would be desolated if anything should happen to Mr. Kurtz before we came up.' I looked at him, and had not the slightest doubt he was sincere. He was just the kind of man who would wish to preserve appearances. That was his restraint. But when he muttered something about going on at once, I did not even take the trouble to answer him. I knew, and he knew, that it was impossible. Were we to let go our hold of the bottom, we would be absolutely in the air – in space. We wouldn't be able to tell where we were going to – whether up or down stream, or across – till we fetched against one bank or the other – and then we wouldn't know at first which it was. Of course I made no move. I had no mind for a smash-up. You couldn't imagine a more deadly place for a shipwreck. Whether drowned at once or not, we were sure to perish speedily in one way or another. 'I authorise you to take all the risks,' he said, after a short silence. 'I refuse to take

farsi tanti scrupoli. Ritegno! Mi sarebbe parso altrettanto normale aspettare del ritegno da una iena che vaghi affamata tra i cadaveri su un campo di battaglia. Ma di fronte a me stava la realtà – una realtà abbagliante, visibile, come la spuma sugli abissi del mare, come un'increspatura su un enigma insondabile, un mistero più grande – a pensarci bene – della curiosa, inspiegabile nota di disperato dolore nel clamore selvaggio che si era levato accanto a noi dalla riva del fiume, dietro il cieco candore della nebbia.

«Due pellegrini stavano litigando, tra sussurri concitati, sulla sponda di provenienza. "Sinistra." "No, no; ma che dici? Destra, destra, non c'è dubbio." "La faccenda è gravissima" disse la voce del direttore alle mie spalle; "sarebbe terribile per me se accadesse qualcosa a Mr Kurtz prima del nostro arrivo." Lo guardai e fui assolutamente sicuro della sua sincerità. Era proprio il tipo d'uomo che ci tiene a salvare le apparenze. Era quella la sua forma di ritegno. Ma quando borbottò qualcosa circa la possibilità di proseguire subito, non mi presi neppure il fastidio di rispondergli. Sapevo, e lo sapeva anche lui, che era impossibile. Se solo avessimo rinunciato alla presa sul fondo, ci saremmo ritrovati completamente sospesi – in balia dello spazio. Non avremmo saputo dire dove stavamo andando – in giù, in su o di traverso – almeno finché non fossimo andati a sbattere contro una delle sponde – che per altro sulle prime non avremmo saputo riconoscere. Naturalmente non accennai a partire. Non mi andava l'idea di schiantarmi da qualche parte. Sarebbe stato difficile immaginare un posto più lugubre per un naufragio. Che si annegasse subito o no, si poteva contare su una morte rapida in un modo o nell'altro. "La autorizzo a correre qualsiasi rischio" disse, dopo un breve silenzio. "Mi rifiuto di correr-

any,' I said shortly; which was just the answer he expected, though its tone might have surprised him. 'Well, I must defer to your judgment. You are captain,' he said, with marked civility. I turned my shoulder to him in sign of my appreciation, and looked into the fog. How long would it last? It was the most hopeless look-out. The approach to this Kurtz grubbing for ivory in the wretched bush was beset by as many dangers as though he had been an enchanted princess sleeping in a fabulous castle. 'Will they attack, do you think?' asked the manager, in a confidential tone.

"I did not think they would attack, for several obvious reasons. The thick fog was one. If they left the bank in their canoes they would get lost in it, as we would be if we attempted to move. Still, I had also judged the jungle of both banks quite impenetrable – and yet eyes were in it, eyes that had seen us. The river-side bushes were certainly very thick; but the undergrowth behind was evidently penetrable. However, during the short lift I had seen no canoes anywhere in the reach – certainly not abreast of the steamer. But what made the idea of attack inconceivable to me was the nature of the noise – of the cries we had heard. They had not the fierce character boding of immediate hostile intention. Unexpected, wild, and violent as they had been, they had given me an irresistible impression of sorrow. The glimpse of the steamboat had for some reason filled those savages with unrestrained grief. The danger, if any, I expounded, was from our proximity to a great human passion let loose. Even extreme grief may ultimately vent itself in violence – but more generally takes the form of apathy...

ne" replicai brusco: era esattamente la risposta che si aspettava, sebbene il tono dovette sorprenderlo. "Bene, devo affidarmi al suo giudizio. Il capitano è lei" disse con affettata cortesia. Per tutto ringraziamento, gli voltai le spalle e fissai lo sguardo nella nebbia. Quanto sarebbe durata? Che vista estremamente sconsolante. L'avvicinamento a questo Kurtz che arraffava avorio in quella maledetta boscaglia era cosparso di tanti pericoli da fare di lui una specie di bella addormentata in un castello di fiaba. "Crede che attaccheranno?" domandò il direttore in tono confidenziale.

«Non credevo che l'avrebbero fatto per una serie di ovvie ragioni. Una di queste era la nebbia fitta. Se avessero abbandonato la riva a bordo delle canoe vi si sarebbero persi, come sarebbe accaduto a noi se avessimo tentato di muoverci. D'altra parte, anche la giungla mi era sembrata affatto impenetrabile su entrambe le sponde – eppure vi si agitavano occhi, occhi che ci avevano visti. Gli arbusti sulle rive erano certamente molto fitti, ma la boscaglia retrostante doveva essere penetrabile. Tuttavia, durante la breve schiarita non avevo visto canoe in quel tratto di fiume – di certo nessuna di fronte al vapore. Ma ciò che soprattutto rendeva inconcepibile ai miei occhi l'idea di un assalto era la natura del rumore – delle grida che avevamo udito. Non c'era in esse quel carattere di ferocia che fa presagire un'intenzione immediatamente ostile. Per quanto inattese, selvagge e violente, mi avevano comunicato un'impressione di irrefrenabile sofferenza. Per qualche motivo, la vista del vapore aveva riempito quei selvaggi di uno smisurato dolore. Se pericolo c'era, spiegai, dipendeva dal nostro trovarci tanto vicini a una grande passione umana senza freni. Anche l'estremo dolore può alla fine trasformarsi in violenza – ma di solito assume la forma dell'apatia..

"You should have seen the pilgrims stare! They had no heart to grin, or even to revile me; but I believe they thought me gone mad – with fright, maybe. I delivered a regular lecture. My dear boys, it was no good bothering. Keep a look-out? Well, you may guess I watched the fog for the signs of lifting as a cat watches a mouse; but for anything else our eyes were of no more use to us than if we had been buried miles deep in a heap of cotton-wool. It felt like it too – choking, warm, stifling. Besides, all I said, though it sounded extravagant, was absolutely true to fact. What we afterwards alluded to as an attack was really an attempt at repulse. The action was very far from being aggressive – it was not even defensive, in the usual sense: it was undertaken under the stress of desperation, and in its essence was purely protective.

"It developed itself, I should say, two hours after the fog lifted, and its commencement was at a spot, roughly speaking, about a mile and a half below Kurtz's station. We had just floundered and flopped round a bend, when I saw an islet, a mere grassy hummock of bright green, in the middle of the stream. It was the only thing of the kind; but as we opened the reach more, I perceived it was the head of a long sandbank, or rather of a chain of shallow patches stretching down the middle of the river. They were discoloured, just awash, and the whole lot was seen just under the water, exactly as a man's backbone is seen running down the middle of his back under the skin. Now, as far as I did see, I could go to the right or to the left of this.

«Avreste dovuto vedere gli occhi sgranati dei pellegrini! Gli mancava il coraggio di prendermi in giro, o magari insultarmi: ma credo pensassero che mi aveva dato di volta il cervello – per la paura, probabilmente. Tenni una vera e propria conferenza. Cari ragazzi, era inutile stare a preoccuparsi. Organizzare un turno di guardia? Be', figuratevi se non scrutavo la nebbia nella speranza dei segni di una schiarita, come un gatto tiene d'occhio un topo; ma per tutto il resto gli occhi non ci erano d'aiuto più che se fossimo stati sepolti a miglia di profondità sotto un mucchio di bambagia. E se ne riceveva anche la stessa sensazione – soffocante, calda, opprimente. E per quanto stravagante potesse sembrare, quanto andavo dicendo trovava preciso riscontro nella realtà. Ciò cui in seguito alludemmo come a un attacco era stato in effetti un tentativo di respingerci. L'azione era lontanissima dal potersi considerare aggressiva – non era neppure difensiva, nell'accezione comune del termine: fu intrapresa sotto l'impulso della disperazione, e nell'essenza era puramente protettiva.

«Direi che si sviluppò un paio d'ore dopo la schiarita ed ebbe inizio in un punto del fiume grosso modo un miglio e mezzo a valle della stazione di Kurtz. Avevamo appena superato con enorme fatica un'ansa, quando in mezzo alla corrente vidi un isolotto, nulla più che un poggio erboso di un bel verde brillante. Non si scorgeva nient'altro di simile; ma appena ci inoltrammo più su in mezzo a quel tratto mi accorsi che era l'estrema punta di un banco di sabbia o piuttosto di una catena di secche che si stendevano nel mezzo del fiume. Erano scolorite, appena affioranti e tutte visibili sotto il pelo dell'acqua esattamente come, sotto pelle, si scorge la spina dorsale di un uomo. Ora, per quanto mi parve di capire, potevo andare tanto a destra quanto a sinistra. Natu-

I didn't know either channel, of course. The banks looked pretty well alike, the depth appeared the same; but as I had been informed the station was on the west side, I naturally headed for the western passage.

"No sooner had we fairly entered it than I became aware it was much narrower than I had supposed. To the left of us there was the long uninterrupted shoal, and to the right a high steep bank heavily overgrown with bushes. Above the bush the trees stood in serried ranks. The twigs overhung the current thickly, and from distance to distance a large limb of some tree projected rigidly over the stream. It was then well on in the afternoon, the face of the forest was gloomy, and a broad strip of shadow had already fallen on the water. In this shadow we steamed up – very slowly, as you may imagine. I sheered her well inshore – the water being deepest near the bank, as the sounding-pole informed me.

"One of my hungry and forbearing friends was sounding in the bows just below me. This steamboat was exactly like a decked scow. On the deck there were two little teak-wood houses, with doors and windows. The boiler was in the fore-end, and the machinery right astern. Over the whole there was a light roof, supported on stanchions. The funnel projected through that roof, and in front of the funnel a small cabin built of light planks served for a pilot-house. It contained a couch, two camp-stools, a loaded Martini-Henry leaning in one corner, a tiny table, and the steering-wheel. It had a wide door in front and a broad shutter at each side. All these were always thrown open, of course. I spent my days perched up there on the extreme fore-end of that roof, before the door. At night I slept, or tried to, on the couch. An athletic

ralmente entrambi i canali mi erano sconosciuti. Le sponde sembravano piuttosto simili, la profondità appariva la stessa; ma essendo stato informato che la stazione si trovava sul versante ovest, mi spinsi naturalmente in quella direzione.

«Ci eravamo appena introdotti quando mi resi conto che era assai più stretto di quanto avessi previsto. Alla nostra sinistra c'era una lunga secca ininterrotta, e a destra una sponda scoscesa coperta di fitta vegetazione. Sopra i cespugli stavano file serrate di alberi. I rami sottili sporgevano fitti sul fiume, di quando in quando uno più grosso si proiettava rigido sulla corrente. Era ormai pomeriggio inoltrato, la foresta aveva un volto cupo e un'ampia striscia d'ombra era già calata sull'acqua. In quell'ombra ci inoltrammo – molto adagio, come potete immaginare. Mi tenevo ben accosto a terra – l'acqua era più fonda accanto alla riva, come mi indicava lo scandaglio.

«Uno dei miei amici affamati e astinenti scandagliava a prua proprio sotto di me. Il vapore era esattamente come una chiatta munita di ponte. Sul ponte c'erano due piccole tughe di tek, con porte e finestre. La caldaia era all'estrema prua e le macchine a poppa. Copriva tutto un tetto leggero, sostenuto da puntali. Il fumaiolo sbucava dal tetto e, di fronte al fumaiolo, una piccola cabina costruita con assi leggere fungeva da casotto del timone. Conteneva una cuccetta, due sgabelli da campo, una Martini-Henry carica appoggiata in un angolo, un tavolino e la ruota del timone. Aveva una grossa porta sul davanti e due ampi portelli sui lati. Ovviamente, tutte queste aperture rimanevano sempre spalancate. Io trascorrevo le mie giornate appollaiato lassù, all'estremo di prua di quel tetto, davanti alla porta. La notte dormivo, o almeno tentavo di farlo, in cuccetta. Un negro atletico di qualche tribù

black belonging to some coast tribe, and educated by my poor predecessor, was the helmsman. He sported a pair of brass earrings, wore a blue cloth wrapper from the waist to the ankles, and thought all the world of himself. He was the most unstable kind of fool I had ever seen. He steered with no end of a swagger while you were by; but if he lost sight of you, he became instantly the prey of an abject funk, and would let that cripple of a steamboat get the upper hand of him in a minute.

"I was looking down at the sounding-pole, and feeling much annoyed to see at each try a little more of it stick out of that river, when I saw my poleman give up the business suddenly, and stretch himself flat on the deck, without even taking the trouble to haul his pole in. He kept hold on it though, and it trailed in the water. At the same time the fireman, whom I could also see below me, sat down abruptly before his furnace and ducked his head. I was amazed. Then I had to look at the river mighty quick, because there was a snag in the fairway. Sticks, little sticks, were flying about – thick: they were whizzing before my nose, dropping below me, striking behind me against my pilot-house. All this time the river, the shore, the woods, were very quiet – perfectly quiet. I could only hear the heavy splashing thump of the stern-wheel and the patter of these things. We cleared the snag clumsily. Arrows, by Jove! We were being shot at! I stepped in quickly to close the shutter on the land-side. That fool-helmsman, his hands on the spokes, was lifting his knees high, stamping his feet, champing his mouth, like a reined-in horse. Confound him! And we were staggering within ten feet of the bank. I had to lean right out to swing the

della costa, istruito dal mio povero predecessore, era il timoniere. Ostentava un paio di orecchini in ottone, indossava un panno blu dalla vita alle caviglie e aveva una grandissima opinione di se stesso. Era l'idiota più imprevedibile che avessi mai incontrato. Finché gli si stava a fianco, timonava con estrema spavalderia; ma appena ti perdeva di vista diventava preda di una paura vergognosa e si lasciava prendere la mano da quel vaporetto malandato nel giro di un minuto.

«Stavo osservando l'asta dello scandaglio, molto irritato dal fatto che ogni volta affondava nell'acqua un po' meno, quando vidi il mio scandagliatore interrompere di colpo quel che stava facendo e distendersi piatto sul ponte senza neppure darsi la pena di alzare l'asta. Comunque, non la lasciò andare e quella continuò a strisciare nell'acqua. Contemporaneamente il fuochista, che pure vedevo sotto di me, si sedette d'improvviso davanti alla caldaia e abbassò la testa. Ero sbalordito. Ma rapidissimamente il mio sguardo dovette tornare al fiume, perché c'era un tronco affiorante nel passaggio. Tutto intorno volavano dei bastoncini, dei bastoncini minuscoli – fitti: mi sibilavano davanti al naso, cadevano sotto di me e colpivano il casotto del timone alle mie spalle. Per tutto questo tempo il fiume, la sponda e la foresta rimasero in silenzio – un silenzio perfetto. Sentivo solo lo sciaguattare sordo della ruota di poppa e il ticchettio di queste cose. Aggirammo l'ostacolo goffamente. Frecce, per Giove! Ce le tiravano addosso. Mi precipitai dentro per chiudere il portello che si affacciava sul lato di terra. Il timoniere idiota, le mani sulle maniglie della ruota, sollevava in alto le ginocchia, pestava i piedi, si mordeva le labbra, sembrava un cavallo trattenuto dalle briglie. Accidenti a lui! Noi nel frattempo barcollavamo a tre metri dalla riva. Dovetti spor-

heavy shutter, and I saw a face amongst the leaves on the level with my own, looking at me very fierce and steady; and then suddenly, as though a veil had been removed from my eyes, I made out, deep in the tangled gloom, naked breasts, arms, legs, glaring eyes – the bush was swarming with human limbs in movement, glistening, of bronze colour. The twigs shook, swayed, and rustled, the arrows flew out of them, and then the shutter came to. 'Steer her straight,' I said to the helmsman. He held his head rigid, face forward; but his eyes rolled, he kept on lifting and setting down his feet gently, his mouth foamed a little. 'Keep quiet!' I said in a fury. I might just as well have ordered a tree not to sway in the wind. I darted out. Below me there was a great scuffle of feet on the iron deck; confused exclamations; a voice screamed, 'Can you turn back?'. I caught sight of a V-shaped ripple on the water ahead. What? Another snag! A fusillade burst out under my feet. The pilgrims had opened with their Winchesters, and were simply squirting lead into that bush. A deuce of a lot of smoke came up and drove slowly forward. I swore at it. Now I couldn't see the ripple or the snag either. I stood in the doorway, peering, and the arrows came in swarms. They might have been poisoned, but they looked as though they wouldn't kill a cat. The bush began to howl. Our wood-cutters raised a warlike whoop; the report of a rifle just at my back deafened me. I glanced over my shoulder, and the pilot-house was yet full of noise and smoke when I made a dash at the wheel. The fool-nigger had dropped everything, to throw the shutter open and left off that Martini-Henry. He stood before the wide opening, glaring, and I yelled

germi in fuori per chiudere il pesante sportello e, tra le foglie, vidi una faccia alla stessa altezza della mia che mi squadrava con aria feroce e risoluta; poi d'un tratto, come se un velo mi si squarciasse davanti agli occhi, nel fondo scuro del groviglio della foresta scorsi petti nudi, braccia, gambe, occhi pieni di collera – la boscaglia brulicava di membra umane in movimento, scintillanti, color del bronzo. Le frasche scosse ondeggiavano, frusciavano, le frecce seguitavano a volare e poi il portello si chiuse. "Raddrizza la rotta" dissi al timoniere. Quello teneva la testa rigida, la faccia tesa in avanti; ma roteava gli occhi seguitando ad alzare e abbassare piano i piedi, con un po' di schiuma alla bocca. "Calmati!" dissi infuriato. Tanto valeva ordinare a un albero di non oscillare al vento. Mi lanciai fuori. Sotto di me c'era un trepestio sul ponte di ferro; esclamazioni confuse; una voce gridò: "Non si può invertire la rotta?". Sull'acqua davanti a noi vidi un'increspatura a forma di V. Oh no! Un altro tronco! Sotto i miei piedi esplosero dei colpi di fucile. I pellegrini avevano aperto il fuoco con i Winchester, senza far altro che sparare piombo nella boscaglia. Si alzò un fumo infernale che si diresse lentamente in avanti. Bestemmiai. Non riuscivo più a vedere l'increspatura né il tronco. Rimasi in piedi sulla porta, a scrutare, e le frecce arrivavano a sciami. Può darsi che fossero avvelenate, ma a vederle si sarebbero dette incapaci di far male a un gatto. La boscaglia prese a ululare. I nostri taglialegna levarono un grido di guerra; un colpo di fucile proprio dietro di me mi assordò. Gettai un'occhiata di sopra la spalla, il casotto del timone era ancora pieno di baccano e fumo quando mi precipitai alla ruota. Quell'idiota di un negro aveva mollato tutto per aprire il portello e far fuoco con la Martini-Henry. Se ne stava dritto di fronte all'ampia apertura con gli occhi

at him to come back, while I straightened the sudden twist out of that steamboat. There was no room to turn even if I had wanted to, the snag was somewhere very near ahead in that confounded smoke, there was no time to lose, so I just crowded her into the bank – right into the bank, where I knew the water was deep.

"We tore slowly along the overhanging bushes in a whirl of broken twigs and flying leaves. The fusillade below stopped short, as I had foreseen it would when the squirts got empty. I threw my head back to a glinting whiz that traversed the pilot-house, in at one shutter-hole and out at the other. Looking past that mad helmsman, who was shaking the empty rifle and yelling at the shore, I saw vague forms of men running bent double, leaping, gliding, distinct, incomplete, evanescent. Something big appeared in the air before the shutter, the rifle went overboard, and the man stepped back swiftly, looked at me over his shoulder in an extraordinary, profound, familiar manner, and fell upon my feet. The side of his head hit the wheel twice, and the end of what appeared a long cane clattered round and knocked over a little camp-stool. It looked as though after wrenching that thing from somebody ashore he had lost his balance in the effort. The thin smoke had blown away, we were clear of the snag, and looking ahead I could see that in another hundred yards or so I would be free to sheer off, away from the bank; but my feet felt so very warm and wet that I had to look down. The man had rolled on his back and stared straight up at me; both his hands clutched that cane. It was the shaft of a spear that, either thrown or lunged through the opening, had

torvi, e io gli gridai di tornare al suo posto mentre correggevo l'improvvisa virata del vapore. Anche a volerlo non c'era spazio per invertire; il tronco doveva essere molto vicino davanti a noi in quell'inferno di fumo, non c'era tempo da perdere, quindi accostai quanto possibile a riva – dritto sulla riva dove sapevo che l'acqua era fonda.

«Ci defilammo adagio lungo gli arbusti sporgenti, in un turbine di ramoscelli spezzati e foglie volanti. La sparatoria di sotto cessò di colpo, come avevo previsto quando avessero dato fondo ai caricatori. Ritrassi la testa a un baluginio accompagnato da un sibilo che attraversò la cabina del timone entrando da un portello per sfrecciare via dall'altro. Superando con lo sguardo il folle timoniere, che gridava verso la sponda scuotendo il fucile scarico, scorsi delle forme confuse di uomini che correvano piegati in due e saltavano, strisciavano, nette, incomplete, evanescenti. Di fronte al portello comparve nell'aria qualcosa di grosso, il fucile finì fuori bordo e l'uomo indietreggiò rapido, mi rivolse da sopra la spalla uno sguardo indescrivibile, profondo e familiare e si accasciò ai miei piedi. Picchiò la tempia due volte contro la ruota del timone, e l'estremità di ciò che sembrava un lungo bastone sbatté da una parte e dall'altra facendo cadere uno sgabello da campo. Sembrava che dopo aver strappato quell'arnese a qualcuno a riva, lo sforzo gli avesse fatto perdere l'equilibrio. Il fumo sottile si era dissolto, avevamo anche superato il tronco affiorante, e guardando avanti, mi resi conto che tra meno di cento metri avrei potuto scostarmi dalla sponda; ma mi sentivo i piedi così caldi e bagnati che dovetti abbassare lo sguardo. L'uomo era rotolato sulla schiena e mi guardava fisso; con entrambe le mani serrava quel bastone. Era l'asta di una lancia che scagliata o affondata attraverso il portel-

caught him in the side just below the ribs; the blade had gone in out of sight, after making a frightful gash; my shoes were full; a pool of blood lay very still, gleaming dark-red under the wheel; his eyes shone with an amazing lustre. The fusillade burst out again. He looked at me anxiously, gripping the spear like something precious, with an air of being afraid I would try to take it away from him. I had to make an effort to free my eyes from his gaze and attend to the steering. With one hand I felt above my head for the line of the steam whistle, and jerked out screech after screech hurriedly. The tumult of angry and warlike yells was checked instantly, and then from the depths of the woods went out such a tremulous and prolonged wail of mournful fear and utter despair as may be imagined to follow the flight of the last hope from the earth. There was a great commotion in the bush; the shower of arrows stopped, a few dropping shots rang out sharply – then silence, in which the languid beat of the sternwheel came plainly to my ears. I put the helm hard a-starboard at the moment when the pilgrim in pink pyjamas, very hot and agitated, appeared in the doorway. 'The manager sends me...' he began in an official tone, and stopped short. 'Good God!' he said, glaring at the wounded man.

"We two whites stood over him, and his lustrous and inquiring glance enveloped us both. I declare it looked as though he would presently put to us some question in an understandable language; but he died without uttering a sound, without moving a limb, without twitching a muscle. Only in the very last moment, as though in response to some sign we could not see, to some whisper we could not hear, he frowned heavily, and that frown gave

lo lo aveva colpito nel fianco, poco sotto le costole; la lama era penetrata del tutto, scomparendo alla vista dopo aver aperto una ferita impressionante; avevo le scarpe piene di sangue; una pozza scura e lucente si stendeva immobile sotto la ruota del timone; gli occhi dell'uomo brillavano di un bagliore straordinario. La sparatoria riprese. Lui mi rivolse uno sguardo ansioso, aggrappandosi alla lancia come a qualcosa di prezioso, con l'aria di temere che gliela volessi portare via. Dovetti fare uno sforzo per distogliere gli occhi dal suo sguardo e badare al timone. Con una mano annaspai sopra il capo cercando la corda della sirena e la tirai furiosamente scatenando una serie di fischi. Il tumulto di grida irate e bellicose cessò di colpo, poi dal fondo della foresta uscì un gemito lungo e tremulo di cupo terrore e assoluta disperazione, come quello che immagino potrebbe segnare la fuga dell'ultima speranza dalla terra. Ci fu un grande tumulto nella boscaglia; la pioggia di frecce si interruppe, alcuni spari isolati echeggiarono lontano – infine il silenzio, nel quale tornai a distinguere il battito lento della ruota di poppa. Puntai la barra del timone tutta a dritta quando sulla soglia comparve, sconvolto e accaldato, il pellegrino in pigiama rosa. "Mi manda il direttore..." prese a dire con voce formale. Poi si interruppe bruscamente. "Buon Dio!" disse, guardando il ferito.

«Noi due bianchi stavamo in piedi davanti a lui che avvolgeva entrambi col suo sguardo lucido e indagatore. Vi giuro, sembrava che da un momento all'altro ci avrebbe rivolto una domanda in una lingua comprensibile; invece morì senza emettere un suono, senza muovere un arto, senza il minimo fremito muscolare. Solo all'ultimo momento, quasi rispondesse a un segnale a noi invisibile, a un sussurro che noi non potevamo sentire, aggrottò grave-

to his black death-mask an inconceivably sombre, brooding, and menacing expression. The lustre of inquiring glance faded swiftly into vacant glassiness. 'Can you see steer?' I asked the agent eagerly. He looked very dubious; but I made a grab at his arm, and he understood at once I meant him to steer whether or no. To tell you the truth, I was morbidly anxious to change my shoes and socks. 'He is dead,' murmured the fellow, immensely impressed. 'No doubt about it,' said I, tugging like mad at the shoe-laces. 'And by the way, I suppose Mr. Kurtz is dead as well by this time.'

"For the moment that was the dominant thought. There was a sense of extreme disappointment, as though I had found out I had been striving after something altogether without a substance. I couldn't have been more disgusted if I had travelled all this way for the sole purpose of talking with Mr. Kurtz. Talking with... I flung one shoe overboard, and became aware that that was exactly what I had been looking forward to – a talk with Kurtz. I made the strange discovery that I had never imagined him as doing, you know, but as discoursing. I didn't say to myself, 'Now I will never see him,' or 'Now I will never shake him by the hand,' but, 'Now I will never hear him'. The man presented himself as a voice. Not of course that I did not connect him with some sort of action. Hadn't I been told in all the tones of jealousy and admiration that he had collected, bartered, swindled, or stolen more ivory than all the other agents together? That was not the point. The point was in his being a gifted creature, and that of all his gifts the one that stood out pre-eminently, that carried with it a sense of real presence, was his ability to

mente la fronte, e quell'aggrottamento conferì alla sua nera maschera di morte un'espressione seria, pensosa e carica di minaccia. Il bagliore di quello sguardo inquisitore si spense subito in un vuoto vitreo. "Sa timonare?" domandai impaziente all'agente. Aveva un'aria molto dubbiosa; io comunque lo afferrai per un braccio e lui capì subito che era mia intenzione metterlo al timone, che fosse o meno in grado di starci. A dire la verità, avevo un'ansia morbosa di cambiarmi scarpe e calze. "È morto", mormorò il tipo, enormemente sconvolto. "Ah, non c'è dubbio" dissi io, tirando via i lacci delle scarpe come impazzito. "E, a proposito, scommetto che a quest'ora è morto anche Mr Kurtz."

«Per il momento, quello era il pensiero dominante. C'era un senso di assoluta delusione, come se avessi scoperto di aver lottato per raggiungere qualcosa che non aveva sostanza. Non avrei potuto essere più disgustato se avessi compiuto tutto quel viaggio al solo scopo di parlare con Mr Kurtz. Parlare con... Scagliai una scarpa fuori bordo e mi convinsi che era proprio quello ciò che con tanta ansia avevo atteso – parlare con Kurtz. Feci la strana scoperta di non averlo mai immaginato intento a fare qualcosa, non so se mi spiego, ma solo a discorrere. Non mi dicevo: "Ora non lo vedrò più", oppure: "Ora non potrò più stringergli la mano", ma: "Ora non lo udrò più". Quell'uomo si presentava come una voce. Non che non lo collegassi con certe azioni, ovviamente. Non mi era forse stato raccontato con tutti i toni dell'invidia e dell'ammirazione come avesse raccolto, barattato, ottenuto con la truffa o persino rubato più avorio di tutti gli altri agenti messi insieme? Non era questo il punto. Il punto stava nel suo essere una creatura dotata, e tra tutte le sue doti quella che emergeva maggiormente, quella che suggeriva l'impressione di una reale pre-

talk, his words – the gift of expression, the bewildering, the illuminating, the most exalted and the most contemptible, the pulsating stream of light, or the deceitful flow from the heart of an impenetrable darkness.

"The other shoe went flying unto the devil-god of that river. I thought, By Jove! it's all over. We are too late; he has vanished – the gift has vanished, by means of some spear, arrow, or club. I will never hear that chap speak after all – and my sorrow had a startling extravagance of emotion, even such as I had noticed in the howling sorrow of these savages in the bush. I couldn't have felt more of lonely desolation somehow, had I been robbed of a belief or had missed my destiny in life... Why do you sigh in this beastly way, somebody? Absurd? Well, absurd. Good Lord! mustn't a man ever... Here, give me some tobacco..."

There was a pause of profound stillness, then a match flared, and Marlow's lean face appeared, worn, hollow, with downward folds and dropped eyelids, with an aspect of concentrated attention; and as he took vigorous draws at his pipe, it seemed to retreat and advance out of the night in the regular flicker of the tiny flame. The match went out.

"Absurd!" he cried. "This is the worst of trying to tell... Here you all are, each moored with two good addresses like a hulk with two anchors, a butcher round one corner, a policeman round another, excellent appetites, and temperature normal – you hear – normal from year's end to year's end. And you say, Absurd! Absurd be – exploded! Absurd! My dear boys, what can you expect from a man who out of sheer nervousness had just flung overboard a pair of new shoes? Now I think of it, it is amazing

senza era la sua abilità discorsiva, le sue parole – il dono dell'espressione, stupefacente, illuminante, esaltante e spregevole al massimo grado, un fiume di luce pulsante o l'infido fluire da un cuore di impenetrabili tenebre.

«L'altra scarpa volò in quel dio-demonio d'un fiume. Pensai, per Giove! è finita. Siamo arrivati troppo tardi, lui è svanito – il dono è svanito, stroncato da una lancia, una freccia, una mazza. Non sentirò mai quell'uomo parlare dopo tutto – e il mio dolore si caricò di un'emozione affatto straordinaria, pari a quella che avevo rilevato nell'urlo straziato dei selvaggi nella boscaglia. Per qualche ragione non avrei potuto provare un maggiore senso di abbandono, neppure se mi fosse stata rubata una convinzione profonda o se avessi mancato il destino della mia vita... C'è qualcuno che sospira in modo incivile, perché? Assurdo? Ebbene, assurdo. Buon Dio! possibile che non sia concesso... Su, passatemi un po' di tabacco...»

Ci fu una pausa di profonda immobilità, poi si accese un fiammifero e apparve il viso affilato di Marlow, consunto, incavato, con pieghe cadenti e palpebre abbassate e un'aria attenta e concentrata; mentre tirava vigorosamente dalla pipa, pareva avanzare e ritirarsi nella notte al baluginio regolare della fiammella. Il fiammifero si spense.

«Assurdo!» gridò. «È questa la cosa peggiore quando si cerca di raccontare... Eccovi tutti qui, ciascuno con i suoi due bravi recapiti, come una nave in disarmo ormeggiata a due ancore, un macellaio dietro l'angolo, un poliziotto dietro quell'altro, appetiti eccellenti e temperatura normale – voglio dire – normale tutto l'anno. E voi dite: Assurdo! Assurdo – un accidente! Assurdo! Miei cari ragazzi, che cosa ci si può aspettare da un uomo che per puro nervosismo aveva appena gettato in acqua un

I did not shed tears. I am, upon the whole, proud of my fortitude. I was cut to the quick at the idea of having lost the inestimable privilege of listening to the gifted Kurtz. Of course I was wrong. The privilege was waiting for me. Oh yes, I heard more than enough. And I was right, too. A voice. He was very little more than a voice. And I heard – him – it – this voice – other voices – all of them were so little more than voices – and the memory of that time itself lingers around me, impalpable, like a dying vibration of one immense jabber, silly, atrocious, sordid, savage, or simply mean, without any kind of sense. Voices, voices – even the girl herself – now..."

He was silent for a long time.

"I laid the ghost of his gifts at last with a lie," he began suddenly. "Girl! What? Did I mention a girl? Oh, she is out of it – completely. They – the women I mean – are out of it – should be out of it. We must help them to stay in that beautiful world of their own, lest ours gets worse. Oh, she had to be out of it. You should have heard the disinterred body of Mr. Kurtz saying, 'My Intended'. You would have perceived directly then how completely she was out of it. And the lofty frontal bone of Mr. Kurtz! They say the hair goes on growing sometimes, but this – ah – specimen was impressively bald. The wilderness had patted him on the head, and, behold, it was like a ball – an ivory ball; it had caressed him, and – lo! – he had withered; it had taken him, loved him, embraced him, got into his veins, consumed his flesh, and sealed his soul to its own by the inconceivable ceremonies of some devilish initiation. He was its spoiled and

paio di scarpe nuove? Ora che ci penso, mi sorprendo di non esser scoppiato in lacrime. Nel complesso, sono orgoglioso della mia forza d'animo. L'idea di avere perduto il privilegio inestimabile di ascoltare il tanto dotato Kurtz mi aveva colpito nel vivo. Naturalmente, mi sbagliavo. Il privilegio mi stava aspettando. Oh, certo, sentii fin troppo. E avevo ragione, anche. Una voce. Era poco più di una voce. E io udii – lui – lei – questa voce – altre voci – tutti quanti erano poco più che voci – e il ricordo stesso di quel periodo mi aleggia ancora intorno, impalpabile, come la vibrazione morente di un immenso cicaleccio, sciocco, atroce, sordido, selvaggio, o semplicemente meschino, privo di qualsiasi significato. Voci, voci – anche la ragazza – ora...»

Rimase a lungo in silenzio.

«Infine misi a tacere il fantasma delle sue doti con una menzogna» prese a dire d'improvviso. «Ragazza! Cosa? Ho nominato una ragazza? No, lei è fuori da questa storia – assolutamente. Loro – voglio dire le donne – ne sono fuori – dovrebbero esserne fuori. Dobbiamo aiutarle a restare in quel loro mondo meraviglioso, se non vogliamo peggiorare il nostro. Oh, lei doveva restarsene fuori. Avreste dovuto sentire il cadavere dissotterrato di Mr Kurtz mentre diceva: "La mia promessa sposa". Vi sareste resi conto voi stessi di quanto lei ne fosse completamente fuori. E l'altissimo osso frontale di Mr Kurtz! Dicono che talvolta i capelli seguitano a crescere, ma questo – ah – esemplare era calvo in modo impressionante. La terra selvaggia gli aveva accarezzato la testa ed eccolo lì, calvo come una palla – una palla d'avorio; lo aveva sfiorato e – guarda – era appassito; se l'era preso, l'aveva amato, abbracciato, gli era entrata nelle vene, aveva consumato la sua carne e sigillato la sua anima alla propria attraverso gli inimmaginabili cerimoniali di qualche inizia-

pampered favourite. Ivory? I should think so. Heaps of it, stacks of it. The old mud shanty was bursting with it. You would think there was not a single tusk left either above or below the ground in the whole country. 'Mostly fossil,' the manager had remarked disparagingly. It was no more fossil than I am; but they call it fossil when it is dug up. It appears these niggers do bury the tusks sometimes – but evidently they couldn't bury this parcel deep enough to save the gifted Mr. Kurtz from his fate. We filled the steamboat with it, and had to pile a lot on the deck. Thus he could see and enjoy as long as he could see, because the appreciation of this favour had remained with him to the last. You should have heard him say, 'My ivory'. Oh yes, I heard him. 'My Intended, my ivory, my station, my river, my...' everything belonged to him. It made me hold my breath in expectation of hearing the wilderness burst into a prodigious peal of laughter that would shake the fixed stars in their places. Everything belonged to him – but that was a trifle. The thing was to know what he belonged to, how many powers of darkness claimed him for their own. That was the reflection that made you creepy all over. It was impossible – it was not good for one either – trying to imagine. He had taken a high seat amongst the devils of the land – I mean literally. You can't understand. How could you? – with solid pavement under your feet, surrounded by kind neighbours ready to cheer you or to fall on you, stepping delicately between the butcher and the policeman, in the holy terror of scandal and gallows and lunatic asylums – how can you imagine what particular region of the first ages a

zione diabolica. Era il suo beniamino viziato e vezzeggiato. Avorio? Direi proprio di sì. A mucchi, a cataste. La vecchia capanna di fango era piena da scoppiare. Veniva da pensare che non fosse rimasta una sola zanna sopra o sotto la terra dell'intera regione. "Per lo più fossile" aveva commentato il direttore con aria sprezzante. Non era più fossile di quanto lo sia io; ma lo chiamano fossile quando è dissotterrato. Sembra che questi negri in effetti talvolta seppelliscano le zanne – ma evidentemente non riuscirono a seppellire questa partita abbastanza a fondo da sottrarre il dotato Mr Kurtz al proprio destino. Ne riempimmo il vapore, e fummo costretti ad accatastarne un mucchio in coperta. Così poté vederlo e continuare a goderne finché gli fu possibile vedere, perché tale piacere non si smorzò in lui sino alla fine. Avreste dovuto sentirlo quando diceva: "Il mio avorio". Oh sì, io lo udii. "La mia promessa sposa, il mio avorio, la mia stazione, il mio fiume, il mio..." tutto gli apparteneva. Io trattenevo il fiato in attesa di udire la terra selvaggia scoppiare in una formidabile risata che avrebbe scosso le stelle fisse dalla loro sede. Gli apparteneva tutto – ma questa era un'inezia. La questione era stabilire a che cosa appartenesse lui, quante potenze delle tenebre ne rivendicassero il possesso. Era questa la riflessione che dava i brividi per tutto il corpo. Cercare di immaginarlo era impossibile – e non era neppure consigliabile. Aveva occupato un soglio eccelso tra i demoni di quella terra – lo dico in senso letterale. Voi non potete capire. E come potreste? – con un buon selciato compatto sotto i piedi, circondati da vicini cortesi pronti a incoraggiarvi o ad attaccarvi, mentre muovete passi cauti tra il macellaio e il poliziotto, nel sacro terrore dello scandalo e delle forche e dei manicomi – come potreste immaginare quella particolare regione dell'era pri-

man's untrammelled feet may take him into by the way of solitude – utter solitude without a policeman – by the way of silence – utter silence, where no warning voice of a kind neighbour can be heard whispering of public opinion? These little things make all the great difference. When they are gone you must fall back upon your own innate strength, upon your own capacity for faithtfulness. Of course you may be too much of a fool to go wrong – too dull even to know you are being assaulted by the powers of darkness. I take it, no fool ever made a bargain for his soul with the devil: the fool is too much of a fool, or the devil too much of a devil – I don't know which. Or you may be such a thunderingly exalted creature as to be altogether deaf and blind to anything but heavenly sights and sounds. Then the earth for you is only a standing place – and whether to be like this is your loss or your gain I won't pretend to say. But most of us are neither one nor the other. The earth for us is a place to live in, where we must put up with sights, with sounds, with smells, too, by Jove! – breathe dead hippo, so to speak, and not be contaminated. And there, don't you see? your strength comes in, the faith in your ability for the digging of unostentatious holes to bury the stuff in – your power of devotion, not to yourself, but to an obscure, backbreaking business. And that's difficult enough. Mind, I am not trying to excuse or even explain – I am trying to account to myself for... for... Mr. Kurtz – for the shade of Mr. Kurtz. This initiated wraith from the back of Nowhere honoured me with its amazing confidence before it vanished altogether. This was because it could speak English to me. The original Kurtz had been educated partly in England, and – as he was good

mordiale in cui la solitudine – una solitudine totale, senza un poliziotto – e il silenzio – un silenzio totale, senza la voce ammonitrice di un cortese vicino che sussurri la pubblica opinione – conducono i passi di un uomo liberi da ostacoli? Queste piccole cose costituiscono l'immane differenza. Quando vengono meno, si è costretti a ripiegare sulla propria forza innata, sulla propria attitudine alla fedeltà. Naturalmente si può anche essere troppo idioti per finir male – tanto ottusi da non accorgersi neppure di essere assaliti dalle potenze delle tenebre. Io la vedo così, nessun idiota ha mai venduto l'anima al diavolo: l'idiota è troppo idiota, o il diavolo troppo diavolo – chi lo sa. Oppure si può essere creature tanto clamorosamente esaltate da essere affatto ciechi e sordi a qualunque cosa non sia pura visione o suono celeste. In quel caso la terra non è che un punto d'appoggio – e non pretendo di stabilire se l'essere così rappresenti un vantaggio o uno svantaggio. Ma la maggior parte di noi non è né una cosa né l'altra. Per noi la terra è un posto dove vivere, un posto dove siamo obbligati a fare i conti con immagini, suoni, e anche odori, per Giove! – respirare ippopotamo morto, per così dire, senza lasciarsi contaminare. Ed è proprio qui, mi seguite? che entra in gioco la forza, la fiducia nella propria capacità di scavare buche discrete nelle quali seppellire la roba – il potere di devozione non a se stessi, ma a un impegno oscuro ed estenuante. Il che è ben difficile. Badate, non tento di giustificarmi né di spiegare – sto solo cercando di rendere conto a me stesso di... di... Mr Kurtz – dell'ombra di Mr Kurtz. Prima di dileguarsi del tutto, questo fantasma iniziato giunto dal fondo del Nulla mi onorò delle sue sconvolgenti confidenze. E questo perché si poteva rivolgere a me in inglese. Il Kurtz originario era stato in parte educato in Inghilterra, e – co-

enough to say himself – his sympathies were in the right place. His mother was half-English, his father was half-French. All Europe contributed to the making of Kurtz; and by and by I learned that, most appropriately, the International Society for the Suppression of Savage Customs had entrusted him with the making of a report, for its future guidance. And he had written it too. I've seen it. I've read it. It was eloquent, vibrating with eloquence, but too high-strung, I think. Seventeen pages of close writing he had found time for! But this must have been before his – let us say – nerves went wrong, and caused him to preside at certain midnight dances ending with unspeakable rites, which – as far as I reluctantly gathered from what I heard at various times – were offered up to him – do you understand? – to Mr. Kurtz himself. But it was a beautiful piece of writing. The opening paragraph, however, in the light of later information, strikes me now as ominous. He began with the argument that we whites, from the point of development we had arrived at, 'must necessarily appear to them [savages] in the nature of supernatural beings – we approach them with the might as of a deity,' and so on, and so on. 'By the simple exercise of our will we can exert a power for good practically unbounded', etc. etc. From that point he soared and took me with him. The peroration was magnificent, though difficult to remember, you know. It gave me the notion of an exotic Immensity ruled by an august Benevolence. It made me tingle with enthusiasm. This was the unbounded power of eloquence – of words – of burning noble words. There were no practical hints to interrupt the magic current of phrases, unless a kind of note at the foot of the last page, scrawled evidently

me lui stesso ebbe la gentilezza di dichiarare – riponeva le sue simpatie nel posto giusto. Sua madre era per metà inglese, suo padre per metà francese. L'Europa intera aveva contribuito alla formazione di Kurtz; e di lì a poco seppi che la Società Internazionale per la Soppressione dei Costumi Selvaggi gli aveva giustamente affidato l'incarico di redigere un rapporto per orientarsi nella sua attività futura. E lui l'aveva pure scritto. L'ho visto. L'ho letto. Era eloquente, vibrante di eloquenza, ma un po' caricato, mi pare. Aveva trovato il tempo di stilare diciassette pagine fitte! Ma questo doveva essere accaduto prima che – diciamo – i nervi gli cedessero, portandolo ad assistere a certe danze notturne culminanti in riti innominabili, i quali – secondo le varie testimonianze che mio malgrado raccolsi – venivano celebrati in suo onore – capite? – in onore di Mr Kurtz in persona. Comunque era un bel pezzo di prosa. Anche se, alla luce delle successive informazioni, il paragrafo iniziale mi sembra ora carico di presagi sinistri. Incominciava argomentando che noi bianchi, dato il livello di sviluppo raggiunto, "dobbiamo necessariamente apparire loro [ai selvaggi] con la natura di esseri soprannaturali – li avviciniamo con la potenza di una divinità" e così via. "Attraverso il semplice esercizio della nostra volontà possiamo esercitare un potere benefico in pratica illimitato" eccetera, eccetera. Da quel punto, egli spiccava il volo trascinandomi con sé. L'arringa era fantastica, anche se difficile da ricordare, voi capite. Mi diede l'impressione di una Immensità esotica governata da un'augusta Benevolenza. Mi fece fremere di entusiasmo. Era il potere illimitato dell'eloquenza – delle parole – di nobili parole ardenti. Nessun dettaglio pratico veniva a interrompere il magico fluire delle frasi, a meno che una specie di nota a piè dell'ultima pagina, evidente-

much later, in an unsteady hand, may be regarded as the exposition of a method. It was very simple, and at the end of that moving appeal to every altruistic sentiment it blazed at you, luminous and terrifying, like a flash of lightning in a serene sky: 'Exterminate all the brutes!'. The curious part was that he had apparently forgotten all about that valuable postscriptum, because, later on, when he in a sense came to himself, he repeatedly entreated me to take good care of 'my pamphlet' (he called it), as it was sure to have in the future a good influence upon his career. I had full information about all these things, and, besides, as it turned out, I was to have the care of his memory. I've done enough for it to give me the indisputable right to lay it, if I choose, for an everlasting rest in the dust-bin of progress, amongst all the sweepings and, figuratively speaking, all the dead cats of civilisation. But then, you see, I can't choose. He won't be forgotten. Whatever he was, he was not common. He had the power to charm or frighten rudimentary souls into an aggravated witch-dance in his honour; he could also fill the small souls of the pilgrims with bitter misgivings: he had one devoted friend at least, and he had conquered one soul in the world that was neither rudimentary nor tainted with self-seeking. No; I can't forget him, though I am not prepared to affirm the fellow was exactly worth the life we lost in getting to him. I missed my late helmsman awfully – I missed him even while his body was still lying in the pilot-house. Perhaps you will think it passing strange this regret for a savage who was no more account than a grain of sand in a black Sahara. Well, don't you see, he had done something, he

mente scarabocchiata molto dopo con mano incerta, non possa essere considerata un'esposizione di metodo. Era semplicissima e così alla fine di quel toccante appello a ogni sentimento altruistico abbagliava, luminosa e terrificante, come un fulmine a ciel sereno. "Sterminate tutti i bruti!" La cosa curiosa poi è che apparentemente egli doveva avere del tutto scordato il prezioso post scriptum, poiché più tardi, quando in un certo senso si riebbe, mi esortò varie volte ad avere buona cura del "mio opuscolo" (lo chiamava così), che senza dubbio avrebbe avuto in futuro un'influenza positiva sulla sua carriera. Ottenni informazioni dettagliate su tutte queste cose e, per di più, come risultò poi, fui proprio io a dovermi prendere cura della sua memoria. Per essa ho fatto tanto da guadagnarmi il diritto inconfutabile di consegnarla, se volessi, a un eterno riposo nell'immondezzaio del progresso, in mezzo a tutti i rifiuti e, metaforicamente parlando, a tutti i gatti morti della civiltà. Ma, come vedete, non mi è dato di scegliere. Egli non sarà dimenticato. Qualsiasi cosa sia stato, non era un uomo comune. Aveva il potere di incantare o terrorizzare le anime semplici suscitando esasperanti sabba in suo onore; sapeva anche riempire l'animo meschino dei pellegrini di amare angosce: ebbe almeno un amico devoto e si conquistò in questo mondo un'anima che non era né semplice, né infestata di egoismo. No; non posso dimenticarlo, benché non mi senta di affermare che quell'individuo valesse proprio la vita che andò perduta nel raggiungerlo. Il mio timoniere defunto mi mancò moltissimo – ne sentivo già la mancanza quando il suo corpo giaceva ancora nel casotto del timone. Può darsi che tanto rimpianto per un selvaggio che non contava più di un granello di sabbia in un nero Sahara vi paia strano. Ebbene, capirete, aveva fatto qualcosa, aveva retto

had steered; for months I had him at my back – a help – an instrument. It was a kind of partnership. He steered for me – I had to look after him, I worried about his deficiencies, and thus a subtle bond had been created, of which I only became aware when it was suddenly broken. And the intimate profundity of that look he gave me when he received his hurt remains to this day in my memory – like a claim of distant kinship affirmed in a supreme moment.

"Poor fool! If he had only left that shutter alone. He had no restraint, no restraint – just like Kurtz – a tree swayed by the wind. As soon as I had put on a dry pair of slippers, I dragged him out, after first jerking the spear out of his side, which operation I confess I performed with my eyes shut tight. His heels leaped together over the little doorstep; his shoulders were pressed to my breast; I hugged him from behind desperately. Oh! he was heavy, heavy; heavier than any man on earth, I should imagine. Then without more ado I tipped him overboard. The current snatched him as though he had been a wisp of grass, and I saw the body roll over twice before I lost sight of it for ever. All the pilgrims and the manager were then congregated on the awning-deck about the pilot-house, chattering at each other like a flock of excited magpies, and there was a scandalised murmur at my heartless promptitude. What they wanted to keep that body hanging about for I can't guess. Embalm it, maybe. But I had also heard another, and a very ominous, murmur on the deck below. My friends the wood-cutters were likewise scandalised, and with a better show of reason – though I admit that the reason itself was quite inadmissi-

il timone, per mesi lo avevo avuto alle mie spalle – un aiuto – uno strumento. Era una sorta di sodalizio. Lui governava per me – io dovevo prendermi cura di lui, mi preoccupavo delle sue manchevolezze, e così si era sviluppato un legame sottile, di cui mi resi conto soltanto quando si interruppe bruscamente. E la profonda intimità dello sguardo che mi aveva rivolto quando era stato colpito è rimasta nella mia memoria fino a oggi – come l'appello a una remota parentela proclamata nel momento estremo.

«Povero idiota! Se solo avesse lasciato chiuso il portello. Non aveva freni, nessun freno – proprio come Kurtz – un albero in balia del vento. Subito dopo essermi infilato nei piedi un paio di ciabatte asciutte lo trascinai fuori, dopo avergli estratto la lancia dal fianco, un'operazione che confesso portai a compimento con gli occhi ben chiusi. I suoi talloni superarono insieme lo zoccoletto della porta; le spalle mi premevano sul petto; lo abbracciavo disperatamente da dietro. Oh, era pesante, pesante; credo più pesante di qualsiasi uomo sulla faccia della terra. Infine, senza tante cerimonie lo scaricai in acqua. La corrente se lo inghiottì come un ciuffo d'erba e vidi il cadavere ruotare su se stesso due volte prima di sparire alla vista per sempre. Tutti i pellegrini e il direttore si erano radunati ormai sul ponte di manovra accanto al casotto del timone schiamazzando fra loro come uno stormo di gazze impazzite, e ci fu un mormorio scandalizzato per la mia spietata tempestività. Non capisco perché ci tenessero ad avere d'attorno quel cadavere. Magari per imbalsamarlo. Ma dal ponte sottostante avevo anche udito un altro mormorio, assai allarmante. Gli amici taglialegna erano altrettanto scandalizzati, e con maggior ragione – benché ammetto che tale ragione fosse del tutto inammissibile. Oh, del

ble. Oh, quite! I had made up my mind that if my late helmsman was to be eaten, the fishes alone should have him. He had been a very second-rate helmsman while alive, but now he was dead he might have become a first-class temptation, and possibly cause some startling trouble. Besides, I was anxious to take the wheel, the man in pink pyjamas showing himself a hopeless duffer at the business.

"This I did directly the simple funeral was over. We were going half-speed, keeping right in the middle of the stream, and I listened to the talk about me. They had given up Kurtz, they had given up the station; Kurtz was dead, and the station had been burnt – and so on, and so on. The red-haired pilgrim was beside himself with the thought that at least this poor Kurtz had been properly revenged. 'Say! We must have made a glorious slaughter of them in the bush. Eh? What do you think? Say?' He positively danced, the bloodthirsty little gingery beggar. And he had nearly fainted when he saw the wounded man! I could not help saying, 'You made a glorious lot of smoke, anyhow'. I had seen, from the way the tops of the bushes rustled and flew, that almost all the shots had gone too high. You can't hit anything unless you take aim and fire from the shoulder; but these chaps fired from the hip with their eyes shut. The retreat, I maintained – and I was right – was caused by the screeching of the steam-whistle. Upon this they forgot Kurtz, and began to howl at me with indignant protests.

"The manager stood by the wheel murmuring confidentially about the necessity of getting well away down the river before dark at all events, when I saw in the distance a clearing on the river-

tutto. Avevo stabilito fra me e me che se il mio defunto timoniere doveva essere divorato, soltanto i pesci lo avrebbero avuto. Da vivo, era stato un timoniere davvero di second'ordine, ma come cadavere poteva rappresentare una tentazione di prima categoria e magari scatenare qualche guaio allarmante. Inoltre, avevo fretta di recuperare il timone, dato che l'uomo in pigiama rosa si dimostrava del tutto incompetente come sostituto.

«Così feci non appena ebbe termine il semplice funerale. Procedevamo a mezza forza, mantenendoci proprio al centro della corrente, e io ascoltavo quanto si diceva intorno a me. Avevano rinunciato a Kurtz, avevano rinunciato alla stazione; Kurtz era morto, dicevano, e la stazione bruciata – eccetera eccetera. Il pellegrino dai capelli rossi era eccitatissimo al pensiero che se non altro il povero Kurtz era stato vendicato a dovere. "Ehi! Dobbiamo aver fatto un bel massacro in quella boscaglia. Eh? Che ne dite? Eh?" Niente meno si mise a ballare, il sanguinario pezzente pel-di-carota. E per poco non era svenuto alla vista del ferito! Non potei trattenermi dal dire: "Comunque, avete fatto un bel po' di fumo". Da come si erano agitate e scosse le cime degli arbusti, avevo visto che quasi tutti i colpi erano stati troppo alti. Non si colpisce nulla a meno di prendere la mira e di sparare con il fucile appoggiato alla spalla; ma quella gente aveva sparato a occhi chiusi con l'arma sull'anca. Dichiarai – e a ragione – che la ritirata era stata causata dal fischio della sirena. A questa affermazione dimenticarono Kurtz e presero a inveire contro di me con proteste indignate.

«Il direttore stava in piedi accanto alla ruota del timone mormorando confidenzialmente che era necessario per ogni evenienza spingerci avanti quanto più possibile prima che facesse buio, quando in distanza scorsi sulla riva del fiume una radura

side and the outlines of some sort of building. 'What's this?' I asked. He clapped his hands in wonder. 'The station!' he cried. I edged in at once, still going half-speed.

"Through my glasses I saw the slope of a hill interspersed with rare trees and perfectly free from undergrowth. A long decaying building on the summit was half buried in the high grass; the large holes in the peaked roof gaped black from afar; the jungle and the woods made a background. There was no enclosure or fence of any kind; but there had been one apparently, for near the house half a dozen slim posts remained in a row, roughly trimmed, and with their upper ends ornamented with round carved balls. The rails, or whatever there had been between, had disappeared. Of course the forest surrounded all that. The river-bank was clear, and on the water side I saw a white man under a hat like a cart-wheel beckoning persistently with his whole arm. Examining the edge of the forest above and below, I was almost certain I could see movements – human forms gliding here and there. I steamed past prudently, then stopped the engines and let her drift down. The man on the shore began to shout, urging us to land. 'We have been attacked,' screamed the manager. 'I know – I know. It's all right,' yelled back the other, as cheerful as you please. 'Come along. It's all right. I am glad.'

"His aspect reminded me of something I had seen – something funny I had seen somewhere. As I manœuvred to get alongside, I was asking myself, 'What does this fellow look like?'. Suddenly I got it. He looked like a harlequin. His clothes had been made of some stuff that was brown holland probably, but it was covered with patches all over, with

e i contorni di una sorta di edificio. "E quello che cos'è?" domandai. Batté le mani per la meraviglia. "La stazione!" gridò. Accostai immediatamente, sempre procedendo a mezza forza.

«Col binocolo vidi il versante di un colle disseminato di alberi radi e completamente libero da vegetazione di sottobosco. Sulla sua cima una lunga costruzione in rovina era semisepolta nell'erba alta; di lontano le ampie falde del tetto a punta spalancavano squarci neri; giungla e foresta facevano da sfondo. Non c'era steccato o recinto di sorta; ma evidentemente doveva essercene stato uno, poiché accanto all'edificio rimaneva una mezza dozzina di pali sottili in fila, rozzamente tagliati e terminanti alla estremità superiore con delle bocce scolpite. Le assi, o qualunque cosa li avesse collegati, erano scomparse. Naturalmente tutto questo era circondato dalla foresta. La sponda del fiume era sgombra, e presso l'acqua vidi un bianco sotto un cappello simile a una ruota di un carro che si sbracciava insistentemente. Esaminando il margine della foresta sopra e sotto, fui quasi certo di percepire dei movimenti – forme umane che scivolavano qua e là. Per prudenza superai il punto, poi fermai le macchine e abbandonai il vapore alla deriva. L'uomo sulla riva si mise a urlare, incitandoci a scendere a terra. "Ci hanno attaccati!" gridò il direttore. "Lo so – lo so. È tutto a posto" replicò l'altro a gran voce, allegro come un fringuello. "Accostate. È tutto a posto. Sono contento."

«Il suo aspetto mi ricordava qualcosa che avevo visto – qualcosa di buffo che avevo visto da qualche parte. Mentre facevo le manovre di attracco, mi domandavo: "A che cosa somiglia quel tizio?". D'un tratto capii. Sembrava un arlecchino. I suoi abiti dovevano essere originariamente di una specie di lino grezzo, marrone, ma erano coperti di pezze do-

bright patches, blue, red, and yellow – patches on the back, patches on the front, patches on elbows, on knees; coloured binding round his jacket, scarlet edging at the bottom of his trousers; and the sunshine made him look extremely gay and wonderfully neat withal, because you could see how beautifully all this patching had been done. A beardless, boyish face, very fair, no features to speak of, nose peeling, little blue eyes, smiles and frowns chasing each other over that open countenance like sunshine and shadow on a wind-swept plain. 'Look out, captain!' he cried; 'there's a snag lodged in here last night.' What! Another snag? I confess I swore shamefully. I had nearly holed my cripple, to finish off that charming trip. The harlequin on the bank turned his little pug-nose up to me. 'You English?' he asked, all smiles. 'Are you?' I shouted from the wheel. The smiles vanished, and he shook his head as if sorry for my disappointment. Then he brightened up. 'Never mind!' he cried encouragingly. 'Are we in time?' I asked. 'He is up there,' he replied, with a toss of the head up the hill, and becoming gloomy of a sudden. His face was like the autumn sky, overcast one moment and bright the next.

"When the manager, escorted by the pilgrims, all of them armed to the teeth, had gone to the house, this chap came on board. 'I say, I don't like this. These natives are in the bush,' I said. He assured me earnestly it was all right. 'They are simple people,' he added; 'well, I am glad you came. It took me all my time to keep them off.' 'But you said it was all right,' I cried. 'Oh, they meant no harm,' he said; and as I stared he corrected himself, 'Not exactly'.

vunque, pezze vivaci, azzurre, rosse e gialle – pezze di dietro, pezze davanti, pezze sui gomiti, sui ginocchi; un bordo colorato tutto attorno alla giacca, un orlo scarlatto in fondo ai pantaloni; e il sole gli conferiva un aspetto estremamente allegro e nel complesso stupendamente ordinato, perché si vedeva come fossero stati eseguiti bene tutti quei rattoppi. La faccia era glabra, infantile, chiarissima, nessun tratto particolare, naso spelato, occhietti azzurri e un susseguirsi rapido, sull'espressione aperta, di sorrisi e aggrottamenti che s'inseguivano come il sole e l'ombra su di un pianoro spazzato dal vento. "Attento, capitano" gridò; "un tronco si è venuto a cacciare quaggiù la notte scorsa." Che? Ancora un tronco? Confesso che bestemmiai vergognosamente. Poco mancò che completassi quel viaggio delizioso con un bello squarcio nella mia bagnarola. L'arlecchino sulla riva mi puntò addosso il nasetto rincagnato. "Inglese?" domandò, tutto sorrisi. "E lei?" gridai dal timone. I sorrisi si spensero ed egli scosse il capo come se gli rincrescesse deludermi. Poi si illuminò. "Non importa!" strillò con tono incoraggiante. "Siamo arrivati in tempo?" domandai. "Lui è lassù" rispose, accennando con il capo alla cima del colle, e rabbuiandosi tutto a un tratto. Il suo viso pareva un cielo d'autunno, ora coperto e sereno un attimo dopo.

«Quando il direttore se ne fu andato alla casa scortato dai pellegrini, tutti armati fino ai denti, il tizio venne a bordo. "Ehi, questa storia non mi piace. Nella boscaglia ci sono gli indigeni" dissi. Mi assicurò zelante che era tutto a posto. "È gente semplice" aggiunse; "be', sono contento che siate venuti. Non ho avuto un attimo di sosta per tenerli lontani." "Ma ha appena detto che era tutto a posto" esclamai. "Oh, non volevano fare male a nessuno" disse; e dato che feci tanto d'occhi si corresse: "Non

Then vivaciously, 'My faith, your pilot-house wants a clean-up!'. In the next breath he advised me to keep enough steam on the boiler to blow the whistle in case of any trouble. 'One good screech will do more for you than all your rifles. They are simple people,' he repeated. He rattled away at such a rate he quite over-whelmed me. He seemed to be trying to make up for lots of silence, and actually hinted, laughing, that such was the case. 'Don't you talk with Mr. Kurtz?' I said. 'You don't talk with that man – you listen to him,' he exclaimed with severe exaltation. 'But now... He waved his arm, and in the twinkling of an eye was in the uttermost depths of despondency. In a moment he came up again with a jump, possessed himself of both my hands, shook them continuously, while he gabbled: 'Brother sailor... honour... pleasure... delight... introduce myself... Russian... son of an arch-priest... Government of Tambov... What? Tobacco! English tobacco; the excellent English tobacco! Now, that's brotherly. Smoke? Where's a sailor that does not smoke?'

"The pipe soothed him, and gradually I made out he had run away from school, had gone to sea in a Russian ship; ran away again; served some time in English ships; was now reconciled with the arch-priest. He made a point ot that. 'But when one is young one must see things, gather experience, ideas; enlarge the mind.' 'Here!' I interrupted. 'You can never tell! Here I met Mr. Kurtz,' he said, youthfully solemn and reproachful. I held my tongue after that. It appears he had persuaded a Dutch trading-house on the coast to fit him out with stores and goods, and had started for the interior with a light heart, and no more idea of what would happen to him than a baby. He had been

esattamente". Poi tutto allegro: "Parola mia, questo casotto ha bisogno di una ripulita!". Senza riprendere fiato mi consigliò di tenere in caldaia abbastanza vapore da azionare la sirena in caso sorgessero dei problemi. "Un buon fischio può fare più di tutti i vostri fucili. È gente semplice" ripeté. Chiacchierava a un ritmo tale da confondermi le idee. Sembrava che cercasse di rifarsi di tantissimo silenzio e in effetti, ridacchiando, mi lasciò intendere che era proprio così. "Non parla con Mr Kurtz?" dissi. "Con quell'uomo non si parla – lo si ascolta" esclamò con severa esaltazione. "Ora però..." Agitò un braccio e in un batter d'occhio sprofondò nel più completo abbattimento. L'attimo dopo si riprese con un salto, si impossessò di entrambe le mie mani e prese a scuoterle con insistenza, farfugliando: "Fratello marinaio... onore... piacere... felicissimo... presentarmi... russo... figlio di un arciprete... Governatorato di Tambov... Cosa? Tabacco! Tabacco inglese; l'eccellente tabacco inglese! Questa sì che è fratellanza. Se fumo? E dove lo trova un marinaio che non fuma?".

«La pipa lo calmò e a poco a poco ricostruii che era fuggito da scuola, aveva preso il mare a bordo di una nave russa; era fuggito di nuovo; aveva per un po' prestato servizio su navi inglesi; ora si era riconciliato con l'arciprete. Tenne a precisarlo. "Ma quando si è giovani si devono vedere tante cose, raccogliere esperienze, idee; allargare la mente." "Qui!" lo interruppi. "Non si può mai dire! Qui ho incontrato Mr Kurtz" disse, con solennità e un tono di rimprovero. Da quel momento frenai la lingua. A quanto pare aveva convinto una compagnia commerciale olandese della costa a equipaggiarlo di merci e provviste e si era messo in cammino verso l'interno a cuor leggero, senza avere la minima idea di quel che lo aspettava, come un bambino. Aveva

wandering about that river for nearly two years alone, cut off from everybody and everything. 'I am not so young as I look. I am twenty-five,' he said. 'At first old Van Shuyten would tell me to go to the devil,' he narrated with keen enjoyment; 'but I stuck to him, and talked and talked, till at last he got afraid I would talk the hindleg off his favourite dog, so he gave me some cheap things and a few guns, and told me he hoped he would never see my face again. Good old Dutchman, Van Shuyten. I sent him one small lot of ivory a year ago, so that he can't call me a little thief when I get back. I hope he got it. And for the rest, I don't care. I had some wood stacked for you. That was my old house. Did you see?'

"I gave him Towson's book. He made as though he would kiss me, but restrained himself. 'The only book I had left, and I thought I had lost it,' he said, looking at it estatically. 'So many accidents happen to a man going about alone, you know. Canoes get upset sometimes – and sometimes you've got to clear out so quick when the people get angry.' He thumbed the pages. 'You made notes in Russian?' I asked. He nodded. 'I thought they were written in cipher,' I said. He laughed, then became serious. 'I had lots of trouble to keep these people off,' he said. 'Did they want to kill you?' I asked. 'Oh no!' he cried, and checked himself. 'Why did they attack us?' I pursued. He hesitated, then said shamefacedly, 'They don't want him to go.' 'Don't they?' I said curiously. He nodded a nod full of mystery and wisdom. 'I tell you,' he cried, 'this man has enlarged my mind.' He opened his arms wide, staring at me with his little blue eyes that were perfectly round."

vagato qua e là lungo quel fiume da solo per quasi due anni, tagliato fuori da tutto e da tutti. "Non sono giovane come sembro. Ho venticinque anni" disse. "Al principio il vecchio Van Shuyten mi diceva di andare al diavolo" raccontava con grande divertimento; "ma io non mollai e parlai, parlai finché temette che non avrei più smesso, così mi diede quattro carabattole e un po' di fucili e mi disse che sperava di non rivedere mai più la mia faccia. Buon diavolo di un olandese, il vecchio Van Shuyten. Un anno fa gli ho mandato una piccola partita d'avorio, così quando torno non potrà darmi del ladruncolo. Spero che l'abbia ricevuta. Quanto al resto me ne infischio. Avevo accatastato della legna per voi. Quella era la mia vecchia casa. L'ha vista?"

«Gli diedi il libro del Towson. Fece l'atto di baciarmi, ma si contenne. "L'unico libro che mi era rimasto e credevo di averlo perso" disse, guardandolo rapito. "Sa com'è quando si viaggia soli, succedono così tanti incidenti. Ogni tanto si rivolta la canoa – e a volte si è costretti a svignarsela più che in fretta quando la gente si arrabbia." Scorse le pagine. "Lo ha annotato in russo?" domandai. Assentì col capo. "Credevo fosse scritto in codice" dissi. Rise, poi si fece serio. "Ho avuto un sacco di guai per tener lontana quella gente." "Volevano ucciderla?" chiesi. "Oh, no!" gridò lui, e si bloccò. "Perché ci hanno attaccati?" incalzai. Esitò, poi disse timidamente: "Non vogliono che se ne vada". "Davvero?" dissi incuriosito. Fece col capo un gesto di assenso carico di mistero e saggezza. "Voglio dirle una cosa," esclamò "quell'uomo mi ha allargato la mente." Spalancò le braccia, fissandomi con i suoi occhietti azzurri perfettamente rotondi.»

III

"I looked at him, lost in astonishment. There he was before me, in motley, as though he had absconded from a troupe of mimes, enthusiastic, fabulous. His very existence was improbable, inexplicable, and alltogether bewildering. He was an insoluble problem. It was inconceivable how he had existed, how he had succeeded in getting so far, how he had managed to remain – why he did not instantly disappear. 'I went a little farther,' he said, 'then still a little farther – till I had gone so far that I don't know how I'll ever get back. Never mind. Plenty time. I can manage. You take Kurtz away quick – quick – I tell you.' The glamour of youth enveloped his parti-coloured rags, his destitution, his loneliness, the essential desolation of his futile wanderings. For months – for years – his life hadn't been worth a day's purchase; and there he was gallantly, thoughtlessly alive, to all appearance indestructible solely by the virtue of his few years and of his unreflecting audacity. I was seduced into something like admiration – like envy. Glamour urged him on, glamour kept him unscathed. He surely wanted nothing from the wilderness but space to breathe in and to push on through. His need was to exist, and to move onwards at the

III

«Lo guardai, smarrito e stupefatto. Eccolo là davanti a me, vestito come un buffone, come se fosse fuggito da una compagnia di mimi, entusiasta, favoloso. La sua stessa esistenza era improbabile, inesplicabile, e del tutto sconcertante. Quell'uomo era un problema insolubile. Era inconcepibile come avesse vissuto, come fosse riuscito a spingersi così lontano, come avesse potuto restare – perché non scomparisse all'istante. "Andavo un po' più in là" disse "e poi ancora un po' più in là – finché sono andato così lontano che non so come riuscirò mai a tornare. Non importa. C'è tanto tempo. Ce la farò. Portate via Kurtz in fretta – in fretta – vi dico." L'incantesimo della gioventù avvolgeva gli stracci multicolori, la sua povertà, la solitudine, la desolazione essenziale dei suoi futili vagabondaggi. Per mesi – per anni – la sua vita non era valsa un soldo; ed eccolo là coraggiosamente, spensieratamente vivo, in tutta apparenza indistruttibile solo in virtù dei suoi pochi anni e dell'audacia irriflessiva. Mi sentii sedotto da qualcosa che pareva ammirazione – che pareva invidia. L'incantesimo lo spingeva avanti, l'incantesimo lo serbava incolume. Sicuramente da quella terra selvaggia non voleva altro che spazio in cui respirare e attraverso cui spingersi. Aveva bisogno solo di esistere e di proseguire col maggior ri-

greatest possible risk, and with a maximum of privation. If the absolutely pure, uncalculating, unpractical spirit of adventure had ever ruled a human being, it ruled this bepatched youth. I almost envied him the possession of this modest and clear flame. Ie seemed to have consumed all thought of self so completely, that, even while he was talking to you, you forgot that it was he—the man before your eyes – who had gone through these things. I did not envy him his devotion to Kurtz, though. He had not meditated over it. It came to him, and he accepted it with a sort of eager fatalism. I must say that to me it appeared about the most dangerous thing in every way he had come upon so far.

"They had come together unavoidably, like two ships becalmed near each other, and lay rubbing sides at last. I suppose Kurtz wanted an audience, because on a certain occasion, when encamped in the forest, they had talked all night, or more probably Kurtz had talked. 'We talked of everything,' he said, quite transported at the recollection. 'I forgot there was such a thing as sleep. The night did not seem to last an hour. Everything! Everything!... Of love too.' 'Ah, he talked to you of love!' I said, much amused. 'It isn't what you think,' he cried, almost passionately. 'It was in general. He made me see things – things.'

"He threw his arms up. We were on deck at the time, and the head-man of my wood-cutters, lounging near by, turned upon him his heavy and glittering eyes. I looked around, and I don't know why, but I assure you that never, never before, did this land, this river, this jungle, the very arch of this blazing sky, appear to me so hopeless and so dark, so impenetrable to human thought, so piti-

schio possibile, e con il massimo del disagio. Se lo spirito d'avventura allo stato puro, disinteressato e privo di senso pratico aveva mai governato un essere umano, governava quel giovane rattoppato. Quasi gli invidiavo il possesso di quella fiamma semplice e schietta. Sembrava avergli consumato ogni preoccupazione di sé in modo così totale, che pure quando parlava ci si scordava che era lui – l'uomo davanti ai vostri occhi – che aveva affrontato tutte quelle vicende. Non gli invidiavo, però, la devozione a Kurtz. Non ci aveva meditato sopra. L'aveva subita e accettata con una sorta di ardente fatalismo. Devo dire che mi appariva quasi la cosa più pericolosa in cui si fosse imbattuto fino ad allora.

«Erano venuti in contatto inevitabilmente, come due navi sorprese dalla bonaccia l'una accanto all'altra, che finiscono con lo sfregarsi i fianchi. Immagino che Kurtz avesse bisogno di un uditorio, perché in una certa occasione, accampati nella foresta, avevano parlato tutta la notte, o più probabilmente aveva parlato Kurtz. "Abbiamo parlato di tutto" disse, affatto estasiato al ricordo. "Dimenticai che esisteva il sonno. La notte sembrò durare meno di un'ora. Tutto! Tutto!... Anche d'amore." "Ah, le ha parlato d'amore!" dissi, molto divertito. "Non è come pensa" esclamò, quasi appassionatamente. "Era in generale. Mi ha fatto capire delle cose – delle cose."

«Alzò le braccia. Eravamo sul ponte in quel momento e il capo dei miei taglialegna, che oziava lì vicino, posò su di lui gli occhi grevi e lucenti. Mi guardai intorno e non so perché, ma vi assicuro che mai, mai prima di allora, quella terra, quel fiume, quella giungla, la volta stessa di quel cielo infuocato, mi erano apparsi così disperati e scuri, così impenetrabili al pensiero umano, così inesorabili verso l'uma-

less to human weakness. 'And, ever since, you have been with him, of course?' I said.

"On the contrary. It appears their intercourse had been very much broken by various causes. He had, as he informed me proudly, managed to nurse Kurtz through two illnesses (he alluded to it as you would to some risky feat), but as a rule Kurtz wandered alone, far in the depths of the forest. 'Very often coming to this station, I had to wait days and days before he would turn up,' he said. 'Ah, it was worth waiting for! – sometimes.' 'What was he doing? exploring or what?' I asked. 'Oh yes, of course'; he had discovered lots of villages, a lake too – he did not know exactly in what direction; it was dangerous to inquire too much – but mostly his expeditions had been for ivory. 'But he had no goods to trade with by that time', I objected. 'There' s a good lot of cartridges left even yet,' he answered, looking away. 'To speak plainly, he raided the country,' I said. He nodded. 'Not alone, surely!' He muttered something about the villages round that lake. 'Kurtz got the tribe to follow him, did he?' I suggested. He fidgeted a little. 'They adored him,' he said. The tone of these words was so extraordinary that I looked at him searchingly. It was curious to see his mingled eagerness and reluctance to speak of Kurtz. The man filled his life, occupied his thoughts, swayed his emotions. 'What can you expect?' he burst out; 'he came to them with thunder and lightning, you know – and they had never seen anything like it – and very terrible. He could be very terrible. You can't judge Mr. Kurtz as you would an ordinary man. No, no, no! Now – just to give you an idea – I don't mind telling you, he wanted to shoot me too one day – but I don't judge him.' 'Shoot you!' I cried. 'What for?' 'Well, I had a small lot of ivory the chief of that village near

na debolezza. "E naturalmente da allora è stato con lui?" dissi.

«Al contrario. Sembra che il loro rapporto si fosse spesso interrotto per varie cause. Era riuscito, m'informò con orgoglio, a curare Kurtz durante due malattie (ne parlava come se si trattasse di un'impresa rischiosa), ma di regola Kurtz vagava solo, lontano, nelle profondità della foresta. "Sovente arrivando a questa stazione dovevo aspettare giorni interi prima che si facesse vivo" disse. "Ah, valeva la pena di aspettare! – a volte!" "Che cosa faceva lui? esplorava o cosa?" chiesi. "Oh sì, naturalmente"; aveva scoperto molti villaggi, anche un lago – non sapeva esattamente in quale direzione; era pericoloso far troppe domande – la maggior parte delle spedizioni, però, erano a caccia d'avorio. "Ma non aveva merci di scambio allora" obiettai. "Ancora adesso è rimasta una bella quantità di cartucce" rispose, distogliendo lo sguardo. "In parole povere, razziava il paese!" dissi. Fece segno di sì. "Non da solo, sicuramente!" Mormorò qualcosa sui villaggi intorno a quel lago. "Kurtz aveva convinto la tribù a seguirlo, vero?" suggerii. Si innervosì un po'. "Lo adoravano" disse. Il tono di quelle parole era tanto straordinario che lo fissai con uno sguardo indagatore. Era curioso vedere in lui mescolarsi desiderio e insieme riluttanza a parlare di Kurtz. Quell'uomo gli riempiva la vita, occupava i suoi pensieri, dominava le sue emozioni. "Che cosa pretende?" sbottò. "Arrivò da loro con tuoni e fulmini, sa – e non avevano mai visto niente di simile – e davvero terribile. Sapeva essere davvero terribile. Non si può giudicare Mr Kurtz come se fosse un uomo qualunque. No, no, no! Ora – solo per darle un'idea – non mi dispiace dirglielo, voleva sparare anche a me un giorno – ma io non lo giudico." "Spararle!" esclamai. "E perché?" "Be', avevo una piccola partita d'avorio

my house gave me. You see I used to shoot game for them. Well, he wanted it, and wouldn't hear reason. He declared he would shoot me unless I gave him the ivory and then cleared out of the country, because he could do so, and had a fancy for it, and there was nothing on earth to prevent him killing whom he jolly well pleased. And it was true too. I gave him the ivory. What did I care! But I didn't clear out. No, no. I couldn't leave him. I had to be careful, of course, till we got friendly again for a time. He had his second illness then. Afterwards I had to keep out of the way; but I didn't mind. He was living for the most part in those villages on the lake. When he came down to the river, sometimes he would take to me, and sometimes it was better for me to be careful. This man suffered too much. He hated all this, and somehow he couldn't get away. When I had a chance I begged him to try and leave while there was time; I offered to go back with him. And he would say yes, and then he would remain; go off on another ivory hunt; disappear for weeks; forget himself amongst these people – forget himself – you know.' 'Why! he's mad,' I said. He protested indignantly. Mr. Kurtz couldn't be mad. If I had heard him talk, only two days ago, I wouldn't dare hint at such a thing... I had taken up my binoculars while we talked, and was looking at the shore, sweeping the limit of the forest at each side and at the back of the house. The consciousness of there being people in that bush, so silent, so quiet – as silent and quiet as the ruined house on the hill – made me uneasy. There was no sign on the face of nature of this amazing tale that was not so much told as suggested to me in desolate exclamations, completed by shrugs, in interrupted phrases, in hints ending in deep sighs. The woods were un-

che mi aveva dato il capo di quel villaggio vicino alla mia casa. Sa, cacciavo selvaggina per loro. Be', lui la voleva e non sentiva ragioni. Dichiarò che mi avrebbe sparato se non gli avessi dato l'avorio e poi me ne fossi andato dal paese, perché era capace di farlo, e ne aveva voglia, e niente sulla terra poteva impedirgli di uccidere chiunque gli fosse saltato in testa di ammazzare. Ed era proprio vero. Gli diedi l'avorio. Per quel che m'importava! Ma non me ne andai. No, no. Non potevo abbandonarlo. Dovetti stare attento, naturalmente, finché non tornammo a essere amici per un po'. Si ammalò per la seconda volta allora. Dopo dovetti starmene alla larga; ma non m'importava. Viveva per lo più nei villaggi sul lago. Quando scendeva al fiume a volte gli andavo a genio e a volte era meglio che stessi attento. Quell'uomo soffriva troppo. Odiava tutto quanto, eppure non riusciva a staccarsene. Quando ne avevo l'occasione lo pregavo che cercasse di andarsene finché era in tempo; mi offrivo di tornare con lui. Lui diceva di sì e poi restava; partiva a caccia d'altro avorio; scompariva per settimane; dimenticava se stesso in mezzo a quella gente – dimenticava se stesso – sa." "Allora è pazzo!" dissi. Protestò indignato. Mr Kurtz non poteva essere pazzo. Se l'avessi sentito parlare, solo due giorni prima, non avrei osato insinuare una cosa del genere... Mentre parlavamo avevo preso il binocolo e guardavo la riva, spaziando lungo i limiti della foresta da ogni lato e dietro la casa. La consapevolezza che c'era gente in quella boscaglia, così silenziosa, così quieta – silenziosa e quieta come la casa diroccata sulla collina – mi metteva a disagio. Sul volto della natura non c'era traccia del racconto sorprendente che mi veniva non tanto narrato quanto suggerito da esclamazioni desolate, completate da alzate di spalle, frasi sospese, accenni che si chiudevano in profondi sospi-

moved, like a mask – heavy, like the closed door of a prison – they looked with their air of hidden knowledge, of patient expectation, of unapproachable silence. The Russian was explaining to me that it was only lately that Mr. Kurtz had come down to the river, bringing along with him all the fighting men of that lake tribe. He had been absent for several months – getting himself adored, I suppose – and had come down unexpectedly, with the intention to all appearance of making a raid either across the river or down stream. Evidently the appetite for more ivory had got the better of the – what shall I say? – less material aspirations. However, he had got much worse suddenly. 'I heard he was lying helpless, and so I came up – took my chance,' said the Russian. 'Oh, he is bad, very bad.' I directed my glass to the house. There were no signs of life, but there were the ruined roof, the long mud wall peeping above the grass, with three little square window-holes, no two of the same size; all this brought within reach of my hand, as it were. And then I made a brusque movement, and one of the remaining posts of that vanished fence leaped up in the field of my glass. You remember I told you I had been struck at the distance by certain attempts at ornamentation, rather remarkable in the ruinous aspect of the place. Now I had suddenly a nearer view, and its first result was to make me throw my head back as if before a blow. Then I went carefully from post to post with my glass, and I saw my mistake. These round knobs were not ornamental but symbolic; they were expressive and puzzling, striking and disturbing – food for thought and also for vultures if there had been any looking down from the sky; but at all events for such ants as were industrious enough to ascend the pole. They would have been

ri. La foresta era impassibile, come una maschera – massiccia, come la porta chiusa su una prigione – guardava con quell'aria di sapienza segreta, di attesa paziente, di inavvicinabile silenzio. Il russo mi spiegava che solo di recente Mr Kurtz era sceso al fiume, portando con sé tutti i guerrieri della tribù del lago. Era stato assente per parecchi mesi – a farsi adorare, immagino – ed era arrivato inaspettatamente, con tutta l'aria di voler fare un'incursione dall'altra parte del fiume o più a valle. Evidentemente la brama d'avorio aveva avuto la meglio sulle – come definirle? – aspirazioni meno materiali. Tuttavia, era molto peggiorato all'improvviso. "Ho sentito che era ammalato e senz'aiuti, e così sono venuto – ho corso il rischio" disse il russo. "Oh sta male, molto male." Puntai il binocolo sulla casa. Non c'era segno di vita, ma c'era il tetto in rovina, il lungo muro di fango che spuntava sopra l'erba, con i tre buchi quadrati delle finestrelle, ognuna diversa dall'altra, tutto questo a portata di mano, per così dire. E poi feci un movimento brusco, e un palo superstite dello steccato scomparso balzò nel campo del mio binocolo. Ricordate che vi ho detto d'esser stato colpito di lontano da certi tentativi di decorazione, alquanto sorprendenti in quel posto in rovina. Ora ne ebbi all'improvviso una vista più ravvicinata, e il primo effetto fu di farmi gettare indietro il capo come per parare un colpo. Poi osservai attentamente palo dopo palo col binocolo, e mi resi conto dell'errore. Quei pomi non erano ornamentali bensì simbolici; erano espressivi e sconcertanti, sorprendenti e inquietanti – alimento per il pensiero e anche per gli avvoltoi se ce ne fosse stato qualcuno in cielo intento a guardare giù; ma in ogni caso per le formiche abbastanza industriose da salire in cima al palo. Sarebbero parse ancora più impressionanti, quelle te-

even more impressive, those heads on the stakes, if their faces had not been turned to the house. Only one, the first I had made out, was facing my way. I was not so shocked as you may think. The start back I had given was really nothing but a movement of surprise. I had expected to see a knob of wood there, you know. I returned deliberately to the first I had seen – and there it was, black, dried, sunken, with closed eyelids – a head that seemed to sleep at the top of that pole, and, with the shrunken dry lips showing a narrow white line of the teeth, was smiling too, smiling continuously at some endless and jocose dream of that eternal slumber.

"I am not disclosing any trade secrets. In fact the manager said afterwards that Mr. Kurtz's methods had ruined the district. I have no opinion on that point, but I want you clearly to understand that there was nothing exactly profitable in these heads being there. They only showed that Mr. Kurtz lacked restraint in the gratification of his various lusts, that there was something wanting in him – some small matter which, when the pressing need arose, could not be found under his magnificent eloquence. Whether he knew of this deficiency himself I can't say. I think the knowledge came to him at last – only at the very last. But the wilderness had found him out early, and had taken on him a terrible vengeance for the fantastic invasion. I think it had whispered to him things about himself which he did not know, things of which he had no conception till he took counsel with this great solitude – and the whisper had proved irresistibly fascinating. It echoed loudly within him because he was hollow at the core... I put down the glass, and the head that had appeared near enough to be spoken to seemed at

ste impalate, se le facce non fossero state rivolte alla casa. Solo una, quella che avevo scorto per prima, guardava nella mia direzione. Non fui così colpito quanto potreste pensare. Quel balzo indietro non era stato altro che un moto di sorpresa. Mi aspettavo di vedere un pomolo di legno, capite. Ritornai deliberatamente alla prima che avevo visto – ed eccola, nera, rinsecchita, incavata, con le palpebre abbassate – una testa che sembrava dormire in cima al palo e, con le labbra secche e raggrinzite che scoprivano una stretta linea bianca di denti, sorrideva pure, sorrideva continuamente al sogno infinito e faceto di quel sonno eterno.

«Non sto rivelando alcun segreto commerciale. Infatti in seguito il direttore disse che i metodi di Mr Kurtz avevano rovinato il distretto. Io non ho opinioni in proposito, ma voglio che capiate chiaramente che quelle teste non si trovavano là per motivi di utilità pratica. Mostravano soltanto che Mr Kurtz mancava di qualsiasi ritegno quando si trattava di gratificare le sue svariate brame, che c'era qualcosa di carente in lui – una cosa da nulla che non si riusciva a trovare sotto la sua magnifica eloquenza quando se ne presentava la necessità impellente. Non sono in grado di dire se lui si rendesse conto di quel suo difetto. Credo che alla fine debba averne avuto coscienza – soltanto alla fine. Quella terra selvaggia, però, l'aveva scoperto presto, e si era vendicata su di lui in modo terribile della fantastica invasione. Credo che gli avesse bisbigliato cose di lui che egli non sapeva, cose che non aveva neppure immaginato prima di consultare la grande solitudine – e quel bisbiglio si era dimostrato irresistibilmente affascinante. Risuonava clamoroso dentro di lui perché nel profondo egli era vuoto... Abbassai il binocolo e la testa che mi era apparsa tanto vicina da poterle parlare sembrò im-

once to have leaped away from me into inaccessible distance.

"The admirer of Mr. Kurtz was a bit crestfallen. In a hurried, indistinct voice he began to assure me he had not dared to take these – say, symbols – down. He was not afraid of the natives; they would not stir till Mr. Kurtz gave the word. His ascendancy was extraordinary. The camps of these people surrounded the place, and the chiefs came every day to see him. They would crawl... 'I don't want to know anything of the ceremonies used when approaching Mr. Kurtz,' I shouted. Curious, this feeling that came over me that such details would be more intolerable than those heads drying on the stakes under Mr. Kurtz's windows. After all, that was only a savage sight, while I seemed at one bound to have been transported into some lightless region of subtle horrors, where pure, uncomplicated savagery was a positive relief, being something that had a right to exist – obviously – in the sunshine. The young man looked at me with surprise. I suppose it did not occur to him that Mr. Kurtz was no idol of mine. He forgot I hadn't heard any of these splendid monologues on, what was it? on love, justice, conduct of life – or what not. If it had come to crawling before Mr. Kurtz, he crawled as much as the veriest savage of them all. I had no idea of the conditions, he said: these heads were the heads of rebels. I shocked him excessively by laughing. Rebels! What would be the next definition I was to hear? There had been enemies, criminals, workers – and these were rebels. Those rebellious heads looked very subdued to me on their sticks. 'You don't know how such a life tries a man like Kurtz,' cried Kurtz's last disciple. 'Well, and you?' I said. 'I! I! I am a simple man. I have no great thoughts. I want

provvisamente balzata via da me a una distanza inaccessibile.

«L'ammiratore di Mr Kurtz era un po' mortificato. Con voce confusa s'affrettò a rassicurarmi che non aveva osato togliere quei... simboli, diciamo. Non temeva gli indigeni; non si sarebbero mossi finché Mr Kurtz non l'avesse ordinato. Il suo ascendente era straordinario. Gli accampamenti di quella gente circondavano il posto e i capi andavano a trovarlo ogni giorno. Strisciavano... "Non voglio sapere nulla delle cerimonie usate per avvicinare Mr Kurtz" gridai. Curiosa la sensazione che s'impadronì di me che quei dettagli sarebbero stati più intollerabili delle teste impalate a seccare sotto le finestre di Mr Kurtz. Dopo tutto, quello era solo uno spettacolo selvaggio, mentre mi pareva d'esser stato trasportato d'un tratto in un'oscura regione di orrori sottili, dove la barbarie pura e semplice era un vero sollievo, trattandosi di qualcosa che aveva diritto di esistere – ovviamente – alla luce del sole. Il giovane mi guardava sorpreso. Suppongo che non l'avesse sfiorato il pensiero che Mr Kurtz non era un mio idolo. Scordava che io non avevo udito gli splendidi monologhi su, che cos'era? sull'amore, la giustizia, la condotta di vita – o che altro. Se si fosse trattato di strisciare davanti a Mr Kurtz, lui avrebbe strisciato come il più selvaggio tra quei selvaggi. Disse che io non avevo idea delle circostanze: quelle teste erano teste di ribelli. Lo scandalizzai terribilmente mettendomi a ridere. Ribelli! Quale altra definizione avrei dovuto sentire? C'erano stati i nemici, i criminali, i forzati – e questi erano i ribelli. Quelle teste ribelli mi sembravano molto sottomesse in cima ai loro bastoni. "Non sa quanto una vita del genere provi un uomo come Kurtz" gridò l'ultimo discepolo di Kurtz. "Be', e lei?" dissi. "Io! Io! Io sono un uomo semplice. Non

nothing from anybody. How can you compare me to...?' His feelings were too much for speech, and suddenly he broke down. 'I don't understand,' he groaned. 'I've been doing my best to keep him alive, and that's enough. I had no hand in all this. I have no abilities. There hasn't been a drop of medicine or a mouthful of invalid food for months here. He was shamefully abandoned. A man like this, with such ideas. Shamefully! Shamefully! I – I – haven't slept for the last ten nights...'

"His voice lost itself in the calm of the evening. The long shadows of the forests had slipped down hill while we talked, had gone far beyond the ruined hovel, beyond the symbolic row of stakes. All this was in the gloom, while we down there were yet in the sunshine, and the stretch of the river abreast of the clearing glittered in a still and dazzling splendour, with a murky and overshadowed bend above and below. Not a living soul was seen on the shore. The bushes did not rustle.

"Suddenly round the corner of the house a group of men appeared, as though they had come up from the ground. They waded waist-deep in the grass, in a compact body, bearing an improvised stretcher in their midst. Instantly, in the emptiness of the landscape, a cry arose whose shrillness pierced the still air like a sharp arrow flying straight to the very heart of the land; and, as if by enchantment, streams of human beings – of naked human beings – with spears in their hands, with bows, with shields, with wild glances and savage movements, were poured into the clearing by the dark-faced and pensive forest. The bushes shook, the grass swayed for a time, and then everything stood still in attentive immobility.

"'Now, if he does not say the right thing to them we are all done for,' said the Russian at my elbow.

ho grandi pensieri io. Non voglio nulla da nessuno. Come può paragonarmi a...?" I sentimenti erano troppo intensi per le parole e improvvisamente si accasciò. "Non capisco" gemette. "Ho fatto del mio meglio per tenerlo in vita, e basta. Non c'entro in tutto questo. Non ne ho la capacità. Da mesi qui non c'è una goccia di medicinali o un boccone per un ammalato. È stato abbandonato vergognosamente. Un uomo come quello, con quelle idee. Una vergogna! Una vergogna! Io... io... sono dieci notti che non dormo..."

«La sua voce si perse nella calma della sera. Le lunghe ombre della foresta erano scivolate giù per la collina mentre parlavamo, si erano spinte molto oltre il tugurio in rovina, oltre la simbolica fila di pali. Tutto ciò era nell'oscurità, mentre noi di sotto ci trovavamo ancora alla luce del sole, e il tratto di fiume di fronte alla radura brillava di uno splendore immobile e abbagliante, tra due anse cariche di ombra scura a monte e a valle. Sulla riva non si vedeva un'anima viva. Non un fruscio nei cespugli.

«Improvvisamente apparve un manipolo di uomini dall'angolo della casa, come spuntati dal terreno. Procedevano a stento nell'erba alta fino alla vita, in gruppo compatto, portando in mezzo a loro una barella improvvisata. Istantaneamente, nel paesaggio vuoto si alzò un grido acuto che trafisse l'aria immobile come una freccia aguzza diretta al cuore stesso della terra; e come per incanto, la foresta dal volto scuro e pensoso riversò nella radura fiumi di esseri umani – esseri umani ignudi – con le lance in mano, con gli archi, con gli scudi, con sguardi feroci e movimenti selvaggi. I cespugli si agitarono, l'erba ondeggiò per un attimo e poi tutto s'arrestò in un'immobilità attenta.

«"Adesso, se non dice la cosa giusta siamo tutti spacciati" sentenziò il russo al mio fianco. Anche il

The knot of men with the stretcher had stopped too, half-way to the steamer, as if petrified. I saw the man on the stretcher sit up, lank and with an uplifted arm, above the shoulders of the bearers. 'Let us hope that the man who can talk so well of love in general will find some particular reason to spare us this time,' I said. I resented bitterly the absurd danger of our situation, as if to be at the mercy of that atrocious phantom had been a dishonouring necessity. I could not hear a sound, but through my glasses I saw the thin arm extended commandingly, the lower jaw moving, the eyes of that apparition shining darkly far in its bony head that nodded with grotesque jerks. Kurtz – Kurtz – that means 'short' in German – don't it? Well, the name was as true as everything else in his life – and death. He looked at least seven feet long. His covering had fallen off, and his body emerged from it pitiful and appalling as from a winding-sheet. I could see the cage of his ribs all astir, the bones of his arm waving. It was as though an animated image of death carved out of old ivory had been shaking its hand with menaces at a motionless crowd of men made of dark and glittering bronze. I saw him open his mouth wide – it gave him a weirdly voracious aspect, as though he had wanted to swallow all the air, all the earth, all the men before him. A deep voice reached me faintly. He must have been shouting. He fell back suddenly. The stretcher shook as the bearers staggered forward again, and almost at the same time I noticed that the crowd of savages was vanishing without any perceptible movement of retreat, as if the forest that had ejected these beings so suddenly had drawn them in again as the breath is drawn in a long aspiration.

capannello di uomini con la barella si era fermato, a metà strada dal vapore, come impietrito. Vidi l'uomo sulla barella levarsi a sedere, macilento e con un braccio alzato, oltre le spalle dei portatori. "Speriamo che l'uomo che sa parlare tanto bene d'amore in generale trovi qualche ragione particolare per risparmiarci questa volta" dissi. Risentivo amaramente il pericolo assurdo della nostra situazione, come se l'essere alla mercé di quell'atroce fantasma fosse una contingenza disonorevole. Non riuscivo a sentire alcun suono, ma attraverso il binocolo vidi il braccio scarno steso in un gesto di comando, la mascella inferiore che si muoveva, gli occhi di quell'apparizione brillare scuri in fondo alla testa ossuta che si muoveva con spasmi grotteschi. Kurtz – Kurtz – che in tedesco significa "corto" – vero? Be', il nome era vero quanto tutto il resto della sua vita – e della sua morte. Sembrava lungo più di due metri. La coperta gli era caduta di dosso e il corpo riemergeva pietoso e terrificante come da un sudario. Vedevo la gabbia toracica agitarsi, le ossa del braccio gesticolare. Pareva un'effige animata della morte, scolpita in avorio antico, che agitasse minacciosa la mano davanti a una folla immobile di uomini fusi in bronzo scuro e lucente. Lo vidi spalancare la bocca – ciò gli conferì un aspetto stranamente vorace, come se avesse voluto ingoiare tutta l'aria, tutta la terra, tutti gli uomini davanti a lui. Una voce profonda mi giunse fievole. Doveva aver gridato. Ricadde improvvisamente indietro. La barella tremò mentre i portatori riprendevano barcollanti il cammino, e quasi nello stesso momento notai che la folla di selvaggi svaniva senza alcun percettibile movimento di ritirata, come se la foresta che aveva espulso quegli esseri all'improvviso, li avesse risucchiati come rientra il respiro in una lunga inspirazione.

"Some of the pilgrims behind the stretcher carried his arms – two shot-guns, a heavy rifle, and a light revolver-carbine – the thunderbolts of that pitiful Jupiter. The manager bent over him murmuring as he walked beside his head. They laid him down in one of the little cabins – just a room for a bed-place and a camp-stool or two, you know. We had brought his belated correspondence, and a lot of torn envelopes and open letters littered his bed. His hand roamed feebly amongst these papers. I was struck by the fire of his eyes and the composed languor of his expression. It was not so much the exhaustion of disease. He did not seem in pain. This shadow looked satiated and calm, as though for the moment it had had its fill of all the emotions.

"He rustled one of the letters, and looking straight in my face said, 'I am glad'. Somebody had been writing to him about me. These special recommendations were turning up again. The volume of tone he emitted without effort, almost without the trouble of moving his lips, amazed me. A voice! a voice! It was grave, profound, vibrating, while the man did not seem capable of a whisper. However, he had enough strength in him – factitious no doubt – to very nearly make an end of us, as you shall hear directly.

"The manager appeared silently in the doorway; I stepped out at once and he drew the curtain after me. The Russian, eyed curiously by the pilgrims, was staring at the shore. I followed the direction of his glance.

"Dark human shapes could be made out in the distance, flitting indistinctly against the gloomy border of the forest, and near the river two bronze figures, leaning on tall spears, stood in the sunlight under fantastic head-dresses of spotted skins,

«Alcuni pellegrini dietro la barella portavano le sue armi – due doppiette, un fucile di grosso calibro e una carabina leggera a ripetizione – i fulmini di quel patetico Giove. Il direttore si chinava su di lui mormorando qualcosa mentre gli camminava accanto alla testa. Lo deposero in una delle piccole cabine – giusto lo spazio per una cuccetta e uno sgabello da campo o due, sapete. Gli avevamo portato la corrispondenza arretrata e il letto era coperto di buste stracciate e di lettere aperte. La sua mano vagava debole tra le carte. Mi colpì il fuoco nei suoi occhi e il languore composto della sua espressione. Non era tanto la spossatezza della malattia. Non sembrava stesse soffrendo. Quell'ombra appariva appagata e calma, come se per il momento fosse sazia di ogni emozione.

«Fece frusciare una lettera e guardandomi fisso in viso disse: "Sono lieto". Qualcuno gli aveva scritto di me. Saltavano di nuovo fuori le raccomandazioni speciali. Il volume di voce che emetteva senza sforzo, quasi senza bisogno di muovere le labbra, mi sorprese. Che voce! che voce! Era grave, profonda, vibrante, mentre l'uomo non pareva capace di un bisbiglio. Comunque, aveva abbastanza forza in lui – senza dubbio innaturale – che per poco non ci fece fare una brutta fine, come sentirete presto.

«Il direttore apparve silenziosamente sulla soglia; uscii subito e lui chiuse la tenda alle mie spalle. Il russo, che i pellegrini squadravano curiosi, stava fissando la riva. Seguii la direzione del suo sguardo.

«Si scorgevano in lontananza scure forme umane, che si muovevano leste e confuse contro l'orlo cupo della foresta, e vicino al fiume due figure di bronzo, appoggiate alle alte lance, stavano alla luce del sole sotto dei copricapi fantastici di pelli

warlike and still in statuesque repose. And from right to left along the lighted shore moved a wild and gorgeous apparition of a woman.

"She walked with measured steps, draped in striped and fringed cloths, treading the earth proudly, with a slight jingle and flash of barbarous ornaments. She carried her head high; her hair was done in the shape of a helmet; she had brass leggings to the knee, brass wire gauntlets to the elbow, a crimson spot on her tawny cheek, innumerable necklaces of glass beads on her neck; bizarre things, charms, gifts of witch-men, that hung about her, glittered and trembled at every step. She must have had the value of several elephant tusks upon her. She was savage and superb, wild-eyed and magnificent; there was something ominous and stately in her deliberate progress. And in the hush that had fallen suddenly upon the whole sorrowful land, the immense wilderness, the colossal body of the fecund and mysterious life seemed to look at her, pensive, as though it had been looking at the image of its own tenebrous and passionate soul.

"She came abreast of the steamer, stood still, and faced us. Her long shadow fell to the water's edge. Her face had a tragic and fierce aspect of wild sorrow and of dumb pain mingled with the fear of some struggling, half-shaped resolve. She stood looking at us without a stir, and like the wilderness itself, with an air of brooding over an inscrutable purpose. A whole minute passed, and then she made a step forward. There was a low jingle, a glint of yellow metal, a sway of fringed draperies, and she stopped as if her heart had failed her. The young fellow by my side growled. The pilgrims murmured at my back. She looked at us all as if her life had depended upon the unswerv-

maculate, marziali e immobili in statuario riposo. E da destra a sinistra lungo la riva si muoveva l'apparizione selvaggia e magnifica di una donna.

«Camminava con passi misurati, drappeggiata in stoffe a righe e frange, calpestando orgogliosa la terra con un tintinnio e un luccichio di barbari ornamenti. Teneva alta la testa; i capelli erano acconciati a guisa d'elmo; aveva gambali d'ottone fino al ginocchio, dei guanti di maglia d'ottone fino al gomito, una macchia cremisi sulla guancia bruna, al collo innumerevoli fili di perle di vetro; oggetti bizzarri, amuleti, doni di stregoni che appesi al suo corpo luccicavano e tremavano a ogni passo. Doveva avere addosso il valore di molte zanne d'elefante. Era selvaggia e superba, magnifica, con lo sguardo allucinato; c'era qualcosa di minaccioso e solenne nel suo incedere deliberato. E nel silenzio che era caduto improvviso su quella terra addolorata, sull'immensità selvaggia, sembrava che quel corpo colossale dalla vita misteriosa e feconda la guardasse, pensoso, come se stesse osservando l'immagine della propria anima tenebrosa e appassionata.

«Giunse di fronte al vapore, si fermò, si volse a guardarci. La sua lunga ombra cadeva sull'orlo dell'acqua. Il volto aveva l'aspetto tragico e fiero del dolore selvaggio e della muta sofferenza mescolati al timore di una risoluzione combattuta e incerta. Restò a fissarci immobile, e come la terra selvaggia aveva l'aria di meditare qualche imperscrutabile proposito. Trascorse così un minuto intero, e poi lei fece un passo avanti. Ci fu un tintinnio leggero, uno scintillio di metallo dorato, un fluttuare di frange, e lei si arrestò come se le fosse mancato il cuore. Il giovane al mio fianco brontolò. I pellegrini mormorarono alle mie spalle. Lei ci guardò tutti come se la sua vita fosse dipesa dal-

ing steadiness of her glance. Suddenly she opened her bared arms and threw them up rigid above her head, as though in an uncontrollable desire to touch the sky, and at the same time the swift shadows darted out on the earth, swept around on the river, gathering the steamer in a shadowy embrace. A formidable silence hung over the scene.

"She turned away slowly, walked on, following the bank, and passed into the bushes to the left. Once only her eyes gleamed back at us in the dusk of the thickets before she disappeared.

"'If she had offered to come aboard I really think I would have tried to shoot her,' said the man of patches nervously. 'I had been risking my life every day for the last fortnight to keep her out of the house. She got in one day and kicked up a row about those miserable rags I picked up in the storeroom to mend my clothes with. I wasn't decent. At least it must have been that, for she talked like a fury to Kurtz for an hour, pointing at me now and then. I don't understand the dialect of this tribe. Luckily for me, I fancy Kurtz felt too ill that day to care, or there would have been mischief. I don't understand... No – it's too much for me. Ah, well, it's all over now.'

"At this moment I heard Kurtz's deep voice behind the curtain: 'Save me! – save the ivory, you mean. Don't tell me. Save *me*! Why, I've had to save you. You are interrupting my plans now. Sick! Sick! Not so sick as you would like to believe. Never mind. I'll carry my ideas out yet – I will return. I'll show you what can be done. You with your little peddling notions – you are interfering with me. I will return. I...'

"The manager came out. He did me the honour to take me under the arm and lead me aside. 'He is

l'inflessibile fermezza del suo sguardo. Improvvisamente aprì le braccia nude e le alzò rigide sulla testa, come presa dall'incontrollabile desiderio di toccare il cielo, e nello stesso istante le ombre agili guizzarono sulla terra, invasero il fiume, circondando il vapore in un abbraccio scuro. Un silenzio formidabile incombeva sulla scena.

«Si voltò lentamente, riprese a camminare lungo la sponda, ed entrò nei cespugli a sinistra. Solo una volta, prima di scomparire nel crepuscolo della boscaglia, i suoi occhi balenarono nella nostra direzione.

«"Se avesse accennato a salire a bordo credo proprio che avrei tentato di spararle" disse nervosamente l'uomo delle toppe. "Nelle ultime due settimane ho rischiato quotidianamente la vita per tenerla lontana dalla casa. Un giorno è entrata e ha fatto una scenata per quei miserabili stracci che ho preso in magazzino per aggiustarmi i vestiti. Ero indecente. Almeno deve essere stato per quello, perché parlò come una furia per un'ora con Kurtz indicandomi di tanto in tanto. Non capisco il dialetto di questa tribù. Per mia fortuna, immagino che quel giorno Kurtz stesse troppo male per badarci, altrimenti sarebbe successo un guaio. Non capisco... No – è troppo per me. Ah, be', ora è finita!"

«In quel momento udii la voce profonda di Kurtz dietro la tenda: "Salvarmi! – salvare l'avorio, vorrà dire. Non me la conti. Salvare *me*! Ma se sono stato io a dovervi salvare. State interrompendo i miei piani ora. Ammalato! Ammalato! Non così ammalato come vorreste credere. Non importa. Realizzerò ugualmente le mie idee – ritornerò. Vi farò vedere che cosa si può fare. Voi e le vostre meschine opinioni – vi siete messi di mezzo. Ritornerò. Io..."

«Il direttore uscì. Mi fece l'onore di prendermi sotto braccio e trarmi in disparte. "È molto giù,

very low, very low, he said. He considered it necessary to sigh, but neglected to be consistently sorrowful. 'We have done all we could for him – haven't we? But there is no disguising the fact, Mr. Kurtz has done more harm than good to the Company. He did not see the time was not ripe for vigorous action. Cautiously, cautiously – that's my principle. We must be cautious yet. The district is closed to us for a time. Deplorable! Upon the whole, the trade will suffer. I don't deny there is a remarkable quantity of ivory – mostly fossil. We must save it, at all events – but look how precarious the position is – and why? Because the method is unsound.' 'Do you,' said I, looking at the shore, 'call it 'unsound method'?' 'Without doubt,' he exclaimed hotly. 'Don't you?'... 'No method at all,' I murmured after a while. 'Exactly,' he exulted. 'I anticipated this. Shows a complete want of judgment. It is my duty to point it out in the proper quarter.' 'Oh,' said I, 'that fellow – what's his name? – the brickmaker, will make a readable report for you.' He appeared confounded for a moment. It seemed to me I had never breathed an atmosphere so vile, and I turned mentally to Kurtz for relief – positively for relief. 'Nevertheless, I think Mr. Kurtz is a remarkable man,' I said with emphasis. He started, dropped on me a cold heavy glance, said very quietly, 'He *was*,' and turned his back on me. My hour of favour was over; I found myself lumped along with Kurtz as a partisan of methods for which the time was not ripe: I was unsound! Ah! but it was something to have at least a choice of nightmares.

"I had turned to the wilderness really, not to Mr. Kurtz, who, I was ready to admit, was as good as buried. And for a moment it seemed to me as if I

molto giù" disse. Ritenne necessario sospirare, ma trascurò di mostrarsi coerentemente addolorato. "Abbiamo fatto tutto quello che potevamo per lui – non è vero? Ma non c'è modo di nascondere il fatto che Mr Kurtz ha fatto più male che bene alla Compagnia. Non si è reso conto che i tempi non erano maturi per un'azione di forza. Prudenza, prudenza – è il mio principio. Dobbiamo ancora essere prudenti. Per un po' il distretto è chiuso per noi. Deplorevole! Tutto sommato il commercio ne soffrirà. Non nego che ci sia una notevole quantità d'avorio – per lo più fossile. Dobbiamo salvarlo, in ogni caso – ma vede quanto è incerta la posizione – e perché? Perché il metodo è sbagliato." "'Metodo sbagliato' lei lo definisce?" dissi guardando la riva. "Indubbiamente" esclamò con calore. "Lei no?"... "Assenza totale di metodo" mormorai dopo un po'. "Esattamente" esultò. "L'avevo previsto. Dimostra un'assoluta mancanza di giudizio. È mio dovere segnalarlo a chi di dovere." "Oh" dissi "quel tipo – come si chiama – quello che fa i mattoni, le scriverà un rapporto leggibile." Per un attimo apparve confuso. Mi sembrò di non aver mai respirato un'atmosfera così abietta, e mentalmente mi rivolsi a Kurtz per avere sollievo – senz'altro per avere sollievo. "Comunque, penso che Mr Kurtz sia un uomo notevole" dissi enfaticamente. Trasalì, mi gettò addosso uno sguardo gelido e greve, disse con molta calma "Lo *era*" e mi voltò le spalle. Il mio momento di favore era passato; mi ritrovai accomunato a Kurtz come sostenitore di metodi per cui i tempi non erano maturi: anch'io ero sbagliato! Ah! ma era già qualcosa avere almeno la possibilità di scegliere i propri incubi.

«In realtà mi ero rivolto alla terra selvaggia, non a Mr Kurtz che, ero pronto ad ammetterlo, era già bell'e sepolto. E per un attimo mi parve d'essere se-

also were buried in a vast grave full of unspeakable secrets. I felt an intolerable weight oppressing my breast, the smell of the damp earth, the unseen presence of victorious corruption, the darkness of an impenetrable night... The Russian tapped me on the shoulder. I heard him mumbling and stammering something about 'brother seaman – couldn't conceal – knowledge of matters that would affect Mr. Kurtz's reputation.' I waited. For him evidently Mr. Kurtz was not in his grave; I suspect that for him Mr. Kurtz was one of the immortals. 'Well!' said I at last, 'speak out. As it happens, I am Mr. Kurtz's friend – in a way.'

"He stated with a good deal of formality that had we not been 'of the same profession,' he would have kept the matter to himself without regard to consequences. He suspected 'there was an active ill-will towards him on the part of these white men that...'. 'You are right,' I said, remembering a certain conversation I had overheard. 'The manager thinks you ought to be hanged.' He showed a concern at this intelligence which amused me at first. 'I had better get out of the way quietly,' he said earnestly. 'I can do no more for Kurtz now, and they would soon find some excuse. What's to stop them? There's a military post three hundred miles from here.' 'Well, upon my word,' said I, 'perhaps you had better go if you have any friends amongst the savages near by.' 'Plenty,' he said. 'They are simple people – and I want nothing, you know.' He stood biting his lip, then: 'I don't want any harm to happen to these whites here, but of course I was thinking of Mr. Kurtz's reputation – but you are a brother seaman and...' 'All right,' said I, after a time. 'Mr. Kurtz's reputation is safe with me.' I did not know how truly I spoke.

polto anch'io in una vasta tomba piena di segreti inesprimibili. Sentii un peso intollerabile opprimermi il petto, l'odore della terra umida, la presenza invisibile della corruzione vittoriosa, la tenebra di una notte impenetrabile... Il russo mi batté sulla spalla. Lo sentii mormorare e farfugliare qualcosa a proposito di "fratello marinaio – non posso nascondere – conoscenza di faccende che potrebbero incidere sulla reputazione di Mr Kurtz". Aspettai. Evidentemente per lui Mr Kurtz non era ancora nella tomba; sospetto che per lui Mr Kurtz fosse uno degli immortali. "Be'," dissi alla fine "parli. Il caso vuole che io sia amico di Mr Kurtz – in un certo senso."

«Con molta formalità dichiarò che se non fossimo stati "della stessa professione" avrebbe tenuto per sé la cosa senza pensiero delle conseguenze. Sospettava che ci fosse un "effettivo malanimo nei suoi confronti da parte di quei bianchi che...". "Ha ragione" dissi ricordando una certa conversazione che avevo sorpreso. "Il direttore pensa che lei dovrebbe essere impiccato." La preoccupazione che mostrò davanti a quell'informazione mi divertì a tutta prima. "È meglio che mi tolga di mezzo senza troppo rumore" disse seriamente. "Non posso fare altro per Kurtz ora, e quelli troverebbero presto qualche scusa. Che cosa potrebbe fermarli? C'è una postazione militare a trecento miglia da qui." "Be', parola mia" dissi, "forse lei farebbe meglio ad andarsene se ha degli amici in mezzo a questi selvaggi." "Moltissimi" disse. "È gente semplice – e io non voglio nulla, sa." Tacque mordendosi il labbro, poi: "Non voglio che succeda niente di male a questi bianchi, ma naturalmente pensavo alla reputazione di Mr Kurtz – ma lei è un fratello marinaio e...". "Stia tranquillo" dissi, dopo un attimo. "Con me la reputazione di Mr Kurtz è al sicuro." Non sapevo quanto fossero vere le mie parole.

"He informed me, lowering his voice, that it was Kurtz who had ordered the attack to be made on the steamer. 'He hated sometimes the idea of being taken away – and then again... But I don't understand these matters. I am a simple man. He thought it would scare you away – that you would give it up, thinking him dead. I could not stop him. Oh, I had an awful time of it this last month.' 'Very well,' I said. 'He is all right now.' 'Ye-e-es,' he muttered, not very convinced apparently. 'Thanks,' said I; 'I shall keep my eyes open.' 'But quiet – eh?' he urged anxiously. 'It would be awful for his reputation if anybody here...' I promised a complete discretion with great gravity. 'I have a canoe and three black fellows waiting not very far. I am off. Could you give me a few Martini-Henry cartridges?' I could, and did, with proper secrecy. He helped himself, with a wink at me, to a handful of my tobacco. Between sailors – you know – good English tobacco.' At the door of the pilot-house he turned round – 'I say, haven't you a pair of shoes you could spare?' He raised one leg. 'Look.' The soles were tied with knotted strings sandal-wise under his bare feet. I rooted out an old pair, at which he looked with admiration before tucking it under his left arm. One of his pockets (bright red) was bulging with cartridges, from the other (dark blue) peeped 'Towson's Inquiry,' etc. etc. He seemed to think himself excellently well equipped for a renewed encounter with the wilderness. 'Ah! I'll never, never meet such a man again. You ought to have heard him recite poetry – his own too it was, he told me. Poetry!' He rolled his eyes at the recollection of these delights. 'Oh, he enlarged my mind!' 'Good-bye,' said I. He shook hands and vanished in the night. Sometimes I ask myself whether I had ever really seen him – whether it was possible to meet such phenomenon!...

«Mi informò, abbassando la voce, che era stato Kurtz a ordinare l'attacco contro il vapore. "A volte odiava l'idea di esser portato via – e poi di nuovo... Ma io non capisco queste faccende. Sono un uomo semplice io. Pensava che sareste fuggiti spaventati – che avreste lasciato perdere, credendolo morto. Non ho potuto fermarlo. Oh, quest'ultimo mese è stato terribile per me." "Molto bene" dissi. "Ora lui è a posto." "S-s-sì" farfugliò, apparentemente non troppo convinto. "Grazie" dissi; "terrò gli occhi aperti!" "Ma silenzio – eh?" insistette agitato. "Sarebbe terribile per la sua reputazione se qualcuno qui..." Con molta gravità gli promisi completa discrezione. "Ho una canoa e tre negri che mi aspettano poco lontano. Me ne vado. Potrebbe darmi un po' di cartucce Martini-Henry?" Potevo dargliele, e così feci, con la dovuta segretezza. Si servì, ammiccando, di una manciata del mio tabacco. "Tra marinai – sa – buon tabacco inglese." Sulla porta della cabina si voltò. "Senta, non avrebbe un paio di scarpe in più?" Alzò una gamba. "Guardi." Aveva le suole legate ai piedi scalzi con dei lacci annodati a mo' di sandali. Ne scovai un vecchio paio che guardò con ammirazione, prima di ficcarsele sotto il braccio sinistro. Una tasca (rosso vivo) era gonfia di cartucce, dall'altra (blu scuro) spuntava il Towson, *Questioni di tecnica* eccetera eccetera. Sembrava ritenersi perfettamente equipaggiato per un nuovo incontro con la terra selvaggia. "Ah! Non troverò mai più un uomo simile. Avrebbe dovuto sentirlo recitare poesie – per giunta erano sue, mi ha detto. Poesie!" Roteava gli occhi al ricordo di quelle delizie. "Oh, mi ha allargato la mente!" "Arrivederci" dissi. Mi strinse la mano e svanì nella notte. A volte mi chiedo se l'ho visto davvero – se era possibile incontrare un simile prodigio!...

"When I woke up shortly after midnight his warning came to my mind with its hint of danger that seemed, in the starred darkness, real enough to make me get up for the purpose of having a look round. On the hill a big fire burned, illuminating fitfully a crooked corner of the station-house. One of the agents with a picket of a few of our blacks, armed for the purpose, was keeping guard over the ivory; but deep within the forest, red gleams that wavered, that seemed to sink and rise from the ground amongst confused columnar shapes of intense blackness, showed the exact position of the camp where Mr. Kurtz's adorers were keeping their uneasy vigil. The monotonous beating of a big drum filled the air with muffled shocks and a lingering vibration. A steady droning sound of many men chanting each to himself some weird incantation came out from the black, flat wall of the woods as the humming of bees comes out of a hive, and had a strange narcotic effect upon my half-awake senses. I believe I dozed off leaning over the rail, till an abrupt burst of yells, an overwhelming outbreak of a pent-up and mysterious frenzy, woke me up in a bewildered wonder. It was cut short all at once, and the low droning went on with an effect of audible and soothing silence. I glanced casually into the little cabin. A light was burning within, but Mr. Kurtz was not there.

"I think I would have raised an outcry if I had believed my eyes. But I didn't believe them at first – the thing seemed so impossible. The fact is, I was completely unnerved by a sheer blank fright, pure abstract terror, unconnected with any distinct shape of physical danger. What made this emotion so overpowering was – how shall I define it? – the moral shock I received, as if something

«Quando mi svegliai appena passata la mezzanotte mi tornò in mente il suo avvertimento con l'accenno a un pericolo che, nelle tenebre stellate, mi sembrò così reale da farmi alzare col proposito di dare un'occhiata in giro. Sulla collina ardeva un grande falò, che a tratti illuminava un angolo sbilenco della stazione. Un agente, con un picchetto di alcuni nostri negri armati per l'occasione, montava di guardia all'avorio; ma nel profondo della foresta, bagliori rossi che guizzavano, che parevano affondare e levarsi dal suolo tra forme incerte come di colonne d'un nero intenso, indicavano l'esatta posizione dell'accampamento in cui gli adoratori di Mr Kurtz vegliavano inquieti. Il pulsare monotono d'un grande tamburo riempiva l'aria di colpi smorzati e di una vibrazione sospesa. Una cantilena insistente di molti uomini che ripetevano tra sé qualche misterioso incantesimo veniva dalla nera e piatta parete della foresta come il ronzio delle api sull'alveare, e aveva uno strano effetto narcotico sui miei sensi solo parzialmente svegli. Credo di essermi assopito appoggiato alla battagliola, quando uno scoppio improvviso d'urla, un'esplosione travolgente di frenesia misteriosa e repressa, mi svegliò a uno sconcertante stupore. Improvvisamente cessò, e la cantilena proseguì con l'effetto di un silenzio percepibile e lenitivo. Diedi un'occhiata distratta nella cabina. Dentro brillava una luce, ma Mr Kurtz non c'era.

«Credo che mi sarei messo a gridare se solo avessi creduto ai miei occhi. Ma dapprima non ci credetti – la cosa sembrava così impossibile. Il fatto è che ero completamente snervato da uno spavento affatto vuoto, da un terrore puramente astratto, disgiunto da qualsiasi chiara forma di pericolo fisico. Ciò che rendeva quell'emozione tanto opprimente era – come posso definirlo? – il colpo morale che

altogether monstrous, intolerable to thought and odious to the soul, had been thrust upon me unexpectedly. This lasted of course the merest fraction of a second, and then the usual sense of commonplace, deadly danger, the possibility of a sudden onslaught and massacre, or something of the kind, which I saw impending, was positively welcome and composing. It pacified me, in fact, so much, that I did not raise an alarm.

"There was an agent buttoned up inside an ulster and sleeping on a chair on deck within three feet of me. The yells had not awakened him; he snored very slightly; I left him to his slumbers and leaped ashore. I did not betray Mr. Kurtz – it was ordered I should never betray him – it was written I should be loyal to the nightmare of my choice. I was anxious to deal with this shadow by myself alone – and to this day I don't know why I was so jealous of sharing with any one the peculiar blackness of that experience.

"As soon as I got on the bank I saw a trail – a broad trail through the grass. I remember the exultation with which I said to myself, 'He can't walk – he is crawling on all-fours – I've got him'. The grass was wet with dew. I strode rapidly with clenched fists. I fancy I had some vague notion of falling upon him and giving him a drubbing. I don't know. I had some imbecile thoughts. The knitting old woman with the cat obtruded herself upon my memory as a most improper person to be sitting at the other end of such an affair. I saw a row of pilgrims squirting lead in the air out of Winchesters held to the hip. I thought I would never get back to the steamer, and imagined myself living alone and unarmed in the woods to an advanced age. Such silly things – you know. And I remember I confounded the beat of the drum with

avevo ricevuto come se improvvisamente fossi stato investito da qualcosa di mostruoso, di intollerabile al pensiero e odioso all'anima. Questo durò ovviamente meno di una frazione infinitesima di secondo, e poi il solito senso di banale pericolo mortale, della possibilità di un attacco improvviso, di un massacro o qualcosa del genere, che vedevo imminente, mi giunse davvero gradito e confortante. Mi calmò infatti a tal punto che non diedi l'allarme.

«A un metro da me sul ponte, abbottonato in un ampio pastrano, c'era un agente che dormiva su di una sedia. Le urla non l'avevano svegliato; russava leggermente; lo lasciai ai suoi sonni e saltai a terra. Non tradii Mr Kurtz – era stabilito che non l'avrei mai tradito – era scritto che sarei stato fedele all'incubo che avevo scelto. Ero ansioso di avere a che fare da solo con quell'ombra – e ancora oggi non so perché fossi così geloso di dover dividere con chiunque la cupa singolarità di quell'esperienza.

«Appena giunsi sulla sponda vidi una traccia – una larga traccia fra l'erba. Ricordo con quanta esultanza mi dissi: "Non può camminare – si trascina carponi – è mio". L'erba era molle di rugiada. Camminavo in fretta con i pugni stretti. Immagino che avessi la vaga intenzione di piombargli addosso e pigliarlo a botte. Non so. Avevo dei pensieri imbecilli. La vecchia che sferruzzava col gatto s'imponeva alla mia memoria come la persona più inopportuna che potesse trovarsi all'altro capo di quella faccenda. Vedevo una fila di pellegrini che scaricava piombo nell'aria con i Winchester appoggiati all'anca. Pensavo che non sarei più tornato al vapore, e m'immaginavo a vivere solo e inerme nella foresta fino a tarda età. Sciocchezze del genere – sapete. E ricordo che confusi il pulsare del tambu-

the beating of my heart, and was pleased at its calm regularity.

"I kept to the track though – then stopped to listen. The night was very clear; a dark blue space, sparkling with dew and starlight, in which black things stood very still. I thought I could see a kind of motion ahead of me. I was strangely cocksure of everything that night. I actually left the track and ran in a wide semicircle (I verily believe chuckling to myself) so as to get in front of that stir, of that motion I had seen – if indeed I had seen anything. I was circumventing Kurtz as though it had been a boyish game.

"I came upon him, and, if he had not heard me coming, I would have fallen over him too, but he got up in time. He rose, unsteady, long, pale, indistinct, like a vapour exhaled by the earth, and swayed slightly, misty and silent before me; while at my back the fires loomed between the trees, and the murmur of many voices issued from the forest. I had cut him off cleverly; but when actually confronting him I seemed to come to my senses, I saw the danger in its right proportion. It was by no means over yet. Suppose he began to shout? Though he could hardly stand, there was still plenty of vigour in his voice. 'Go away – hide yourself,' he said, in that profound tone. It was very awful. I glanced back. We were within thirty yards from the nearest fire. A black figure stood up, strode on long black legs, waving long black arms, across the glow. It had horns – antelope horns, I think – on its head. Some sorcerer, some witch-man, no doubt: it looked fiend-like enough. 'Do you know what you are doing?' I whispered. 'Perfectly,' he answered, raising his voice for that single word: it sounded to me far off and yet loud, like a hail through a speaking-trumpet. If he makes a row we

ro con il battito del cuore, e mi rallegrai per la sua calma regolarità.

«Seguivo la traccia però – poi mi fermai ad ascoltare. La notte era molto chiara; uno spazio blu scuro che brillava di stelle e di rugiada, in cui stavano immobili delle forme nere. Mi parve di vedere come un movimento davanti a me. Ero stranamente sicuro di tutto quella notte. Lasciai addirittura la traccia e mi misi a correre in un ampio semicerchio (credo pure ridendo tra me) per portarmi davanti a quel sussulto, a quel movimento che avevo visto – se davvero avevo visto qualcosa. Stavo aggirando Kurtz come in un gioco da ragazzi.

«Lo raggiunsi e, se non mi avesse sentito arrivare, gli sarei anche caduto addosso, ma si alzò in tempo. Si levò, incerto, lungo, pallido, indistinto, come un vapore esalato dalla terra, e vacillò leggermente, vago e silenzioso davanti a me; mentre alle mie spalle i falò si profilavano fra gli alberi e il mormorio di molte voci sgorgava dalla foresta. Gli avevo astutamente tagliato la strada; ma quando me lo trovai davanti sembrai recuperare i sensi, compresi il pericolo nella sua reale proporzione. Era tutt'altro che finita. E se si fosse messo a urlare? Benché si reggesse a malapena in piedi, c'era ancora molto vigore in quella voce. "Se ne vada – si nasconda" disse, con quel tono profondo. Era tremendo. Mi guardai alle spalle. Ci trovavamo a meno di trenta metri dal falò più vicino. Una figura nera si alzò, mosse alcuni passi sulle lunghe gambe nere, agitando lunghe braccia nere, contro il fuoco. In testa aveva delle corna – corna di antilope, credo. Un mago, uno stregone, senza dubbio: sembrava alquanto diabolico. "Sa che cosa sta facendo?" sussurrai. "Perfettamente" rispose, alzando la voce per quell'unica parola: mi risuonò lontana eppure forte, come una chiamata attraverso un megafono. Se si mette a di-

are lost, I thought to myself. This clearly was not a case for fisticuffs, even apart from the very natural aversion I had to beat that Shadow – this wandering and tormented thing. 'You will be lost,' I said – 'utterly lost.' One gets sometimes such a flash of inspiration, you know. I did say the right thing, though indeed he could not have been more irretrievably lost than he was at this very moment, when the foundations of our intimacy were being laid – to endure – to endure – even to the end – even beyond.

"'I had immense plans,' he muttered irresolutely. 'Yes,' said I; 'but if you try to shout I'll smash your head with...' There was not a stick or a stone near. 'I will throttle you for good,' I corrected myself. 'I was on the threshold of great things,' he pleaded, in a voice of longing, with a wistfulness of tone that made my blood run cold. 'And now for this stupid scoundrel...' 'Your success in Europe is assured in any case,' I affirmed steadily. I did not want to have the throttling of him, you understand – and indeed it would have been very little use for any practical purpose. I tried to break the spell – the heavy, mute spell of the wilderness – that seemed to draw him to its pitiless breast by the awakening of forgotten and brutal instincts, by the memory of gratified and monstrous passions. This alone, I was convinced, had driven him out to the edge of the forest, to the bush, towards the gleam of fires, the throb of drums, the drone of weird incantations; this alone had beguiled his unlawful soul beyond the bounds of permitted aspirations. And, don't you see, the terror of the position was not in being knocked on the head – though I had a very lively sense of that danger too – but in this, that I had to deal with a being to whom I could not appeal in the name of anything high or low. I had, even like the niggers, to invoke

scutere siamo perduti, pensai fra me. Chiaramente non era il caso di fare a pugni, anche se fossi riuscito a superare la mia naturale avversione a picchiare quell'Ombra – quella cosa raminga e tormentata. "Lei si perderà" – dissi – "si perderà irrimediabilmente." A volte vengono quei lampi di ispirazione, sapete. Avevo detto la cosa giusta, anche se davvero non avrebbe potuto perdersi più irreparabilmente di quanto non lo fosse in quel preciso istante in cui venivano gettate le basi della nostra intimità – destinata a durare – a durare – fino alla fine – e oltre.

«"Avevo progetti immensi" mormorò incerto. "Sì" dissi; "ma se tenta di gridare le rompo la testa con..." Non c'era un bastone né una pietra lì vicino. "La strozzo una volta per tutte" mi corressi. "Ero sulla soglia di grandi cose" dichiarò con una tale brama nella voce colma di rimpianto che mi fece gelare il sangue. "E adesso per quello stupido farabutto..." "In ogni caso il suo successo in Europa è assicurato" affermai risolutamente. Non volevo essere costretto a strozzarlo, capite – e per la verità la cosa non avrebbe avuto la minima utilità pratica. Cercavo di spezzare l'incantesimo – il pesante, muto incantesimo di quella terra selvaggia – che sembrava attirarlo al suo petto impietoso risvegliando dimenticati istinti brutali, ricordando mostruose e appagate passioni. Solo questo, ero convinto, l'aveva portato al limite della foresta, verso la boscaglia, verso il bagliore dei falò, il palpito dei tamburi, la cantilena di misteriosi incantesimi; solo questo aveva allettato la sua anima senza legge oltre i confini delle legittime aspirazioni. E, capite, quella situazione m'atterriva non perché potevo ricevere una bastonata sulla testa – benché mi rendessi perfettamente conto anche di quel pericolo – ma perché dovevo trattare con uno con cui non potevo fare appello a nulla di nobile o vile. Dovevo, proprio

him – himself – his own exalted and incredible degradation. There was nothing either above or below him, and I knew it. He had kicked himself loose of the earth. Confound the man! he had kicked the very earth to pieces. He was alone, and I before him did not know whether I stood on the ground or floated in the air. I've been telling you what we said – repeating the phrases we pronounced – but what's the good? They were common everyday words – the familiar, vague sounds exchanged on every waking day of life. But what of that? They had behind them, to my mind, the terrific suggestiveness of words heard in dreams, of phrases spoken in nightmares. Soul! If anybody had ever struggled with a soul, I am the man. And I wasn't arguing with a lunatic either. Believe me or not, his intelligence was perfectly clear – concentrated, it is true, upon himself with horrible intensity, yet clear; and therein was my only chance – barring, of course, the killing him there and then, which wasn't so good, on account of unavoidable noise. But his soul was mad. Being alone in the wilderness, it had looked within itself, and, by Heavens! I tell you, it had gone mad. I had – for my sins, I suppose, to go through the ordeal of looking into it myself. No eloquence could have been so withering to one's belief in mankind as his final burst of sincerity. He struggled with himself too. I saw it – I heard it. I saw the inconceivable mystery of a soul that knew no restraint, no faith, and no fear, yet struggling blindly with itself. I kept my head pretty well; but when I had him at last stretched on the couch, I wiped my forehead, while my legs shook under me as though I had carried half a ton on my back down that hill. And yet I had only supported him, his bony arm cla-

come i negri, invocare lui in persona – la sua incredibile ed esaltata degradazione. Non c'era nulla al di sopra o al di sotto di lui, e io lo sapevo. Con un calcio si era liberato della terra. Accidenti a lui! con un calcio aveva mandato la terra stessa in frantumi. Era solo, e io di fronte a lui non sapevo se stavo sulla terra o galleggiavo nell'aria. Vi ho riferito quello che c'eravamo detti – ripetuto le frasi che avevamo pronunciato – ma a che pro? Erano parole banali, quotidiane – i suoni familiari e vaghi che ci si scambia nella veglia ogni giorno della nostra vita. Ma che vuol dire? Portavano con sé, nella mia mente, la terribile suggestione delle parole udite in sogno, le frasi proferite negli incubi. Anima! Se qualcuno ha mai lottato con un'anima, quello sono io. E non era un pazzo quello con cui discutevo. Mi crediate o no, la sua intelligenza era perfettamente lucida – concentrata, è vero, su se stesso con orribile intensità, eppure lucida; e in quello stava la mia unica possibilità – a parte, naturalmente, ammazzarlo seduta stante, che però non era una buona idea, dato l'inevitabile rumore. Ma la sua anima era folle. Sola in quella terra selvaggia s'era guardata dentro e, per Dio! vi dico che era impazzita. Dovevo – a causa dei miei peccati, suppongo – affrontare il cimento di guardarle dentro a mia volta. Nessuna eloquenza avrebbe potuto inaridire la fiducia nel genere umano quanto il suo scoppio finale di sincerità. Lottava anche contro se stesso. Lo vidi – lo udii. Vidi l'inconcepibile mistero di un'anima che non conosceva ritegno, né fede, né paura, e che tuttavia lottava ciecamente contro se stessa. Riuscii a non perdere la testa; ma quando infine l'ebbi disteso sulla cuccetta, mi asciugai la fronte, mentre le gambe mi tremavano come se avessi portato giù dalla collina mezza tonnellata sulle spalle. Eppure l'avevo soltanto sorretto, con il suo braccio

sped round my neck – and he was not much heavier than a child.

"When next day we left at noon, the crowd, of whose presence behind the curtain of trees I had been acutely conscious all the time, flowed out of the woods again, filled the clearing, covered the slope with a mass of naked, breathing, quivering, bronze bodies. I steamed up a bit, then swung down-stream, and two thousand eyes followed the evolutions of the splashing, thumping, fierce river-demon beating the water with its terrible tail and breathing black smoke into the air. In front of the first rank, along the river, three men, plastered with bright red earth from head to foot, strutted to and fro restlessly. When we came abreast again, they faced the river, stamped their feet, nodded their horned heads, swayed their scarlet bodies; they shook towards the fierce river-demon a bunch of black feathers, a mangy skin with a pendent tail – something that looked like a dried gourd; they shouted periodically together strings of amazing words that resembled no sounds of human language; and the deep murmurs of the crowd, interrupted suddenly, were like the responses of some satanic litany.

"We had carried Kurtz into the pilot-house: there was more air there. Lying on the couch, he stared through the open shutter. There was an eddy in the mass of human bodies, and the woman with helmeted head and tawny cheeks rushed out to the very brink of the stream. She put out her hands, shouted something, and all that wild mob took up the shout in a roaring chorus of articulated, rapid, breathless utterance.

"'Do you understand this?' I asked.

"He kept on looking out past me with fiery, longing eyes, with a mingled expression of wistfulness

ossuto stretto intorno al mio collo – e pesava poco più di un bambino.

«Quando partimmo l'indomani a mezzogiorno, la folla, della cui presenza dietro la cortina d'alberi ero stato acutamente consapevole per tutto quel tempo, rifluì nuovamente dalla foresta, riempì la radura, coprì il declivio con una massa di corpi bronzei, nudi, ansimanti, palpitanti. Risalii un poco la corrente, poi girai a valle, e duemila occhi seguirono le evoluzioni del demone del fiume che fiero sguazzava, percuotendo l'acqua con la terribile coda e riempiendo l'aria di fumo nero. Davanti alla prima fila, lungo il fiume, tre uomini, coperti di terra rosso vivo dalla testa ai piedi, camminavano impettiti su e giù senza sosta. Quando ci trovammo nuovamente di fronte a loro, si voltarono verso il fiume, pestarono i piedi, scossero le teste adornate di corna, dimenarono i corpi scarlatti; agitarono verso il fiero demone del fiume un ciuffo di penne nere, una pelle rognosa con una coda penzolante – qualcosa che pareva una zucca rinsecchita; gridarono a tratti tutti insieme filze di parole stupefacenti che non assomigliavano ad alcun suono di lingua umana; e i mormorii profondi della folla, improvvisamente interrotti, sembravano le risposte di una litania satanica.

«Avevamo portato Kurtz nel casotto del timone: c'era più aria lassù. Disteso sulla cuccetta, fissava oltre il portello aperto. Si formò un gorgo nella massa di corpi umani, e la donna con la testa a elmo e le guance brune corse fino all'orlo del fiume. Tese le mani, gridò qualcosa, e tutta la folla selvaggia le fece eco in un coro scrosciante di suoni articolati, rapidi, soffocati.

«"Lei capisce tutto questo?" chiesi.

«Lui continuò a guardare fuori oltre me con occhi ardenti e pieni di desiderio, con un'espressio-

and hate. He made no answer, but I saw a smile, a smile of indefinable meaning, appear on his colourless lips that a moment after twitched convulsively. 'Do I not?' he said slowly, gasping, as if the words had been torn out of him by a supernatural power.

"I pulled the string of the whistle, and I did this because I saw the pilgrims on deck getting out their rifles with an air of anticipating a jolly lark. At the sudden screech there was a movement of abject terror through that wedged mass of bodies. 'Don't! don't you frighten them away,' cried someone on deck disconsolately. I pulled the string time after time. They broke and ran, they leaped, they crouched, they swerved, they dodged the flying terror of the sound. The three red chaps had fallen flat, face down on the shore, as though they had been shot dead. Only the barbarous and superb woman did not so much as flinch, and stretched tragically her bare arms after us over the sombre and glittering river.

"And then that imbecile crowd down on the deck started their little fun, and I could see nothing more for smoke.

"The brown current ran swiftly out of the heart of darkness, bearing us down towards the sea with twice the speed of our upward progress; and Kurtz's life was running swiftly too, ebbing, ebbing out of his heart into the sea of inexorable time. The manager was very placid, he had no vital anxieties now, he took us both in with a comprehensive and satisfied glance: the 'affair' had come off as well as could be wished. I saw the time approaching when I would be left alone of the party of 'unsound method'. The pilgrims looked upon me with disfavour. I was, so to speak, numbered with the dead. It

ne in cui si mescolavano rimpianto e odio. Non rispose ma vidi un sorriso, un sorriso indefinibile apparire sulle labbra incolori che un attimo dopo si contrassero convulse. "Se capisco?" disse lentamente, ansando, come se le parole gli fossero state strappate da un potere soprannaturale.

«Tirai la corda della sirena, perché avevo visto i pellegrini sul ponte estrarre i fucili con l'aria di pregustarsi un gran divertimento. Al fischio improvviso ci fu un movimento di terrore abietto tra la massa compatta dei corpi. "No! non li faccia fuggire" gridò sconsolato qualcuno sul ponte. Tirai più volte la corda. Si divisero e fuggirono, saltarono, si rannicchiarono, si scansarono, riparandosi dal terrore volante di quel suono. I tre tipi rossi erano caduti bocconi sulla riva come colpiti a morte. Solo la donna barbara e stupenda non accennò a indietreggiare, e tese tragicamente le braccia nude dietro di noi sul fiume cupo e scintillante.

«E poi quella massa d'imbecilli sul ponte diede il via al divertimento, e io non riuscii a vedere più nulla per il fumo.

«La corrente bruna scendeva rapidamente dal cuore della tenebra, portandoci verso il mare a una velocità doppia di quella con cui l'avevamo risalita; e anche la vita di Kurtz correva rapidamente, rifluendo, rifluendo dal suo cuore nel mare del tempo inesorabile. Il direttore era molto tranquillo, non aveva preoccupazioni vitali ora, ci avvolgeva entrambi in uno sguardo ampio e soddisfatto: la "faccenda" si era risolta nel migliore dei modi. Vedevo avvicinarsi il momento in cui sarei rimasto solo nel partito del "metodo sbagliato". I pellegrini mi guardavano con disapprovazione. Ero, per così dire, nel numero dei morti. È strano come accettai

is strange how I accepted this unforeseen partnership, this choice of nightmares forced upon me in the tenebrous land invaded by these mean and greedy phantoms.

"Kurtz discoursed. A voice! a voice! It rang deep to the very last. It survived his strength to hide in the magnificent folds of eloquence the barren darkness of his heart. Oh, he struggled! he struggled! The wastes of his weary brain were haunted by shadowy images now – images of wealth and fame revolving obsequiously round his unextinguishable gift of noble and lofty expression. My Intended, my station, my career, my ideas – these were the subjects for the occasional utterances of elevated sentiments. The shade of the original Kurtz frequented the bedside of the hollow sham, whose fate it was to be buried presently in the mould of primeval earth. But both the diabolic love and the unearthly hate of the mysteries it had penetrated fought for the possession of that soul satiated with primitive emotions, avid of lying of sham distinction, of all the appearances of success and power.

"Sometimes he was contemptibly childish. He desired to have kings meet him at railway stations on his return from some ghastly Nowhere, where he intended to accomplish great things. 'You show them you have in you something that is really profitable, and then there will be no limits to the recognition of your ability,' he would say. 'Of course you must take care of the motives – right motives – always.' The long reaches that were like one and the same reach, monotonous bends that were exactly alike, slipped past the steamer with their multitude of secular trees looking patiently after this grimy fragment of another world, the forerunner of change, of conquest, of trade, of mas-

questa comunanza imprevista, questa scelta di incubi che mi era stata imposta in quella terra tenebrosa invasa da meschini e avidi fantasmi.

«Kurtz discorreva. Che voce! che voce! Risuonò profonda fino all'ultimo. Sopravvisse alla sua forza di nascondere nelle magnifiche pieghe dell'eloquenza la tenebra sterile del suo cuore. Oh, lottava! lottava! Il deserto del suo cervello esausto era invaso ora da immagini chimeriche – immagini di ricchezza e di gloria che ossequiose ruotavano intorno al suo inestinguibile talento di nobile e sublime espressione. La mia promessa sposa, la mia stazione, la mia carriera, le mie idee – questi gli argomenti delle occasionali manifestazioni dei suoi elevati sentimenti. L'ombra del Kurtz originario frequentava il capezzale di quella vuota mistificazione, destinata a essere presto sepolta nel suolo di quella terra primordiale. Ma l'amore diabolico e l'odio soprannaturale dei misteri che aveva penetrato si contendevano il possesso di quell'anima sazia di primitive emozioni, avida di fama bugiarda, di falsa distinzione, di tutte le apparenze del successo e del potere.

«A volte era spregevolmente infantile. Desiderava che i sovrani lo andassero a ricevere alle stazioni ferroviarie del suo viaggio di ritorno da qualche orribile luogo sperduto in cui intendeva compiere grandi cose. "Dimostriamogli che in noi c'è qualcosa di veramente proficuo e non ci saranno limiti al riconoscimento della nostra abilità" diceva. "Naturalmente bisogna avere cura dei motivi – i motivi giusti – sempre." I lunghi tratti del fiume che parevano sempre il medesimo tratto, le curve monotone sempre identiche, scivolavano lungo l'imbarcazione con la moltitudine di alberi secolari che guardavano pazienti quel sudicio frammento d'un altro mondo, il precursore di cambiamento, di conqui-

sacres, of blessings. I looked ahead – piloting. 'Close the shutter,' said Kurtz suddenly one day; 'I can't bear to look at this.' I did so. There was a silence. 'Oh, but I will wring your heart yet!' he cried at the invisible wilderness.

"We broke down – as I had expected – and had to lie up for repairs at the head of an island. This delay was the first thing that shook Kurtz's confidence. One morning he gave me a packet of papers and a photograph – the lot tied together with a shoe-string. 'Keep this for me,' he said. 'This noxious fool' (meaning the manager) 'is capable of prying into my boxes when I am not looking.' In the afternoon I saw him. He was lying on his back with closed eyes, and I withdrew quietly, but I heard him mutter, 'Live rightly, die, die...'. I listened. There was nothing more. Was he rehearsing some speech in his sleep, or was it a fragment of a phrase from some newspaper article? He had been writing for the papers and meant to do so again, 'for the furthering of my ideas. It's a duty'.

"His was an impenetrable darkness. I looked at him as you peer down at a man who is lying at the bottom of a precipice where the sun never shines. But I had not much time to give him, because I was helping the engine-driver to take to pieces the leaky cylinders, to straighten a bent connecting-rod, and in other such matters. I lived in an infernal mess of rust, filings, nuts, bolts, spanners, hammers, ratchet-drills – things I abominate, because I don't get on with them. I tended the little forge we fortunately had aboard; I toiled wearily in a wretched scrap-heap – unless I had the shakes too bad to stand.

"One evening coming in with a candle I was startled to hear him say a little tremulously, 'I am

sta, di commercio, di massacri, di benedizioni. Io guardavo innanzi – pilotavo. "Chiuda il portello" disse all'improvviso Kurtz un giorno; "non sopporto questa vista." Lo chiusi. Ci fu un attimo di silenzio. "Oh, ma ti strapperò ugualmente il cuore!" gridò all'invisibile terra selvaggia.

«Avemmo un'avaria – come avevo previsto – dovemmo ancorarci alla punta di un'isola per le riparazioni. Questo ritardo fu la prima cosa che scosse la fiducia di Kurtz. Un mattino mi diede un pacchetto di carte e una fotografia – il tutto legato con un laccio da scarpe. "Mi tenga questo" disse. "Quell'idiota pericoloso" (ossia il direttore) "è capace di frugare nelle mie casse quando non guardo." Il pomeriggio lo rividi. Se ne stava sdraiato supino con gli occhi chiusi, mi ritirai senza far rumore, ma lo sentii mormorare: "Vivere onestamente, morire, morire...". Restai ad ascoltare. Non ci fu altro. Stava provando un discorso nel sonno, oppure era un frammento di frase da qualche articolo di giornale? Aveva scritto per dei giornali e intendeva rifarlo, "per la promozione delle mie idee. È un dovere".

«Era una tenebra impenetrabile la sua. Io lo guardavo come si osserva un uomo che giace in fondo a un precipizio dove non splende mai il sole. Ma non avevo molto tempo da dedicargli, perché aiutavo il macchinista a smontare i cilindri che perdevano, a raddrizzare una biella contorta e cose del genere. Vivevo in una confusione infernale di ruggine, limatura, dadi, bulloni, chiavi, martelli, trapani – cose che detesto, perché non ci so fare. Badavo alla piccola fucina che fortunatamente avevamo a bordo; faticavo fino all'esaurimento in mezzo al dannato mucchio di rottami – fino a quando i brividi erano così forti che non mi permettevano di stare in piedi.

«Una sera entrando con una candela trasalii sentendogli dire con voce un po' tremula: "Eccomi

lying here in the dark waiting for death'. The light was within a foot of his eyes. I forced myself to murmur, 'Oh, nonsense!' and stood over him as if transfixed.

'Anything approaching the change that came over his features I have never seen before and hope never to see again. Oh, I wasn't touched. I was fascinated. It was as though a veil had been rent. I saw on that ivory face the expression of sombre pride, of ruthless power, of craven terror – of an intense and hopeless despair. Did he live his life again in every detail of desire, temptation, and surrender during that supreme moment of complete knowledge? He cried in a whisper at some image, at some vision – he cried out twice, a cry that was no more than a breath:

"'The horror! The horror!'

"I blew the candle out and left the cabin. The pilgrims were dining in the mess-room, and I took my place opposite the manager, who lifted his eyes to give me a questioning glance, which I successfully ignored. He leaned back, serene, with that peculiar smile of his sealing the unexpressed depths of his meanness. A continuous shower of small flies streamed upon the lamp, upon the cloth, upon our hands and faces. Suddenly the manager's boy put his insolent black head in the doorway, and said in a tone of scathing contempt:

"'Mistah Kurtz – he dead.'

"All the pilgrims rushed out to see. I remained, and went on with my dinner. I believe I was considered brutally callous. However, I did not eat much. There was a lamp in there – light, don't you know – and outside it was so beastly, beastly dark. I went no more near the remarkable man who had pronounced a judgment upon the adventures of his soul on this earth. The voice was gone. What

qui disteso al buio, che aspetto la morte". La luce era a pochi centimetri dai suoi occhi. Mi forzai a mormorare: "Oh, sciocchezze!" e restai curvo su di lui come impietrito.

«Non avevo mai visto, e spero di non vedere mai più, nulla di simile al cambiamento che avvenne nei suoi lineamenti. Oh, non ero commosso. Ero affascinato. Era come se si fosse lacerato un velo. Vidi su quel volto d'avorio l'espressione dell'orgoglio cupo, del potere spietato, del terrore vile – di una disperazione intensa e irreparabile. È possibile che in quel momento supremo di conoscenza completa rivivesse la sua esistenza in ogni dettaglio di desiderio, tentazione e resa? In un bisbiglio gridò verso qualche immagine, qualche visione – due volte lanciò un grido, un grido che non era più di un sospiro:

«"Che orrore! Che orrore!"

«Spensi la candela e uscii dalla cabina. I pellegrini stavano pranzando alla mensa, mi sedetti al mio posto di fronte al direttore, il quale alzò gli occhi per lanciarmi uno sguardo interrogativo che riuscii a ignorare. Si appoggiò allo schienale, sereno, con quel suo particolare sorriso a sigillo delle profondità inespresse della sua meschinità. Una pioggia continua di moscerini si abbatteva sulla lampada, sulla tovaglia, sulle mani e sui volti. Improvvisamente il boy del direttore cacciò l'insolente testa nera nell'arco della porta e disse in tono di feroce disprezzo:

«"Mistah Kurtz – lui morto."

«Tutti i pellegrini corsero a vedere. Io continuai a pranzare. Credo di essere stato considerato brutalmente insensibile. Comunque, non mangiai molto. C'era una lampada lì – luce, capite – e fuori c'era un buio così inumano, così inumano. Non mi avvicinai più all'uomo notevole che aveva giudicato le avventure della sua anima su questa terra. La

else had been there? But I am of course aware that next day the pilgrims buried something in a muddy hole.

"And then they very nearly buried me.

"However, as you see, I did not go to join Kurtz there and then. I did not. I remained to dream the nightmare out to the end, and to show my loyalty to Kurtz once more. Destiny. My destiny! Droll thing life is – that mysterious arrangement of merciless logic for a futile purpose. The most you can hope from it is some knowledge of yourself – that comes too late – a crop of unextinguishable regrets. I have wrestled with death. It is the most unexciting contest you can imagine. It takes place in an impalpable greyness, with nothing underfoot, with nothing around, without spectators, without clamour, without glory, without the great desire of victory, without the great fear of defeat, in a sickly atmosphere of tepid scepticism, without much belief in your own right, and still less in that of your adversary. If such is the form of ultimate wisdom, then life is a greater riddle than some of us think it to be. I was within a hair's-breadth of the last opportunity for pronouncement, and I found with humiliation that probably I would have nothing to say. This is the reason why I affirm that Kurtz was a remarkable man. He had something to say. He said it. Since I had peeped over the edge myself, I understand better the meaning of his stare, that could not see the flame of the candle, but was wide enough to embrace the whole universe, piercing enough to penetrate all the hearts that beat in the darkness. He had summed up – he had judged. 'The horror!' He was a remarkable man. After all, this was the expression of some sort of belief; it had

voce se n'era andata. Che altro c'era stato? Ma naturalmente so che il giorno dopo i pellegrini seppellirono qualcosa in un buco limaccioso.

«E poi per poco non seppellirono anche me.

«Tuttavia, come vedete, non sono andato a raggiungere Kurtz in quell'occasione. No. Sono rimasto a sognare il mio incubo fino alla fine e a dimostrare ancora una volta la mia lealtà a Kurtz. Destino. Il mio destino! Che cosa stramba è la vita – questa disposizione misteriosa di logica implacabile per un futile scopo. Il massimo che si possa sperare di trarne è una certa conoscenza di noi stessi – che giunge troppo tardi – un mucchio di inestinguibili rimpianti. Ho lottato con la morte. È la disputa meno emozionante che si possa immaginare. Si svolge in un grigiore impalpabile, senza nulla sotto i piedi, nulla intorno, senza spettatori, senza clamore, senza gloria, senza grande desiderio di vittoria, senza grande timore di sconfitta, in un'atmosfera malata di tiepido scetticismo, senza grande convinzione nel proprio diritto e ancora meno in quello dell'avversario. Se quella è la forma della suprema saggezza, allora la vita è un enigma ancora più grande di quanto alcuni di noi non credano. Mi trovai a un pelo dall'opportunità ultima di pronunciarmi, e scoprii con umiliazione che probabilmente non avrei avuto nulla da dire. Per questo affermo che Kurtz era un uomo notevole. Aveva qualcosa da dire. Lo disse. Dato che ho sbirciato anch'io al di là della sponda, comprendo meglio il significato del suo sguardo che non riusciva a scorgere la fiamma della candela, ma era grande abbastanza da abbracciare l'universo intero, abbastanza aperto da penetrare tutti i cuori che pulsano nella tenebra. Aveva tirato le somme – aveva giudicato. "Che orrore!" Era un uomo notevole. Dopo tutto, quella era l'espressione di un qualche credo;

candour, it had conviction, it had a vibrating note of revolt in its whisper, it had the appalling face of a glimpsed truth – the strange commingling of desire and hate. And it is not my own extremity I remember best – a vision of greyness without form filled with physical pain, and a careless contempt for the evanescence of all things – even of this pain itself. No! It is his extremity that I seem to have lived through. True, he had made that last stride, he had stepped over the edge, while I had been permitted to draw back my hesitating foot. And perhaps in this is the whole difference; perhaps all the wisdom, and all truth, and all sincerity, are just compressed into that inappreciable moment of time in which we step over the threshold of the invisible. Perhaps! I like to think my summing-up would not have been a word of careless contempt. Better his cry – much better. It was an affirmation, a moral victory paid for by innumerable defeats, by abominable terrors, by abominable satisfactions. But it was a victory! That is why I have remained loyal to Kurtz to the last, and even beyond, when a long time after I heard once more, not his own voice, but the echo of his magnificent eloquence thrown to me from a soul as translucently pure as a cliff of crystal.

"No, they did not bury me, though there is a period of time which I remember mistily, with a shuddering wonder, like a passage through some inconceivable world that had no hope in it and no desire. I found myself back in the sepulchral city resenting the sight of people hurrying through the streets to filch a little money from each other, to devour their infamous cookery, to gulp their unwholesome beer, to dream their insignificant and silly dreams. They trespassed upon my thoughts. They were intruders whose knowledge of life was

aveva candore, aveva convinzione, aveva una nota vibrante di rivolta nel sussurro, aveva l'aspetto terrificante della verità intravista – la strana mescolanza di desiderio e odio. E non è il mio attimo estremo che meglio ricordo – una visione di grigiore informe pieno di sofferenza fisica, e un disprezzo incurante per l'evanescenza di ogni cosa – perfino della stessa sofferenza. No! È il suo attimo estremo che mi pare di aver personalmente vissuto. È vero, lui aveva fatto l'ultimo passo, aveva superato la sponda mentre a me era stato concesso di ritirare il piede esitante. E forse in questo sta tutta la differenza; forse tutta la saggezza e tutta la verità e tutta la sincerità sono compresse nell'inapprezzabile momento in cui superiamo la soglia dell'invisibile. Forse! Mi piace pensare che la mia valutazione finale non si sarebbe risolta in una parola di incurante disprezzo. Meglio il suo grido – molto meglio. Era una affermazione, una vittoria morale pagata a prezzo di innumerevoli sconfitte, di terrori abominevoli, di abominevoli soddisfazioni. Ma era una vittoria! È per questo che sono rimasto fedele a Kurtz fino all'ultimo, e anche oltre, quando molto tempo dopo udii ancora una volta, non la sua voce, ma l'eco della sua magnifica eloquenza, lanciatami da un'anima trasparente e pura come una scogliera di cristallo.

«No, non mi seppellirono, sebbene ci sia un periodo che ricordo confusamente, con uno stupore raccapricciante, come un passaggio attraverso un mondo inconcepibile senza speranza né desiderio. Mi ritrovai nella città sepolcrale pieno di risentimento alla vista della gente che si affrettava per strada a rubarsi qualche soldo, a divorare l'infame cucina, tracannare la birra malsana, sognare sogni stupidi e insignificanti. Violavano i miei pensieri. Erano intrusi la cui conoscenza della vita era per

to me an irritating pretence, because I felt so sure they could not possibly know the things I knew. Their bearing, which was simply the bearing of commonplace individuals going about their business in the assurance of perfect safety, was offensive to me like the outrageous flauntings of folly in the face of a danger it is unable to comprehend. I had no particular desire to enlighten them, but I had some difficulty in restraining myself from laughing in their faces, so full of stupid importance. I daresay I was not very well at that time. I tottered about the streets – there were various affairs to settle – grinning bitterly at perfectly respectable persons. I admit my behaviour was inexcusable, but then my temperature was seldom normal in these days. My dear aunt's endeavours to 'nurse up my strength' seemed altogether beside the mark. It was not my strength that wanted nursing, it was my imagination that wanted soothing. I kept the bundle of papers given me by Kurtz, not knowing exactly what to do with it. His mother had died lately, watched over, as I was told, by his Intended. A clean-shaved man, with an official manner and wearing gold-rimmed spectacles, called on me one day and made inquiries, at first circuitous, afterwards suavely pressing, about what he was pleased to denominate certain 'documents'. I was not surprised, because I had had two rows with the manager on the subject out there. I had refused to give up the smallest scrap out of that package, and I took the same attitude with the spectacled man. He became darkly menacing at last, and with much heat argued that the Company had the right to every bit of information about its 'territories'. And, said he, 'Mr Kurtz's knowledge of unexplored regions must have been

me una finzione irritante, perché ero così certo che non potessero assolutamente sapere le cose che sapevo io. Il loro comportamento, che era il comportamento di individui banali che si occupavano delle loro faccende nella perfetta convinzione dell'incolumità, mi offendeva quanto l'ostentazione ingiuriosa della follia davanti a un pericolo che non è in grado di comprendere. Non avevo alcun desiderio particolare di illuminarli, ma avevo qualche difficoltà a trattenermi dal ridere loro in faccia, così tronfi di stupida importanza. Probabilmente non stavo troppo bene in quel periodo. Camminavo barcollando per le strade – c'erano diverse questioni da sistemare – sogghignando amaramente davanti a persone del tutto rispettabili. Ammetto che il mio comportamento era imperdonabile, ma in quei giorni la mia temperatura era di rado normale. I tentativi della mia cara zia di "risollevare le mie forze" parevano del tutto fuori segno. Non erano le forze che avevano bisogno d'essere risollevate, era l'immaginazione che andava calmata. Avevo tenuto il fascio di carte che mi aveva dato Kurtz, senza sapere bene cosa farne. Sua madre era morta di recente, assistita, mi era stato detto, dalla promessa sposa. Un uomo accuratamente sbarbato, dai modi ufficiali e gli occhiali d'oro, mi fece visita un giorno e mi interrogò, dapprima in modo indiretto e poi garbatamente pressante, su quelli che si compiacque di definire certi "documenti". Non fui sorpreso, in quanto laggiù avevo litigato due volte con il direttore sul medesimo argomento. Mi ero rifiutato di consegnare il più piccolo foglio di quel pacchetto e mi comportai allo stesso modo con l'uomo dagli occhiali. Alla fine si fece oscuramente minaccioso, e affermò con veemenza che la Compagnia aveva diritto a ogni minima informazione sui suoi "territori". E disse: "La conoscenza che Mr Kurtz aveva del-

necessarily extensive and peculiar – owing to his great abilities and to the deplorable circumstances in which he had been placed: therefore...'. I assured him Mr Kurtz's knowledge, however extensive, did not bear upon the problems of commerce or administration. He invoked then the name of science. 'It would be an incalculable loss if,' etc. etc. I offered him the report on the 'Suppression of Savage Customs,' with the postscriptum torn off. He took it up eagerly, but ended by sniffing at it with an air of contempt. 'This is not what we had a right to expect,' he remarked. 'Expect nothing else,' I said. 'There are only private letters.' He withdrew upon some threat of legal proceedings, and I saw him no more; but another fellow, calling himself Kurtz's cousin, appeared two days later, and was anxious to hear all the details about his dear relative's last moments. Incidentally he gave me to understand that Kurtz had been essentially a great musician. 'There was the making of an immense success,' said the man, who was an organist, I believe, with lank grey hair flowing over a greasy coat-collar. I had no reason to doubt his statement; and to this day I am unable to say what was Kurtz's profession, whether he ever had any – which was the greatest of his talents. I had taken him for a painter who wrote for the papers, or else for a journalist who could paint – but even the cousin (who took snuff during the interview) could not tell me what he had been – exactly. He was a universal genius – on that point I agreed with the old chap, who thereupon blew his nose noisily into a large cotton handkerchief and withdrew in senile agitation, bearing off some family letters and memoranda without importance. Ultimately a journalist anxious to know

le regioni inesplorate doveva essere necessariamente vasta e particolare – date le sue grandi capacità e le circostanze deplorevoli in cui si era venuto a trovare: quindi...". Gli assicurai che la conoscenza di Mr Kurtz, per quanto vasta, non aveva nulla a che fare con i problemi del commercio o dell'amministrazione. Invocò allora il nome della scienza. "Sarebbe una perdita incalcolabile se" eccetera eccetera. Gli offrii il rapporto sulla *Soppressione dei Costumi Selvaggi*, a cui avevo strappato il post scriptum. Se ne impossessò avidamente, ma finì per arricciare il naso con aria sprezzante. "Non è questo che avevamo il diritto di aspettarci" commentò. "Non aspettatevi altro" dissi. "Ci sono solo lettere private." Si ritirò minacciando procedimenti legali e non lo vidi più; ma due giorni dopo apparve un altro tipo che si presentò come il cugino di Kurtz, ed era ansioso di conoscere tutti i dettagli degli ultimi istanti del suo caro parente. Mi lasciò incidentalmente intendere che Kurtz era stato soprattutto un grande musicista. "C'erano le premesse di un immenso successo" disse l'uomo, che era un organista credo, con una chioma liscia di capelli grigi che scendevano a toccare il colletto unto della giacca. Non avevo ragione di dubitare delle sue parole; e ancora oggi non so dire quale fosse la professione di Kurtz, se mai ne avesse avuta una – quale fosse il suo talento maggiore. L'avevo creduto un pittore che scriveva per i giornali, oppure un giornalista che sapeva dipingere – ma neppure il cugino (che fiutava tabacco durante la conversazione) seppe dirmi quale fosse stato il suo mestiere – esattamente. Era un genio universale – su quel punto ero d'accordo con il vecchietto, che si soffiò quindi nervosamente il naso e si ritirò pieno di agitazione senile, portando con sé delle lettere di famiglia e qualche appunto privo di importanza. Infine saltò fuori

something of the fate of his 'dear colleague' turned up. This visitor informed me Kurtz's proper sphere ought to have been politics 'on the popular side'. He had furry straight eyebrows, bristly hair cropped short, an eyeglass on a broad ribbon, and, becoming expansive, confessed his opinion that Kurtz really couldn't write a bit – 'but Heavens! how that man could talk! He electrified large meetings. He had faith – don't you see? – he had the faith. He could get himself to believe anything – anything. He would have been a splendid leader of an extreme party'. 'What party?' I asked. 'Any party,' answered the other. 'He was an – an – extremist.' Did I not think so? I assented. Did I know, he asked, with a sudden flash of curiosity, 'what it was that had induced him to go out there?'. 'Yes,' said I, and forthwith handed him the famous Report for publication, if he thought fit. He glanced through it hurriedly, mumbling all the time, judged 'it would do,' and took himself off with this plunder.

"Thus I was left at last with a slim packet of letters and the girl's portrait. She struck me as beautiful – I mean she had a beautiful expression. I know that the sunlight can be made to lie too, yet one felt that no manipulation of light and pose could have conveyed the delicate shade of truthfulness upon those features. She seemed ready to listen without mental reservation, without suspicion, without a thought for herself. I concluded I would go and give her back her portrait and those letters myself. Curiosity? Yes; and also some other feeling perhaps. All that had been Kurtz's had passed out of my hands: his soul, his body, his station, his plans, his ivory, his career. There remained only his memory and his Intended – and I wanted to give that up too to the past, in a way –

un giornalista ansioso di sapere qualcosa sul destino del "caro collega". Questo visitatore mi informò che il vero campo di Kurtz avrebbe dovuto essere la politica "dalla parte del popolo". Aveva delle sopracciglia folte e dritte, corti capelli ispidi, un monocolo con un grande nastro e, facendosi espansivo, mi confessò la sua opinione che Kurtz non sapeva assolutamente scrivere – "ma per Dio! Sapeva parlare quell'uomo! Elettrizzava vasti uditori. Aveva fede – capisce? – aveva la fede. Riusciva a credere in qualsiasi cosa – qualsiasi cosa. Sarebbe stato un magnifico capo per un partito estremista". "Che partito?" chiesi. "Un partito qualsiasi" rispose lui. "Era un... un... estremista." Non trovavo? Assentii. Sapevo per caso, mi chiese improvvisamente incuriosito, "che cosa l'avesse indotto ad andare laggiù?" "Sì" risposi, e gli porsi subito il famoso *Rapporto* perché lo pubblicasse se gli pareva opportuno. Lo scorse in fretta borbottando tutto il tempo, giudicò che "poteva andare", e se ne uscì col bottino.

«Così non mi restava che un sottile pacchetto di lettere e il ritratto della ragazza. La sua bellezza mi colpì – ossia la bellezza della sua espressione. So che si può far mentire anche la luce del sole, eppure pareva che nessuna manipolazione di luce o posa avrebbe potuto trasmettere a quei lineamenti la delicata sfumatura della sincerità. Sembrava pronta ad ascoltare senza riserve mentali, senza sospetti, senza un pensiero per sé. Conclusi che sarei andato personalmente a riportarle le lettere e il ritratto. Curiosità? Sì; e forse anche qualche altro sentimento. Tutto ciò che era stato di Kurtz era passato attraverso le mie mani: la sua anima, il suo corpo, la sua stazione, i suoi progetti, il suo avorio, la sua carriera. Rimanevano soltanto la sua memoria e la sua promessa sposa – e in un certo senso volevo affidare anche quelle al

to surrender personally all that remained of him with me to that oblivion which is the last word of our common fate. I don't defend myself. I had no clear perception of what it was I really wanted. Perhaps it was an impulse of unconscious loyalty or the fulfilment of one of those ironic necessities that lurk in the facts of human existence. I don't know. I can't tell. But I went.

"I thought his memory was like the other memories of the dead that accumulate in every man's life – a vague impress on the brain of shadows that had fallen on it in their swift and final passage; but before the high and ponderous door, between the tall houses of a street as still and decorous as a well-kept alley in a cemetery, I had a vision of him on the stretcher, opening his mouth voraciously, as if to devour all the earth with all its mankind. He lived then before me; he lived as much as he had ever lived – a shadow insatiable of splendid appearances, of frightful realities; a shadow darker than the shadow of the night, and draped nobly in the folds of a gorgeous eloquence. The vision seemed to enter the house with me – the stretcher, the phantom-bearers, the wild crowd of obedient worshippers, the gloom of the forests, the glitter of the reach between the murky bends, the beat of the drum, regular and muffled like the beating of a heart – the heart of a conquering darkness. It was a moment of triumph for the wilderness, an invading and vengeful rush which, it seemed to me, I would have to keep back alone for the salvation of another soul. And the memory of what I had heard him say afar there, with the horned shapes stirring at my back, in the glow of fires, within the patient woods, those broken phrases came back to me, were heard again in their ominous and terrifying simplicity. I remem-

passato – consegnare personalmente tutto ciò che mi restava di lui all'oblio che è l'ultima parola del nostro fato comune. Non mi difendo. Non avevo alcuna chiara percezione di che cosa davvero volessi. Forse fu un impulso di inconscia fedeltà, o l'adempimento di una di quelle ironiche necessità che si celano nei fatti dell'umana esistenza. Non so. Non saprei dire. Ma ci andai.

«Pensavo che la sua memoria fosse come le altre memorie dei morti che si accumulano nella vita d'ogni uomo – una vaga impronta lasciata sul cervello da ombre che vi sono cadute sopra nel rapido passaggio definitivo; ma di fronte al portone alto e massiccio tra le alte case di una strada tranquilla e dignitosa come il vialetto curato di un cimitero, rividi lui sulla barella, che apriva voracemente la bocca, come a divorare tutta la terra con tutta l'umanità. Lo vidi vivo davanti a me; più vivo che mai – un'ombra insaziabile di splendide apparenze, di realtà spaventose; un'ombra più tenebrosa dell'ombra della notte, ammantata nobilmente nelle pieghe di una magnifica eloquenza. La visione parve entrare con me nella casa – la barella, i portatori fantasma, la folla selvaggia di adoratori obbedienti, l'oscurità delle foreste, lo splendore del tratto di fiume tra le anse oscure, il pulsare del tamburo, regolare e smorzato come il battito del cuore – il cuore di una tenebra vittoriosa. Fu un attimo di trionfo per la terra selvaggia, un'irruzione pervasiva e vendicatrice che, mi parve, avrei dovuto respingere da solo per la salvezza di un'altra anima. E il ricordo di ciò che gli avevo sentito dire laggiù, con le forme adornate di corna che si agitavano alle mie spalle, alla luce dei falò, nei boschi pazienti, quelle frasi spezzate mi tornarono alla mente, le riudii nella loro semplicità infausta e terrificante. Ricordai le sue implorazioni abiet-

bered his abject pleading, his abject threats, the colossal scale of his vile desires, the meanness, the torment, the tempestuous anguish of his soul. And later on I seemed to see his collected languid manner, when he said one day, 'This lot of ivory now is really mine. The Company did not pay for it. I collected it myself at a very great personal risk. I am afraid they will try to claim it as theirs though. H'm. It is a difficult case. What do you think I ought to do – resist? Eh? I want no more than justice...'. He wanted no more than justice – no more than justice. I rang the bell before a mahogany door on the first floor, and while I waited he seemed to stare at me out of the glassy panel – stare with that wide and immense stare embracing, condemning, loathing all the universe. I seemed to hear the whispered cry, 'The horror! The horror!'.

"The dusk was falling. I had to wait in a lofty drawing-room with three long windows from floor to ceiling that were like three luminous and bedraped columns. The bent gilt legs and backs of the furniture shone in indistinct curves. The tall marble fireplace had a cold and monumental whiteness. A grand piano stood massively in a corner; with dark gleams on the flat surfaces like a sombre and polished sarcophagus. A high door opened – closed. I rose.

"She came forward, all in black, with a pale head, floating towards me in the dusk. She was in mourning. It was more than a year since his death, more than a year since the news came; she seemed as though she would remember and mourn for ever. She took both my hands in hers and murmured, 'I had heard you were coming'. I noticed she was not very young – I mean not girlish. She had a mature capacity for fidelity, for belief, for

te, le sue abiette minacce, le proporzioni colossali dei suoi ignobili desideri, la meschinità, il tormento, l'angoscia tempestosa della sua anima. E in seguito mi parve di vedere il modo sicuro e posato con cui aveva detto un giorno: "Ora tutto questo avorio mi appartiene davvero. La Compagnia non l'ha pagato. L'ho raccolto io con grandissimo rischio personale. Temo però che cercheranno di rivendicarlo come loro. Ehm. È un caso difficile. Secondo lei che cosa dovrei fare – resistere? Eh? Non voglio altro che giustizia...". Non voleva altro che giustizia – nient'altro che giustizia. Suonai il campanello davanti a una porta di mogano al primo piano, e mentre attendevo pareva che lui mi fissasse dal pannello lucente – mi fissasse con quell'immenso sguardo dilatato con cui abbracciava, condannava, aborriva l'universo intero. Mi parve di udire il grido sussurrato: "Che orrore! Che orrore!".

«Scendeva il crepuscolo. Dovetti attendere in un aulico salotto con tre finestre alte dal pavimento al soffitto che parevano tre colonne drappeggiate di luce. Le gambe e gli schienali sinuosi e dorati dei mobili brillavano in curve indistinte. L'imponente camino di marmo aveva una bianchezza fredda e monumentale. In un angolo un piano a coda massiccio; con foschi riflessi sulla superficie piatta come un lucido e tetro sarcofago. Un'alta porta si aprì – si richiuse. Mi alzai.

«Si fece avanti, tutta vestita di nero, la testa pallida, fluttuando verso di me nel crepuscolo. Portava il lutto. Era passato più di un anno dalla morte, da più di un anno era giunta la notizia; pareva che lei avrebbe ricordato e portato il lutto per sempre. Prese le mie mani fra le sue e mormorò: "Mi avevano detto che sarebbe venuto". Notai che non era molto giovane – ossia non una ragazzina. Aveva in lei la

suffering. The room seemed to have grown darker, as if all the sad light of the cloudy evening had taken refuge on her forehead. This fair hair, this pale visage, this pure brow, seemed surrounded by an ashy halo from which the dark eyes looked out at me. Their glance was guileless, profound, confident, and trustful. She carried her sorrowful head as though she were proud of that sorrow, as though she would say, I – I alone know how to mourn for him as he deserves. But while we were still shaking hands, such a look of awful desolation came upon her face that I perceived she was one of those creatures that are not the playthings of Time. For her he had died only yesterday. And, by Jove! the impression was so powerful that for me too he seemed to have died only yesterday – nay, this very minute. I saw her and him in the same instant of time his death and her sorrow – I saw her sorrow in the very moment of his death. Do you understand? I saw them together – I heard them together. She had said, with a deep catch of the breath, 'I have survived'; while my strained ears seemed to hear distinctly, mingled with her tone of despairing regret, the summing-up whisper of his eternal condemnation. I asked myself what I was doing there, with a sensation of panic in my heart as though I had blundered into a place of cruel and absurd mysteries not fit for a human being to behold. She motioned me to a chair. We sat down. I laid the packet gently on the little table, and she put her hand over it... 'You knew him well,' she murmured, after a moment of mourning silence.

"'Intimacy grows quickly out there,' I said. 'I knew him as well as it is possible for one man to know another.'

"'And you admired him,' she said. 'It was impossible to know him and not to admire him. Was it?'

capacità matura d'esser fedele, di credere, di soffrire. La stanza parve essere diventata più scura, come se la luce triste di quella sera nuvolosa si fosse rifugiata tutta sulla sua fronte. Quei capelli chiari, quel volto pallido, quella fronte pura, sembravano circondati da un alone cinereo dal cui fondo mi fissavano gli occhi scuri. Lo sguardo era schietto, profondo, sicuro e fiducioso. Portava il capo addolorato come fiera di quel dolore, come per dire: io – solo io so piangerlo come merita. Ma mentre ancora ci stringevamo le mani, le nacque in viso un'espressione di spaventosa desolazione che mi fece comprendere come lei fosse una di quelle creature che non sono un trastullo del Tempo. Per lei era morto solo il giorno prima. E per Giove! l'impressione fu così profonda che anche a me sembrò essere morto il giorno prima – ma no, in quello stesso momento. Vidi lei e lui nello stesso istante – la morte di lui e il dolore di lei – vidi il dolore dell'una nel momento stesso della morte dell'altro. Capite? Li vedevo insieme – li udivo insieme. Aveva detto con un profondo sospiro: "Sono sopravvissuta"; mentre alle mie orecchie tese era parso di udire distintamente, mescolato al suo tono di disperato rimpianto, il bisbiglio riassuntivo dell'eterna condanna di lui. Mi chiesi che cosa stessi facendo lì, con una sensazione di panico nel cuore come se fossi per errore finito in un luogo di misteri crudeli e assurdi che agli esseri umani non è dato di contemplare. Mi indicò una sedia. Ci sedemmo. Posai delicatamente il pacchetto sul tavolino e lei vi appoggiò sopra la mano... "Lo conosceva bene" mormorò dopo un attimo di luttuoso silenzio.

«"L'intimità cresce presto laggiù" dissi. "Lo conoscevo quanto è possibile conoscere un uomo."

«"E lo ammirava" disse. "Era impossibile conoscerlo e non ammirarlo, vero?"

"'He was a remarkable man,' I said unsteadily. Then before the appealing fixity of her gaze, that seemed to watch for more words on my lips, I went on, 'It was impossible not to...'.

"'Love him,' she finished eagerly, silencing me into an appalled dumbness. 'How true! how true! But when you think that no one knew him so well as I! I had all his noble confidence. I knew him best.'

"'You knew him best,' I repeated. And perhaps she did. But with every word spoken the room was growing darker, and only her forehead, smooth and white, remained illumined by the unextinguishable light of belief and love.

"'You were his friend,' she went on. 'His friend,' she repeated a little louder. 'You must have been, if he had given you this, and sent you to me. I feel I can speak to you – and oh! I must speak. I want you – you who have heard his last words – to know I have been worthy of him... It is not pride... Yes! I am proud to know I understood him better than any one on earth – he told me so himself. And since his mother died I have had no one – no one – to – to..."

"I listened. The darkness deepened. I was not even sure whether he had given me the right bundle. I rather suspect he wanted me to take care of another batch of his papers which, after his death, I saw the manager examining under the lamp. And the girl talked, easing her pain in the certitude of my sympathy; she talked as thirsty men drink. I had heard that her engagement with Kurtz had been disapproved by her people. He wasn't rich enough or something. And indeed I don't know whether he had not been a pauper all his life. He had given me some reason to infer that it was his impatience of comparative poverty that drove him out there.

«"Era un uomo notevole" risposi titubante. Poi davanti alla commovente fissità del suo sguardo, che pareva in attesa di leggere altre parole sulle mie labbra, proseguii: "Era impossibile non...".

«"Amarlo" completò impaziente, facendomi ammutolire di sgomento. "Come è vero! come è vero! Ma se pensa che nessuno lo conosceva bene come me! Avevo tutta la sua nobile confidenza. Lo conoscevo meglio di chiunque altro."

«"Lo conosceva meglio di chiunque altro" ripetei. E forse era vero. Ma con ogni parola pronunciata la stanza si faceva più scura e solo la sua fronte, liscia e bianca, restava illuminata dall'inestinguibile luce della fede e dell'amore.

«"Lei gli era amico" continuò. "Amico" ripeté un po' più forte. "Deve essere così, se le ha dato questo e l'ha mandata da me. Mi pare di poter parlare con lei – e, oh! devo parlare. Voglio che lei – lei che ha udito le sue ultime parole – sappia che sono stata degna di lui... Non è orgoglio... Sì! Sono orgogliosa di sapere che lo comprendevo meglio di chiunque altro sulla terra – me l'ha detto lui stesso. E da quando è morta sua madre non ho avuto nessuno – nessuno – a cui – a cui..."

«Ascoltavo. Le tenebre si infittivano. Non ero neppure certo che egli mi avesse dato il pacchetto giusto. Sospettavo invece che volesse affidarmi un altro fascio di carte che, dopo la sua morte, vidi esaminare dal direttore sotto la lampada. E la ragazza parlava, sfogando il suo dolore nella certezza della mia simpatia; parlava come bevono gli assetati. Avevo sentito che la sua famiglia disapprovava il fidanzamento con Kurtz. Non era abbastanza ricco o chissà cosa. E davvero non so se non fosse stato povero tutta la vita. Mi aveva dato ragione di supporre che era stata l'impazienza per la sua relativa povertà a spingerlo laggiù.

"'... Who was not his friend who had heard him speak once?' she was saying. 'He drew men towards him by what was best in them.' She looked at me with intensity. 'It is the gift of the great,' she went on, and the sound of her low voice seemed to have the accompaniment of all the other sounds, full of mystery, desolation, and sorrow, I had ever heard – the ripple of the river, the soughing of the trees swayed by the wind, the murmurs of the crowds, the faint ring of incomprehensible words cried from afar, the whisper of a voice speaking from beyond the threshold of an eternal darkness. 'But you have heard him! You know!' she cried.

"'Yes, I know,' I said with something like despair in my heart, but bowing my head before the faith that was in her, before that great and saving illusion that shone with an unearthly glow in the darkness, in the triumphant darkness from which I could not have defended her – from which I could not even defend myself.

"'What a loss to me – to us!' – she corrected herself with beautiful generosity; then added in a murmur, 'To the world'. By the last gleams of twilight I could see the glitter of her eyes, full of tears – of tears that would not fall.

"'I have been very happy – very fortunate – very proud,' she went on. 'Too fortunate. Too happy for a little while. And now I am unhappy for – for life.'

"She stood up; her fair hair seemed to catch all the remaining light in a glimmer of gold. I rose too.

"'And of all this,' she went on mournfully, 'of all his promise, and of all his greatness, of his generous mind, of his noble heart, nothing remains – nothing but a memory. You and I...'

"'We shall always remember him,' I said hastily.

"'No!' she cried. 'It is impossible that all this

«"... E chi non gli era amico dopo averlo ascoltato parlare una volta soltanto?" stava dicendo. "Attirava gli uomini per quello che di meglio avevano in loro." Mi fissò intensamente. "È il dono dei grandi" proseguì, e il suono della sua voce bassa pareva accompagnato da tutti gli altri suoni, pieni di mistero, desolazione e dolore, che avevo mai udito – il mormorio del fiume, il fremito degli alberi agitati dal vento, il brusio delle folle, l'eco indistinta di parole incomprensibili gridate di lontano, il bisbiglio di una voce che parla di là dalla soglia di una tenebra eterna. "Ma lei l'ha sentito! Lei sa!" gridò.

«"Sì, lo so" dissi con un che di disperazione nel cuore, ma chinando il capo davanti alla fede che era in lei, davanti alla grande illusione redentrice che brillava di una luce soprannaturale nelle tenebre, nelle tenebre trionfanti da cui non avrei potuto difenderla – da cui non avrei potuto difendere neppure me stesso.

«"Quale perdita per me – per noi!" – si corresse con magnifica generosità; quindi aggiunse in un mormorio: "Per il mondo". Negli ultimi bagliori del crepuscolo vidi brillare i suoi occhi, colmi di lacrime – di lacrime che non volevano cadere.

«"Sono stata molto felice – molto fortunata – molto orgogliosa" riprese. "Troppo fortunata. Troppo felice per un po'. E ora sono infelice per... per la vita."

«Si alzò; i capelli biondi sembravano raccogliere tutta la luce residua in un barlume d'oro. Mi alzai anch'io.

«"E di tutto questo" proseguì dolorosamente, "di tutte le sue promesse e di tutta la sua grandezza, della sua mente generosa, del suo cuore nobile, non resta nulla – nulla fuorché la memoria. Lei e io..."

«"Lo ricorderemo sempre" mi affrettai a dire.

«"No!" esclamò. "È impossibile che tutto ciò va-

should be lost – that such a life should be sacrificed to leave nothing – but sorrow. You know what vast plans he had. I knew of them too – I could not perhaps understand – but others knew of them. Something must remain. His words, at least, have not died.'

"'His words will remain,' I said.

"'And his example,' she whispered to herself. 'Men looked up to him – his goodness shone in every act. His example...'

"'True,' I said; 'his example too. Yes, his example. I forgot that.'

"'But I do not. I cannot – I cannot believe – not yet. I cannot believe that I shall never see him again, that nobody will see him again, never, never, never.'

"She put out her arms as if after a retreating figure, stretching them black and with clasped pale hands across the fading and narrow sheen of the window. Never see him! I saw him clearly enough then. I shall see this eloquent phantom as long as I live, and I shall see her too, a tragic and familiar Shade, resembling in this gesture another one, tragic also, and bedecked with powerless charms, stretching bare brown arms over the glitter of the infernal stream, the stream of darkness. She said suddenly very low, 'He died as he lived'.

"'His end,' said I, with dull anger stirring in me, 'was in every way worthy of his life.'

"'And I was not with him,' she murmured. My anger subsided before a feeling of infinite pity.

"'Everything that could be done...' I mumbled.

"'Ah, but I believed in him more than any one on earth – more than his own mother, more than – himself. He needed me! Me! I would have treasured every sigh, every word, every sign, every glance.'

da perduto – che una vita simile venga sacrificata senza lasciare nulla – se non dolore. Lei sa che grandi progetti aveva. Anch'io li conoscevo – forse senza comprenderli – ma altri li conoscevano. Qualcosa deve restare. Le sue parole, almeno, non sono morte."

«"Le sue parole resteranno" dissi.

«"E il suo esempio" sussurrò tra sé. "Gli uomini lo ammiravano – la sua bontà brillava in ogni atto. Il suo esempio..."

«"È vero" dissi; "anche il suo esempio. Sì, il suo esempio. L'avevo scordato."

«"Ma io no. Non riesco – non riesco a credere – non ancora. Non riesco a credere che non lo vedrò mai più, che nessuno lo vedrà più, mai più, mai più."

«Stese le braccia come davanti a una figura sfuggente tendendole nere e con le pallide mani giunte attraverso l'esigua luce morente della finestra. Non vederlo più! In quel momento lo vedevo assai chiaramente. Finché avrò vita vedrò quell'eloquente fantasma, e anche lei vedrò, un'Ombra tragica e familiare, simile nel gesto a un'altra, ugualmente tragica, e adorna di impotenti amuleti, che tendeva le brune braccia nude sul luccichio del fiume infernale, il fiume delle tenebre. Improvvisamente disse sottovoce: "È morto come è vissuto".

«"La sua fine" dissi, mentre una collera sorda si agitava in me, "è stata in tutto degna della sua vita."

«"E io non ero con lui" mormorò. La mia collera cedette di fronte a un sentimento di infinita pietà.

«"Tutto ciò che si poteva fare..." borbottai.

«"Oh, ma io credevo in lui più di chiunque sulla terra – più di sua madre, più di... lui stesso. Aveva bisogno di me! Di me! Avrei fatto tesoro d'ogni sospiro, d'ogni parola, d'ogni segno, d'ogni sguardo."

"I felt like a chill grip on my chest. 'Don't,' I said, in a muffled voice.

"'Forgive me. I – I – have mourned so long in silence – in silence... You were with him – to the last? I think of his loneliness. Nobody near to understand him as I would have understood. Perhaps no one to hear...'

"'To the very end,' I said shakily. 'I heard his very last words...' I stopped in a fright.

"'Repeat them,' she murmured in a heart-broken tone. 'I want – I want – something – something – to – to live with.'

"I was on the point of crying at her, 'Don't you hear them?'. The dusk was repeating them in a persistent whisper all around us, in a whisper that seemed to swell menacingly like the first whisper of rising wind. 'The horror! The horror!'

"'His last word – to live with,' she insisted. 'Don't you understand I loved him – I loved him – I loved him!'

"I pulled myself together and spoke slowly.

"'The last word he pronounced was – your name.'

"I heard a light sigh and then my heart stood still, stopped dead short by an exulting and terrible cry, by the cry of inconceivable triumph and of unspeakable pain. 'I knew it – I was sure!'... She knew. She was sure. I heard her weeping; she had hidden her face in her hands. It seemed to me that the house would collapse before I could escape, that the heavens would fall upon my head. But nothing happened. The heavens do not fall for such a trifle. Would they have fallen, I wonder, if I had rendered Kurtz that justice which was his due? Hadn't he said he wanted only justice? But I couldn't. I could not tell her. It would have been too dark – too dark altogether..."

«Sentii una morsa gelida al petto. "Non faccia così" dissi, con voce soffocata.

«"Mi perdoni. Io... io... l'ho pianto così a lungo in silenzio – in silenzio... Lei è stato con lui – fino all'ultimo? Penso alla sua solitudine. Nessuno vicino che lo comprendesse come io l'avrei compreso. Forse nessuno che l'udisse..."

«"Sino alla fine" dissi tremante. "Ho udito le sue ultime parole..." mi fermai terrorizzato.

«"Le ripeta" mormorò col cuore straziato. "Voglio – voglio – qualcosa – qualcosa – con cui – con cui vivere."

«Ero sul punto di gridarle: "Non le sente?". Tutt'intorno a noi il crepuscolo le ripeteva in un bisbiglio insistente, in un bisbiglio che mi pareva crescere minaccioso come il primo bisbiglio del vento che s'alza. "Che orrore. Che orrore!"

«"La sua ultima parola – con cui vivere" insistette. "Non capisce che l'amavo – l'amavo – l'amavo!"

«Mi feci forza e parlai lentamente.

«"L'ultima parola che pronunciò fu – il suo nome."

«Udii un sospiro lieve e poi il mio cuore si fermò, arrestato da un grido esultante e terribile, dal grido di inconcepibile trionfo e di indicibile dolore. "Lo sapevo – ne ero sicura!"... Lo sapeva. Ne era sicura. La sentii piangere; aveva nascosto il viso tra le mani. Mi parve che la casa sarebbe crollata prima che potessi fuggire, che il cielo mi sarebbe caduto sul capo. Ma non successe nulla. Il cielo non cade per così poco. Sarebbe caduto, mi chiedo, se avessi reso a Kurtz la giustizia che gli spettava? Non aveva forse detto che voleva solo giustizia? Ma non potevo. Non potevo dirglielo. Sarebbe stato troppo tenebroso – davvero troppo tenebroso...»

Marlow ceased, and sat apart, indistinct and silent, in the pose of a meditating Buddha. Nobody moved for a time. "We have lost the first of the ebb," said the Director suddenly. I raised my head. The offing was barred by a black bank of clouds, and the tranquil waterway leading to the uttermost ends of the earth flowed sombre under an overcast sky – seemed to lead into the heart of an immense darkness.

Marlow tacque, e restò in disparte, indistinto e silenzioso, nella posa di un Budda meditante. Per un po' nessuno si mosse. «Abbiamo perso l'inizio del riflusso» disse improvvisamente il direttore. Alzai la testa. Il mare aperto era sbarrato da un banco di nubi nere, e il quieto corso d'acqua che portava ai confini estremi della terra scorreva cupo sotto un cielo offuscato – pareva condurre nel cuore di una tenebra immensa.

Postfazione*

di V.S. Naipaul

Mi ci è voluto molto tempo per arrivare a capire Conrad. Se inizio col parlare della sua difficoltà, lo faccio proprio per fedeltà all'esperienza che ho avuto delle sue opere. Mi sarebbe difficile essere distaccato con Conrad. Conrad fu, credo, il primo autore moderno di cui feci la conoscenza. Avvenne per tramite di mio padre. Mio padre era un autodidatta, un uomo che si faceva largo a tentoni attraverso una confusione culturale della quale, forse, era a malapena consapevole, e che io stesso ho iniziato solo da poco a comprendere. Anche mio padre desiderava diventare uno scrittore. Non leggeva per piacere, andava piuttosto in cerca di indizi, suggerimenti e incoraggiamenti; e mi introdusse a quegli scrittori in cui si era imbattuto nella sua ricerca. Conrad fu uno dei primi: Conrad lo stilista, ma più ancora Conrad lo scrittore che aveva iniziato tardi, un messaggio di speranza per tutti quelli che non sembravano proprio riuscire a iniziare.

La prima volta che mi lesse qualcosa di Conrad credo sia stato intorno ai miei dieci anni. So che suona preoccupante, ma il racconto in questione era *La laguna*, e la lettura fu un successo. *La laguna* è forse l'unico racconto di Conrad che possa essere letto a un bambi-

*Il saggio qui riportato, dal titolo *Conrad's Darkness*, è tratto da: V.S. Naipaul, *The Return of Eva Peron*, Penguin Books, 1996.

no. È molto breve, circa quindici pagine. Un fiume tropicale fiancheggiato dalla foresta, all'imbrunire. L'uomo bianco sulla barca dice: "Passeremo la notte nella radura di Arsat". La barca s'infila in un'insenatura; l'insenatura si apre in una laguna. Una casa solitaria sulla riva; dentro, una donna sta morendo. E durante la notte Arsat, il giovane innamorato della donna, racconterà la storia di come sono arrivati là. È la storia di un amore illecito nato in un altro luogo, un rapimento, un inseguimento, la morte di un fratello abbandonato agli inseguitori. Ciò che Arsat ha da dire non dovrebbe occupare più di un quarto d'ora; ma una storia d'amore è una storia d'amore, e quando Arsat finisce di raccontare sta spuntando l'alba; la brezza del primo mattino spazza via la nebbia, la donna è morta. La felicità di Arsat, se mai è esistita, è stata breve e precaria. Ora lascerà la laguna e tornerà nella sua terra, per incontrarvi il proprio destino. Anche l'uomo bianco deve andarsene. L'ultima immagine è quella di Arsat, solo nella sua laguna, che scruta, "oltre la grande luce di un giorno sereno, nelle tenebre di un mondo fatto di illusioni".

Col tempo, il ricordo di *La laguna* si fece confuso. Ma quell'impressione di notte e solitudine e fatalità rimase con me, inscindibilmente legata, nella mia fantasia, alle isole tropicali o dei Mari del Sud in cui erano ambientati i film di Sabu o di Jon Hall. Contro la mia volontà, ho ridato una sbirciata a *La laguna*. C'è molto di Conrad in questo racconto – la passione e l'abisso, la solitudine e la futilità e un mondo fatto di illusioni – e ora mi è venuto persino il dubbio che si potrebbe trattare del racconto più puro che Conrad abbia mai scritto. La condotta della narrazione svelta e spiccia, la scrittura di pittorica precisione, l'ambientazione sul fiume e nella laguna, il visitatore bianco senza nome, la storia notturna di amore e perdita, la morte al sorgere del sole: tutto si fonde con la massima armonia. E se dico che si tratta di un racconto puro e schietto, è perché la storia parla da sola, lo scrittore non si frappone tra la storia e il lettore.

La laguna venne parodiato da Max Beerbohm in *A*

Christmas Garland.[1] Le idee che ci facciamo sugli scrittori a volte dipendono da casi come questo. *La laguna*, come succede, fu il primo racconto scritto da Conrad; e benché in seguito, quando lessi la parodia, fossi sicuro di aver capito qualcosa di Conrad, dal mio punto di vista *La laguna* era stato un imbroglio. Perché in Conrad non avrei mai più trovato qualcosa di così forte e diretto.

C'è un racconto, *Karain*, scritto non molto dopo *La laguna*. Ha la stessa ambientazione malese e, come riconobbe lo stesso Conrad, un tema simile. Karain, sotto l'impulso di un'improvvisa gelosia, uccide l'amico che si era impegnato ad accompagnare nella ricerca della sorella. Da questo momento Karain è ossessionato dal fantasma dell'uomo che ha ucciso. Un giorno incontra un vecchio saggio, al quale si confessa. Il vecchio esorcizza il fantasma, e Karain, assistito dal vecchio che gli fa da consigliere, diventa un guerriero e un conquistatore, un sovrano. Il vecchio muore; il fantasma dell'amico ucciso torna a ossessionare Karain. Karain è immediatamente perduto; il suo potere e il suo splendore non sono più nulla; raggiunge a nuoto la nave degli uomini bianchi e chiede aiuto a quei miscredenti venuti da un altro mondo. Gli danno un amuleto: una moneta da sei pence con l'effigie della regina Vittoria. L'amuleto funziona; Karain torna a essere un uomo.

Questo racconto è, in superficie, uno *yarn*[2] sulle superstizioni degli indigeni. Ma per Conrad è molto altro: è più profondo e sorprendente di *La laguna*, e Conrad vuole che il significato venga afferrato nella sua interezza. Tutte le suggestioni che rimanevano implicite in *La laguna* ora vengono spiegate nei dettagli. I bianchi hanno dei nomi, parlano e agiscono come una specie

[1] *A Christmas Garland* (*Ghirlanda di Natale*, 1912) è una raccolta di storie di Natale scritte da Beerbohm alla maniera di una serie di autori famosi del tempo (tra cui Henry James e, appunto, Conrad), in modo da metterne in risalto i vezzi stilistici. (*NdT*)

[2] Racconto orale, aneddoto, specialmente raccontato tra marinai. (*NdT*)

di coro. Così al lettore viene chiesto di osservare lo scontro di due culture, una aperta e senza fede, l'altra chiusa e governata dalla vecchia magia; una, "al limite della tenebra esterna", che esplora il mondo, l'altra imprigionata in una piccola parte di esso. Ma le illusioni sono illusioni, e miraggi i miraggi. Londra stessa, la vita nelle sue strade, non sono forse un miraggio? "La vedo. È là: ansima, corre, rotola, è forte e viva, ti schiaccia se non stai attento. Eppure che io sia impiccato se non è reale come ogni altra cosa." Così, su questo tono romantico e in qualche modo enigmatico, si chiude il racconto.

Conrad fa in modo che il semplice *yarn* abbia un significato più ampio. *Karain* pretende dal lettore una reazione più complessa della narrazione più semplice di *La laguna*. Le sensazioni – la notte, la solitudine e il destino – non sono abbastanza; lo scrittore desidera coinvolgerci in qualcosa di più grande delle sue fantasie; ci viene chiesto – il coro o i commenti del narratore ce lo chiedono – di porci al di fuori dei fatti raccontati per considerare l'argomento generale. Il racconto è diventato una sorta di parabola. Eppure non c'è niente di artificioso, perché non si tratta di provare qualcosa, ma solo di destare il nostro stupore.

Più tardi, nella prefazione a una sua raccolta di racconti, Conrad scrisse: "Il sentimento romantico della realtà era in me una facoltà innata". Non aveva deliberatamente cercato argomenti romantici; essi gli si erano presentati spontaneamente:

> Ho un diritto naturale [ai miei argomenti] perché il mio passato è stato del tutto particolare. Se il loro corso si trova al di fuori dei sentieri battuti della vita sociale organizzata, questo è, forse, perché io stesso me ne allontanai ben presto obbedendo a un impulso che dev'essere stato assolutamente sincero, dal momento che mi ha sostenuto attraverso tutti i pericoli della disillusione. Ma quella prima origine della mia letteratura non poteva certo allargare la portata della mia immaginazione. Al contrario, il semplice fatto di occuparmi di faccende lontane dal corso generico dell'esperienza di ogni giorno mi ob-

bligò a osservare la più scrupolosa fedeltà alla verità delle mie sensazioni. Per fare questo dovetti avvolgerle in un'atmosfera di attualità che fosse loro appropriata, creata e riprodotta per esse. Questo era il compito più difficile, e il più importante, in vista di quella resa coscienziosa della verità psicologica e dei fatti che è sempre stata il mio obiettivo principale.

Ma le verità di *Karain* sono verità difficili. Il mondo fatto di illusioni, gli uomini come prigionieri delle loro culture, la fede e lo scetticismo: si tratta di verità cui bisogna essere preparati, forse conoscerle già almeno in parte, perché il racconto, in sé, non le spiega compiutamente. Il suggerimento che la vita di Londra sia un miraggio tanto quanto la vita atemporale dell'arcipelago malese è sconcertante, perché le due pagine di descrizione delle strade di Londra con cui la storia finisce sono troppo letterali: facce vacue, carrozze, omnibus, ragazze che "parlano vivacemente", "uomini sporchi... che discutono di cose oscene", un poliziotto. In questo catalogo non c'è niente che ci riesca a convincere che la vita lì descritta sia un miraggio. La realtà non si è fusa con la fantasia dello scrittore. Il miraggio è solo un concetto che deve essere applicato a posteriori. È una questione di parole, una scomoda didascalia a un quadro tutto sommato realistico.

Se mi sono soffermato abbastanza a lungo su questo semplice racconto è perché esso illustra, in piccolo, le difficoltà che avrei poi incontrato con le opere più importanti. Mi sembrava, leggendo i libri di Conrad, di non riuscire ad afferrarne il senso preciso. I suoi racconti, di per sé semplici, a un certo punto sembravano sempre sfuggirmi. E c'erano le parole, le parole che scaturivano dal bisogno dello scrittore di essere fedele alla verità delle sue sensazioni. Le parole si mettevano in mezzo, nascondevano l'essenziale. *Il negro del "Narcissus"* e *Tifone*, libri famosi, erano per me impenetrabili.

Nel 1896 il giovane H.G. Wells, in una altrimenti benevola recensione a *Il reietto delle isole*, il libro precedente a *Il negro del "Narcissus"*, scrisse: "Mr Conrad è verboso; la sua storia non è tanto raccontata quanto in-

travista attraverso una foschia di frasi. Deve ancora imparare la metà più importante della sua arte: l'arte di non scrivere le cose". Conrad scrisse a Wells una lettera amichevole; ma lo stesso giorno – l'aneddoto viene raccontato nella biografia di Jocelyn Baines – scrisse a Edward Garnett: "C'è qualcosa che riscatta le impressioni – raggiunge l'effetto. Che cos'è? Non può essere altro che l'espressione – la disposizione delle parole, lo stile". Si tratta, almeno per un romanziere, di una definizione dello stile piuttosto sorprendente. Perché lo stile nel romanzo, e forse anche in ogni genere in prosa, è qualcosa di più della "disposizione delle parole": è una disposizione, se non un'orchestrazione, delle percezioni, è questione di sapere dove mettere cosa. Ma Conrad mirava alla fedeltà. La fedeltà gli chiedeva di essere esplicito.

È questa esigenza di essere esplicito, il non voler lasciare che il racconto parli da solo, quest'ansia di portare alla luce ogni mistero a partire da una semplice situazione, che porta alle mistificazioni di *Lord Jim*. Non è sempre facile capire che cosa Conrad voglia spiegarci. Si ritiene solitamente che si tratti di una storia sull'onore. La mia opinione è che sia sul tema – molto più delicato nel 1900 che al giorno d'oggi – dello sbandato tra gente di razza diversa. Ma – di tal pasta è la chiarezza di Conrad – entrambi i punti di vista possono essere supportati da citazioni. *Lord Jim*, comunque sia, è un libro imperialista, e può anche darsi che i due punti di vista, alla fin fine, coincidano.

Di qualunque tipo fossero i misteri di *Lord Jim*, non erano tali da potermi coinvolgere. La fantasia, l'immaginazione, la storia, se preferite, erano state lasciate cadere nell'ansia di essere esplicito. C'era qualcosa di non bilanciato, perfino di irrisolto, in Conrad. Non sembrava essere capace di andare oltre la sua prima semplice idea di una storia; la sua fantasia sembrava venir meno troppo velocemente. E persino nella sua varietà c'era qualcosa di incerto e casuale.

C'era *L'agente segreto*, un thriller che sembrava finire non appena era iniziato, con un tocco di Arnold Ben-

nett[3] e di *Scalinata Riceyman* in quell'interno di Soho, e una giocosità wellsiana sui nomi delle strade di Londra e i cocchieri e i cavalli sfiancati – come se, quando si trattava di occuparsi del già noto, del già scritto, il dono della meraviglia abbandonasse lo scrittore ed egli dovesse dipendere dalle visioni di altri scrittori. C'era *Con gli occhi dell'Occidente*, che, con il suo cast di rivoluzionari russi e il suo tema del tradimento, prometteva di essere dostoevskijano ma poi si perdeva nell'analisi. C'era la narrazione troppo precisamente prestabilita di *Vittoria*: l'uomo puro e distaccato salva una ragazza da una compagnia musicale in tournée in Oriente e la porta su un'isola remota, dove il disastro, sotto la forma di un trio di delinquenti, li raggiungerà. E c'era *Nostromo*, sul Sud America, una confusione di personaggi e temi che mi era impossibile penetrare.

Una molteplicità di Conrad, e tutti mi sembravano in qualche modo manchevoli. L'eroe di *Vittoria*, distaccandosi dal mondo, si era "purificato da tutto, tranne dal disgusto"; e a me sembrava che nella sua narrativa Conrad si fosse purificato – quasi fossero cose banali – da tutte quelle qualità di immaginazione e fantasia e invenzione che io andavo cercando nei romanzi. Il romanzo conradiano era come un film semplice con un commento elaborato. Un film: i personaggi e l'ambientazione potevano essere visti molto chiaramente. Ma il realismo spesso richiede di inserire banali dialoghi casuali, seguire azioni irrilevanti; il finale confuso e melodrammatico non faceva che mettere in risalto la lentezza e le cattive proporzioni di quanto l'aveva preceduto; e il commento sottolineava il fatto che i personaggi non erano altro che attori.

Ma, in momenti diversi, leggiamo per cercare cose diverse. Leggendo i romanzi, ci portiamo dietro le no-

[3] Arnold Bennett (1867-1931), romanziere, drammaturgo e saggista inglese. *Scalinata Riceyman* (*Riceyman Steps*, 1923) è un suo romanzo. (*NdT*)

stre idee su ciò che i romanzi dovrebbero essere, e queste idee sono il prodotto dei nostri bisogni, della nostra educazione, del nostro ambiente, o forse delle nostre idee sul nostro ambiente. Dal momento che noi leggiamo, in verità, per ritrovare ciò che già sappiamo, tendiamo a dare per scontate le virtù di uno scrittore. E la sua originalità, le novità che ci sta offrendo possono non sfiorarci nemmeno.

Mi ero fatto l'idea che i grandi romanzieri scrivessero su società altamente organizzate. Io non vivevo in una società di quel tipo; non potevo condividere i presupposti di quegli scrittori; non vedevo il mio mondo riflesso nei loro. Il mio mondo coloniale era più eterogeneo e di seconda mano, e più ristretto. Venne il tempo in cui iniziai a riflettere sul mistero – un termine conradiano – del mio proprio ambiente: quell'isola davanti alla foce di un grande fiume sudamericano, l'Orinoco, uno dei conradiani luoghi tenebrosi della terra,[4] dove mio padre aveva concepito ambizioni letterarie per sé e poi per me, ma dal quale, nella mia mente, avevo strappato ogni fascino e forse persino ogni realtà: quando mi avevano letto *La laguna*, non l'avevo ambientato sull'isola che conoscevo, con i suoi fiumi fangosi, le mangrovie e gli acquitrini, ma in qualche altro luogo distante.

Mi sembrava che quanti di noi erano nati là fossero curiosamente nudi, che vivessimo in modo puramente fisico. Non era una cosa semplice da spiegare, neppure a se stessi. Ma in Conrad, proprio in *Karain*, avrei più tardi trovato espresso esattamente quel che provavo a proposito della mia terra:

> E veramente, guardando quel luogo, cui i ripidi fianchi di una montagna precludevano ogni sbocco sul mare e ogni contatto con le altre terre, era difficile credere nell'esistenza di terre circostanti. Era un posto silenzioso, completo, sconosciuto, e pieno di una vita che tirava avanti furtivamente dando uno sconcertante effetto di

[4] Il riferimento è alla prima battuta di Marlow in *Cuore di tenebra*. (*NdT*)

> solitudine; una vita che sembrava indescrivibilmente priva di qualsiasi cosa potesse destare il pensiero, toccare il cuore, suggerire qualcosa della sinistra sequenza dei giorni. Ci si rivelava come una terra senza memorie, rimpianti, speranze; una terra dove nulla poteva sopravvivere al cadere della notte, e dove ogni alba, come un abbagliante atto di una speciale creazione, non avesse alcun rapporto con la sera prima e il mattino dopo.

Imbattendomi in un passo come questo, in anni precedenti, sarei passato oltre di slancio: la prosa elaborata, la didascalia riflessiva... Ora scorgo una precisione nel suo romanticismo, e un grande sforzo di pensiero e comprensione. E lo sforzo non si ferma all'aspetto della terra descritta. Si estende a tutti gli uomini che abitano quei posti oscuri e distanti, uomini ai quali è negata, per una ragione qualunque, una chiara visione del mondo: Karain stesso, nel suo mondo di fantasmi; Wang, il cinese autoesiliatosi di *Vittoria*, autosufficiente nella sua "esistenza istintuale" da contadino cinese; i due agenti dell'impero di *Un avamposto del progresso*, indifesi e lontani dai loro compagni, che vivono nel mezzo dell'Africa "come ciechi in una grande stanza, coscienti solo di ciò che viene a contato con loro, ma incapaci di scorgere l'aspetto complessivo delle cose".

Ora penso che *Un avamposto del progresso* sia la cosa migliore che Conrad abbia mai scritto. È la storia di due uomini qualunque, nuovi arrivati nel nuovo Congo Belga, che scoprono di aver inconsapevolmente (attraverso il loro aiutante negro) venduto come schiavi, in cambio di avorio, alcuni loro operai africani , che vengono poi abbandonati dalle tribù circostanti, e impazziscono. Mi era suonato familiare; avevo letto altre storie di uomini bianchi che, rimasti soli in paesi caldi, impazziscono. E la mia riscoperta, o scoperta, di Conrad iniziò, effettivamente, da una breve scena di *Cuore di tenebra*.

Lo sfondo africano – "la terra corrotta" del saccheggio e della crudeltà autorizzata – lo davo per scontato. Ecco come capita di restare imprigionati nei nostri pregiudizi. Oggi, mi sembra invece che lo sfondo sia la par-

te più efficace del libro, ma allora non era più di quel che mi aspettavo. La storia di Kurtz, l'agente dell'avorio in fondo al fiume, indotto alla pazzia e alla regressione a uno stato selvaggio dal potere illimitato che esercitava su uomini primitivi, con me cadeva a vuoto. Ma c'era una pagina che parlava direttamente a me, e non solo dell'Africa.

Il battello sta risalendo il fiume per incontrare Kurtz; è "come viaggiare a ritroso verso i più remoti primordi del mondo". Viene avvistata una baracca sulla riva. È vuota, ma contiene un libro, vecchio di sessant'anni, *An Inquiry into Some Points of Seamanship*, ridotto a brandelli, privo di copertina, ma "amorevolmente ricucito di recente con un filo di cotone bianco". E nel mezzo di un incubo questo vecchio libro, "pesante ... con tanto di diagrammi illustrativi e ripugnanti tabelle di dati", ma che nella "unicità di propositi", nella sua "preoccupazione autentica di affrontare correttamente un lavoro", per il narratore sembra possedere "una luce non meramente professionale".

Questa scena, forse perché me la sono portata dentro per tanto tempo, o forse perché ora sono più sensibile anche al resto della storia, ora mi fa meno impressione. Ma immagino che, a quel tempo, rispondesse in qualche modo al panico politico che stavo iniziando ad avvertire.

Vivere in una colonia significava sentirsi in un certo senso al sicuro; significava essere l'abitante di un mondo prestabilito. E immagino che, nelle mie fantasticherie, mi fosse capitato di immaginare il mio arrivo in Inghilterra come in una regione puramente letteraria dove, non vincolato dagli accidenti della storia o dell'ambiente, avrei potuto compiere una romantica carriera di scrittore. Ma nel nuovo mondo sentivo che il terreno si stava muovendo sotto i miei piedi. Le nuove idee politiche, la curiosa fiducia degli uomini in quelle stesse istituzioni che stavano contribuendo a scalzare, l'ingenuità della fede e l'orrenda ingenuità delle azioni, le cause corrotte, le società incompiute che sembravano destinate a rimanere tali: erano tutte cose che inizia-

vano a preoccuparmi. Erano cose da cui non potevo chiamarmi in disparte. E mi resi conto che Conrad – sessant'anni prima, in un periodo di grande pace – era stato dappertutto prima di me. Non come un uomo che stesse seguendo una causa, ma come un uomo che, come in *Nostromo*, ritraeva le società incompiute del mondo come luoghi che continuamente si facevano e disfacevano, dove non c'era meta, e dove succedeva sempre che "qualcosa di intrinseco alle necessità di un'azione fruttuosa ... portava in sé anche la degradazione morale dell'idea". Triste, ma profondamente sentito: una specie di verità e una mezza consolazione.

Per capire Conrad, quindi, era necessario fare le sue stesse esperienze. Era anche necessario perdere i miei preconcetti su ciò che un romanzo dovesse fare e, soprattutto, sbarazzarmi della sottile mistificazione del romanzo come commedia di costumi. Quando l'arte copia la vita, e la vita a sua volta scimmiotta l'arte, è facile perdere di vista l'originalità di uno scrittore. *L'agente segreto* sembrava essere un thriller. Ma l'ispettore Heat, plausibile ma stranamente incongruo, non somigliava a nessun altro poliziotto nella letteratura – benché dopo ce ne siano stati molti altri di simili. E, a dispetto delle apparenze, questa gran dama, protettrice di un celebre anarchico, non era una Lady Bracknell:

> Le opinioni di lui non potevano in alcun modo urtarla o allarmarla, dal momento che essa le giudicava dall'alto della sua condizione privilegiata. In verità, non era difficile per un uomo della sua sorta guadagnarsi le simpatie di lei. Essa non era una capitalista sfruttatrice; era piuttosto, per così dire, al di sopra del gioco delle condizioni economiche. E provava una grande compassione per le manifestazioni più evidenti delle comuni miserie umane, proprio perché era così completamente estranea a esse al punto da dover tradurre la propria concezione nei termini di sofferenza mentale prima di poter afferrare la nozione concreta della loro crudeltà .... Era quasi arrivata a credere nella teoria dell'avvenire di quell'uomo, dal momento che non ripugnava ai suoi pregiudizi. Non le piaceva il nuovo elemento plutocratico che era

entrato nel composto della società, e l'industrialismo, come metodo di sviluppo dell'uomo, le sembrava singolarmente ripugnante per il suo carattere arido e meccanico. Le speranze umanitarie del mite Michaelis non tendevano alla completa distruzione del sistema, ma solo alla sua rovina economica. E lei non riusciva veramente a vedere come esse potessero costituire un pericolo morale. Ci si sarebbe sbarazzati di tutta quella moltitudine di *parvenus*, verso i quali provava tanta antipatia e diffidenza, non perché essi avessero raggiunto qualcosa (questo, lei lo negava), ma per la loro profonda mancanza di comprensione del mondo, cosa che costituiva la causa principale della loro grossolanità di sentire e aridità di cuore.

Non Lady Bracknell. Una persona più reale, e ancora riconoscibile in più di una nazione. Oggi le persone di questo tipo sono forse più giovani; ma l'interesse umanitario nasconde ancora una simile arroganza e ingenuità, la convinzione che la ricchezza, il successo, una posizione sociale o un nome particolari siano le uniche ragioni possibili di orgoglio tra gli uomini. E in quanti paesi oggi possiamo trovare l'equivalente di un uomo come questo?

> Il tutt'altro che moribondo veterano delle guerre dinamitarde era stato un grande attore ai suoi tempi .... Il celebre terrorista in vita sua non aveva alzato più di un dito contro l'edificio della società. Non era certo un uomo d'azione .... Con disegno più sottile, si era scelto la parte di impertinente e maligno evocatore degli impulsi sinistri che covano nell'invidia cieca e nell'esasperata vanità dell'ignoranza, nei patimenti e nelle miserie della povertà, in tutte le speranzose e nobili illusioni della giusta ira, pietà, rivolta. L'ombra del suo maligno dono, tuttavia, aderiva a lui come l'aroma di una droga mortale in una vecchia fiala di veleno, ora vuota, inutilizzabile, pronta per essere gettata nel cumulo delle cose che hanno cessato di svolgere la loro funzione.

La frase che allora mi aveva colpito era quella sugli "impulsi sinistri che covano nelle ... nobili illusioni". Ma adesso è un'altra la frase che spicca: l'"esasperata

vanità dell'ignoranza". Succede così con Conrad nei suoi momenti migliori. Le parole che in un momento trascuriamo, in un altro rifulgono.

Ma il personaggio dell'*Agente segreto* di cui si parla nel paragrafo citato non ha una vera esistenza al di fuori di esso. Il suo nome è Karl Yundt; non è una delle figure che restano nella memoria. Fisicamente, è una figura grottesca, una caricatura, al pari di molti altri personaggi, nonostante la capacità di analisi di Conrad – anarchici, poliziotti, ministri del governo. Nella drammatica apparizione di Karl Yundt non c'è nulla, per così dire, che possa pareggiare la profondità di quel paragrafo o che possa suggerire la profondità delle meditazioni che lo presuppongono.

Le mie riserve sulle qualità di Conrad in quanto romanziere rimangono. La sua immaginazione creativa ha qualcosa di frammentario e inesperto. Tranne in *Nostromo* e in alcuni racconti, Conrad non riesce veramente a coinvolgermi nelle sue fantasie; e *Lord Jim* riesco ancora ad accettarlo più come un poema narrativo che non come un romanzo. L'importanza di Conrad per me è quella di un uomo che sessanta-settanta anni fa meditò sul mondo, un mondo che oggi riconosco. Le sue conquiste derivano dall'onestà che è insita nella sua difficoltà, quella "scrupolosa fedeltà alla verità delle mie sensazioni".

Non c'è niente di falso in Conrad. Non ricreò le sue ambientazioni. Scelse, come oggi sappiamo, fatti reali; e li meditò. "Meditare" nelle sue esatte parole. E ciò che dice a proposito della sua eroina in *Nostromo* può essere applicato anche a lui: "Dal momento che la saggezza del cuore non ha nessun interesse nell'erigere o demolire teorie più di quanto ne abbia per la difesa dei pregiudizi, essa non fa uso di parole pronunciate a caso. Le parole che essa pronuncia hanno il valore di atti di integrità, tolleranza e compassione".

Qualsiasi grande scrittore è il risultato di una speciale concatenazione di circostanze. Nel caso di Conrad queste circostanze sono ben note: la sua giovinezza in

Polonia, i suoi vent'anni di vagabondaggio, e poi – atto che più o meno segnava la conclusione delle sue esperienze – poco prima della quarantina la decisione di sistemarsi in Inghilterra, un paese straniero, e diventare scrittore. Queste circostanze devono essere considerate tutte assieme; non se ne può sottolineare una a scapito delle altre. Il fatto che abbia iniziato tardi a scrivere non può essere isolato dall'ambiente in cui è cresciuto e dalle sue esperienze dispersive. Ma il fatto che abbia iniziato tardi, in sé, è importante.

Quasi tutti gli scrittori scoprono se stessi, e il proprio mondo, attraverso l'opera. Conrad, quando si stabilì in Inghilterra per scrivere, era, come scrisse all'editore William Blackwood, un uomo il cui carattere era ormai stato forgiato. Conosceva il suo mondo, e aveva riflettuto sulle sue esperienze. Solitudine, passione, abisso: sono questi i temi costanti di Conrad. Le opere di uno scrittore vanno sempre a comporre un'unità; ma il Conrad che scrisse *Vittoria*, per quanto più semplice e diretto nello stile, non era un uomo più esperto e saggio del Conrad che, vent'anni prima, aveva scritto *La follia di Almayer*. Le incertezze del suo ultimo periodo sembrano essere state solamente di ordine letterario, un'ansia di sperimentare nuovi argomenti e atmosfere. Nel 1896, l'anno dopo la pubblicazione della *Follia di Almayer*, era stato capace di liberarsi dell'enfasi romantica di *Il salvataggio*, scrivere *La laguna*, e, soprattutto, iniziare *Un avamposto del progresso*. Queste storie, che si ponevano a estremità opposte, per così dire, della mia comprensione di Conrad – una così romantica, l'altra così brusca e dura – vennero scritte quasi contemporaneamente.

E poi ci sono gli aforismi. Sono sparsi per tutta l'opera di Conrad, e il loro tono rimane sempre lo stesso. Sembrano sempre pronunciati dallo stesso uomo saggio. "La paura dell'irreparabile che si nasconde nel cuore di ogni uomo e che previene tanti atti eroici e tanti crimini": questa è *La follia di Almayer*, 1895. E questo viene da *Nostromo*, 1904, "un uomo che ha trovato tardi l'amore, non come la più splendida delle illusioni, ma come una disgrazia illuminante e inestimabile" –

un'osservazione fin troppo sorprendente nel contesto. O ancora da *L'agente segreto*, 1907, dove sembra quasi sprecato: "Essendo la curiosità una delle forme della comprensione di se stessi, una persona sistematicamente priva di curiosità resta sempre, in parte, un mistero". E, infine, da *Vittoria*, 1915: "la fatale imperfezione di tutti i doni della vita, che fa di essi una delusione, una trappola" – che si sarebbe potuto trovare in uno qualsiasi dei suoi primi libri.

Interessarsi all'opera di uno scrittore significa, secondo me, interessarsi alla sua vita; si tratta di due interessi necessariamente collegati. E trovo che ci sia qualcosa di singolarmente deludente nella vita dello scrittore Conrad. Se prendiamo uno scrittore come Ibsen, ci accorgiamo che siamo turbati sia dalla sua vita sia dai drammi che ha scritto. Ci si interroga sull'abbandono della vita dei sensi; ci si interroga sulle brevi soddisfazioni dell'istinto creativo, implacabile come i sensi. Ma in Ibsen c'è sempre l'esaltazione dell'opera, che si sviluppa, muta, viene arricchita da questi stessi dubbi e conflitti. Tutti i temi di Conrad, invece, così come le loro conclusioni, sembrano essere stati presenti nella sua mente fin dai suoi inizi come scrittore. L'ispirazione per *Nostromo* gli venne da poche righe trovate in un libro. Quella per *L'agente segreto* da uno scampolo di conversazione e da un libro. Ma, in realtà, l'esperienza era una faccenda del passato: le fatiche della sua vita di scrittore consistevano nel recuperare questa esperienza, nel "guardarsi attorno" – parole testuali di Conrad – alla ricerca di utili spunti di riflessione.

Le idee di Conrad sull'arte narrativa sembrano essersi precisate all'inizio della sua carriera letteraria. E, quali che fossero le incertezze delle sue prime opere, queste idee non cambiarono mai. Nel 1895, quando venne pubblicato il suo primo libro, scrisse a un amico, un altro apprendista scrittore: "Tutto il fascino, tutta la verità [della vostra storia] vengono rovinati dalla costruzione – dal meccanismo (per così dire) della trama che la fa apparire falsa .... Avete molta fantasia: molta più di quella che io avrò di qui a cent'anni. Ebbene, questa fantasia

(se solo l'avessi anch'io) dovrebbe essere usata per creare anime umane: per schiudere cuori umani – e non per creare avvenimenti che sono solo, propriamente, degli imprevisti. Per raggiungere questo dovrete coltivare la vostra facoltà poetica ... dovrete spremere ogni sensazione da voi stesso, ogni pensiero, ogni immagine". Quando incontrò Wells, Conrad gli disse (l'aneddoto viene raccontato da Wells): "Mio caro Wells, di che parla questo *L'amore e Mr Lewisham*?[5] Perché tanto chiasso su Jane Austen? Qual è l'interesse di tutto ciò?". E più tardi – traggo tutte queste citazioni dalla biografia di Jocelyne Baine – Conrad avrebbe scritto: "Il romanziere nazionale inglese considera di rado la propria opera – l'esercizio della propria Arte – come un concreto risultato della propria attività attraverso il quale produrrà certi effetti ben definiti sulle emozioni del lettore, ma semplicemente come un'espressione istintiva, spesso irriflessa, delle proprie emozioni".

Queste idee gli venivano dalla Francia, dal continente? A Conrad, dopo tutto, piaceva Balzac, il più ansioso degli scrittori; e Balzac, un uomo stregato dalla propria società, attraverso l'istinto e l'irrazionalità era arrivato a qualcosa di molto simile a quel "sentimento romantico della realtà" che Conrad sosteneva fosse in lui innato. Sembra almeno possibile che, nel suo irritato rifiuto della tradizione inglese del romanzo di costumi e del romanzo di "imprevisti", Conrad stesse solo tentando di razionalizzare ciò che era, al tempo stesso, un suo difetto di immaginazione e il suo bisogno filosofico di attenersi il più possibile ai fatti di ogni situazione. Nella narrativa non andava in cerca di scoperte; cercava solo di spiegare; la scoperta di ogni suo racconto, come dice il narratore di *Con gli occhi dell'occidente*, è una scoperta morale.

È esperienza comune a molti scrittori che la realizzazione artistica di una storia modifichi sempre l'idea originaria. A partire dall'esperienza, dalla fantasia e da

5 *Love and Mr Lewisham* (1900), uno dei romanzi umoristico-realistici di Wells (*NdT*)

ogni genere di impulsi, la storia suggerisce allo scrittore come deve essere continuata. Ma la storia deve essere passata al vaglio dell'immaginazione drammatica dello scrittore, e le sue varie parti devono resistere a questo esame. Ci sono sempre delle cose che funzionano e altre che non funzionano; ciò che è vero si rivela come vero; falso ciò che è falso. E allo scrittore, mentre prova a far funzionare la sua storia scendendo a compromessi con la propria immaginazione, può capitare di dire di più di quanto sapesse in partenza. Nel caso di Conrad, invece, la storia sembra essere predefinita: è qualcosa di dato, come il sommario in prosa all'inizio di una sezione di un vecchio poema. Conrad sa esattamente ciò che deve dire. E qualche volta, come in *Lord Jim* e *Cuore di tenebra*, dice anche meno di quanto intendeva dire.

Cuore di tenebra si divide in due. C'è il reportage sul Congo, del tutto accurato, come ora sappiamo (la critica conradiana è stata in grado di identificare i modelli di quasi tutti i personaggi della storia). E poi c'è la parte di finzione, quella che nel contesto suona quasi come finzione, su Kurtz, l'agente dell'avorio che si lascia regredire fino a diventare una specie di selvaggio dio africano. L'idea di Kurtz, quando viene enunciata, sembra buona: egli mostrerà "quella particolare regione dell'era primordiale in cui la solitudine (...) conduce i passi di un uomo liberi da ostacoli". Parole accattivanti, ma astratte: quest'idea, premeditatamente elaborata, resta un'idea posticcia. L'atteggiamento di Conrad verso la narrativa – non come qualcosa che ha valore di per sé, ma come una verniciatura dei fatti – emerge nel suo commento sulla storia: "È un'esperienza spinta un poco (e soltanto assai poco) oltre i reali eventi del caso, allo scopo, io credo perfettamente legittimo, di renderla accessibile alla mente e al cuore del lettore".

Mistero – è la parola più tipica di Conrad. Ma non esiste mistero nell'opera stessa, nella cosa immaginata: il mistero resta un concetto dello scrittore. I temi della passione e dell'abisso sono ricorrenti in Conrad, ma non c'è nulla nella sua opera che valga la scena serale negli *Spettri* di Ibsen: la lampada che viene accesa, la ri-

chiesta di champagne, la luce e lo champagne che servono solo a far risaltare la maledizione che pende sulla casa, una maledizione che inizialmente sembra esterna e arbitraria e che poi si rivela provenire dall'interno. Non c'è nessuna scena come questa, che ci porti al di là di ciò cui stiamo assistendo e diventi un simbolo di aspetti della nostra propria esperienza. Non c'è nulla di simile – per rimanere al tema della maledizione – a *Il braccio avvizzito* di Hardy, un racconto sulla vendetta di una donna rifiutata ed emarginata e sulla solitudine in cui viene lasciata un'innocente, che va oltre il racconto contadino di magia su cui è basato. Conrad è uno scrittore troppo particolare e concreto per questo; si attiene troppo ai fatti; ha meditato solo sulle storie che avrebbe potuto trasformare in "casi" da trattare.

Nel caso di scrittori come Ibsen e Hardy, la fantasia risponde a impulsi e bisogni che gli scrittori forse non sarebbero stati capaci di formulare. Sta al lettore elaborare, o tradurre, quella fantasia. In Conrad il processo è inverso. Si parte più o meno dalla formulazione delle verità – verità portatili, per così dire, che a volte possono essere formulate per aforismi – e poi si passa alla loro dimostrazione. Questo metodo, per Conrad, è il retaggio delle particolari circostanze che fecero di lui uno scrittore. Per capire le difficoltà di questo metodo, le straordinarie doti di intelligenza e comprensione che richiede, e l'esercizio di ciò che Conrad definiva "facoltà poetica", dovremmo provare a considerare il problema dal punto di vista di Conrad. L'esame di uno dei suoi racconti ci potrà aiutare.

Si tratta di *Il ritorno*, un racconto scritto contemporaneamente a *Karain*. È ambientato a Londra e – questo è interessante – i due personaggi sono inglesi. Alvan Hervey è un uomo della City. È "alto, di solida costituzione, sano e di aspetto piacevole. Il suo volto pallido esprimeva, sotto una finezza generica, quel lieve tocco di arrogante brutalità che deriva dal possesso di qualità non troppo difficili da raggiungere: l'eccellenza al gioco, o nell'arte di far soldi, la facile supremazia su animali e uomini

bisognosi". È già chiaro che non si tratta tanto di un ritratto, quanto di un aforisma, un'idea della *middle class*.

Seguiamo Hervey nel suo ritorno a casa, una sera. Entriamo nel suo spogliatoio, illuminato a gas, una fiamma a forma di farfalla esce dalla bocca di un drago di bronzo. La stanza è piena di specchi e improvvisamente eccola adeguatamente piena di tanti Alvan Hervey, tutti tipicamente *middle class*. Ma c'è una lettera sulla toilette di sua moglie: Hervey è stato lasciato. Lo seguiamo attraverso ogni dettaglio della sua reazione tipicamente *middle class*: shock, nausea, umiliazione, rabbia, tristezza: paragrafo dopo paragrafo, pagina dopo pagina. E, prodigiosamente, Conrad riesce a catturarci con la sua acuta intelligenza analitica.

Poi si sente che qualcuno sta entrando in casa. È la moglie di Hervey: dopo tutto, non ha avuto il coraggio di andarsene. Ciò che segue è ancora più impressionante. Ci muoviamo passo passo insieme a Hervey dalla sensazione di sollievo e trionfo e dal desiderio di punirla alla convinzione che la donna, ormai un'estranea dopo cinque anni di matrimonio, "possedeva un dono indispensabile che nient'altro sulla terra avrebbe potuto dargli". Così Hervey giunge all'"irresistibile fiducia in un enigma ... la convinzione che proprio a portata di mano, ma sul punto di svanire, c'era il segreto stesso dell'esistenza – la sua certezza, immateriale e preziosa". Allora Hervey vuole "forzare la consegna di quel dono". Dice alla moglie che la ama; ma le sue scialbe parole servono solo a ridestare in lei l'indignazione, la rabbia per le illusioni in cui era vissuta. Fino a questo punto il racconto funziona. Ora inizia a perdersi. Hervey si ricorda che la moglie non ha avuto il coraggio di andarsene; pensa che lei non possegga il "dono" di cui ora lui ha bisogno. E allora è lui ad andarsene per non tornare mai più.

Parole misteriose vengono ripetute in questo racconto: "enigma", "certezza, immateriale e preziosa". Ma non c'è una vera narrazione, né un vero mistero. Un altro scrittore avrebbe saputo tracciare un corso di eventi. Per Conrad, però, il dramma e la verità non stanno negli avvenimenti ma nell'analisi: identificare gli stati

di consapevolezza attraverso i quali un uomo arido potesse arrivare a capire l'importanza della passione. Era il modo più difficile per trattare una storia di questo tipo; e Conrad penò nella stesura delle ottanta pagine di questo racconto. Scrisse a Edward Garnett: "Ha amareggiato cinque mesi della mia vita". Quanta fatica! Eppure, nonostante l'intelligenza e le autentiche intuizioni che contiene, nonostante i dettagli cinematografici – gli specchi, il drago di bronzo che sputa fuoco – *Il ritorno* non riesce a essere un vero racconto, quanto piuttosto un saggio in forma narrativa. Una verità, per come la vede Conrad, è stata analizzata. Ma i personaggi rimangono pure astrazioni.

Questo ci può dare un altro indizio. L'idea che gli uomini della *middle class* siano tutti uguali, tutti deliberatamente imperturbabili, piacevoli e materialisti, cosicché persino il matrimonio è fondato sull'omertà – questa non è altro che la visione satirica di un outsider. L'anno prima, quando stava penando su *Il ritorno*, Conrad aveva scritto a Garnett: "Altri scrittori hanno un punto da cui partire. Qualcosa cui aggrapparsi .... Si affidano al dialetto – o alla tradizione – o alla storia – o al pregiudizio o moda del giorno; approfittano di qualche vincolo o convinzione del loro tempo – o dell'assenza di queste cose – che loro possono lodare o biasimare. Ma, a ogni buon conto, hanno qualcosa da cui cominciare – io non ce l'ho. Io ho raccolto alcune impressioni, alcune sensazioni, ai miei tempi .... Ormai sono svanite".

È il lamento di uno scrittore che sente la mancanza di una società, e sta cominciando a capire che la fantasia e l'immaginazione si possono muovere più liberamente in un mondo chiuso e ordinato. Le esperienze di Conrad furono troppo dispersive; conobbe molte società dall'esterno, ma nessuna a fondo. La sua comprensione degli uomini era completa. Ma quando ambientò *Il ritorno* a Londra si sentì immediatamente limitato. Non poteva rischiare troppo; non poteva andare oltre a quel che conosceva. I difetti di uno scrittore, quando l'opera è completa, possono rivelarsi come dei pregi. *Il ritorno*, per così dire, conduce subito il lettore

dietro le quinte, e gli dà qualche idea della necessaria stravaganza dell'opera, e dello sforzo prodigioso che sta dietro ai romanzi che ancora spiccano come profonde meditazioni sul nostro mondo.

È interessante riflettere sui miti che nascono sugli scrittori. Nel caso di Conrad abbiamo il mito imperialista dell'uomo d'onore, lo stilista dei mari. Non tiene conto del meglio di Conrad, ma almeno riflette l'opera. I miti sui grandi scrittori spesso hanno a che fare più con le loro opere che con la loro vita. Al giorno d'oggi si tende sempre più a mitizzare gli scrittori; le loro opere sono diventate meno invadenti. Le grandi società che hanno prodotto i grandi romanzi del passato sono andate in frantumi. Scrivere è diventato un'attività più privata, così come il fascino che esercita. La forma del romanzo non mira più a convincere. Lo sperimentalismo, non puntato alle reali difficoltà, ha guastato le reazioni del pubblico, e c'è una grande confusione nelle menti di lettori e scrittori su quali siano gli scopi del romanzo. Il romanziere, come il pittore, non riconosce più la sua funzione interpretativa; tenta di andare oltre; e il suo pubblico si assottiglia. E così non analizziamo più il mondo in cui viviamo, che è sempre nuovo, non ci meditiamo sopra, le telecamere lo banalizzano; e non c'è più nessuno che sappia ridestare il senso di vero stupore. Questa sarebbe forse una buona definizione del compito del romanziere, in qualsiasi periodo.

Conrad morì cinquant'anni fa. In questi cinquant'anni le sue opere sono arrivate in molti angoli del mondo che egli considerava tenebrosi. Questo sarebbe un buono spunto per una meditazione alla maniera di Conrad: ci dice qualcosa del nostro nuovo mondo. Forse non importa quel che diciamo su Conrad; è sufficiente parlarne. Si ricorderà che per Marlow, in *Cuore di tenebra*, "il significato di un episodio non stava nell'interno come un gheriglio, ma dall'esterno avviluppava il racconto, e questo lo svelava soltanto come la luminescenza rivela la foschia, a somiglianza di quegli aloni indistinti che talvolta lo spettrale chiaro di luna rende visibili".

Indice

V *Introduzione*
di Robert Hampson

XLII *Cronologia*

LI *Bibliografia*

HEART OF DARKNESS

CUORE DI TENEBRA

251 *Postfazione*
di V.S. Naipaul

OSCAR CLASSICI

Maupassant, Racconti fantastici
Baudelaire, I fiori del male
Austen, Orgoglio e pregiudizio
Goldoni, Il teatro comico - Memorie italiane
Verga, Mastro don Gesualdo
Verga, Tutte le novelle
Goffredo di Strasburgo, Tristano
Leopardi, Zibaldone di pensieri
Wilde, Il ritratto di Dorian Gray
Shakespeare, Macbeth
Goldoni, La locandiera
Calvino (a cura di), Racconti fantastici dell'Ottocento
Verga, I Malavoglia
Poe, Le avventure di Gordon Pym
Chrétien de Troyes, I Romanzi Cortesi
Carducci, Poesie scelte
Melville, Taipi
Manzoni, Storia della colonna infame
De Amicis, Cuore
Fogazzaro, Piccolo mondo moderno
Fogazzaro, Malombra
Maupassant, Una vita
Manzoni, Poesie
Dostoevskij, Il sosia
Petrarca, Canzoniere
Wilde, De profundis
Fogazzaro, Il Santo
Stevenson, Lo strano caso del dottor Jekyll e del signor Hyde
Alighieri, Vita Nuova e Rime
Poe, Racconti del terrore
Poe, Racconti del grottesco
Poe, Racconti di enigmi
Malory, Storia di Re Artù e dei suoi cavalieri
Alighieri, Inferno
Alighieri, Purgatorio
Alighieri, Paradiso
Flaubert, Salambò
Pellico, Le mie prigioni
Fogazzaro, Piccolo mondo antico
Verga, Eros
Melville, Moby Dick
Parini, Il giorno

Goldoni, Il campiello - Gl'innamorati

Gogol', Racconti di Pietroburgo

Foscolo, Ultime lettere di Jacopo Ortis

Chaucer, I racconti di Canterbury

Shakespeare, Coriolano

Hoffmann, L'uomo di sabbia e altri racconti

Wilde, Il fantasma di Canterville

Molière, Il tartufo - Il malato immaginario

Alfieri, Vita

Dostoevskij, L'adolescente

Dostoevskij, I demoni

Leopardi, Canti

Dostoevskij, Memorie dal sottosuolo

Manzoni, Tragedie

Foscolo, Sepolcri - Odi - Sonetti

Hugo, I miserabili

Balzac, La Commedia umana

Dostoevskij, Umiliati e offesi

Tolstòj, I Cosacchi

Conrad, Tifone

Voltaire, Candido

Leopardi, Operette morali

Alfieri, Tragedie

Polibio, Storie

Shakespeare, Amleto

Verga, Il marito di Elena

Capuana, Giacinta

Turgenev, Padri e figli

Tarchetti, Fosca

Erodoto, Storie

AA.VV., I romanzi della Tavola Rotonda

Dumas A. (figlio), La signora delle camelie

AA.VV., Racconti neri della Scapigliatura

Goethe, I dolori del giovane Werther

Boccaccio, Decameron

Shakespeare, Riccardo III

Stendhal, La Certosa di Parma

Laclos, Le amicizie pericolose

Tucidide, La guerra del Peloponneso

Verga, Tutto il teatro

Tolstòj, Anna Karenina

Tolstòj, Guerra e pace

Shakespeare, Re Lear

James H., Giro di vite

Dostoevskij, L'eterno marito

Manzoni, I promessi sposi

Flaubert, Tre racconti

Shakespeare, Misura per misura

Boccaccio, Caccia di Diana - Filostrato

Wilde, L'importanza di essere onesto

Alighieri, De vulgari eloquentia

Stendhal, Il Rosso e il Nero

Shakespeare, Enrico V

Polo, Il Milione

Swift, I viaggi di Gulliver

Stendhal, L'amore

Shakespeare, Romeo e Giulietta
Dickens, Racconti di Natale
Medici, Canzoniere
Racine, Fedra
AA.VV., Poeti del Dolce Stil Novo
Stendhal, Cronache italiane
Shakespeare, La tempesta
De Sanctis, Storia della letteratura italiana
Campanella, La città del sole e altri scritti
Kipling, Capitani coraggiosi
Machiavelli, La Mandragola - Belfagor - Lettere
Capuana, Il marchese di Roccaverdina
Dickens, Grandi speranze
Shakespeare, Giulio Cesare
Beaumarchais, La trilogia di Figaro
Verga, Storia di una capinera
Tolstòj, Resurrezione
Guinizzelli, Poesie
Castiglione, Il cortegiano
Shakespeare, La dodicesima notte
Ibsen, Casa di bambola
Beccaria, Dei delitti e delle pene
Sterne, Viaggio sentimentale
De Roberto, I Viceré
Shakespeare, Enrico IV
Vico, Princìpi di scienza nuova
Erasmo da Rotterdam, Elogio della follia
Shakespeare, Otello
Čechov, Teatro
Boccaccio, Teseida
Petrarca, De vita solitaria
Melville, Bartleby
Shakespeare, Come vi piace
Lutero, Lieder e prose
Grimmelshausen, L'avventuroso Simplicissimus
Marlowe, Il Dottor Faust
Balzac, La donna di trent'anni
Baudelaire, Lo spleen di Parigi
James H., Washington Square
Shakespeare, Il racconto d'inverno
Hardy, Tess dei d'Uberville
Wordsworth, Il preludio
Boccaccio, Esposizioni sopra la Comedia di Dante
Dostoevskij, Le notti bianche
Flaubert, L'educazione sentimentale
Schiller, I masnadieri
Shakespeare, Pene d'amor perdute
Goethe, La vocazione teatrale di Wilhelm Meister
Leopardi, Lettere
Pascoli, Il ritorno a San Mauro
Maupassant, Forte come la morte
AA.VV., Poesia latina medievale
Goldoni, I rusteghi - Sior Todero brontolon
Goldoni, Trilogia della villeggiatura

Goldoni, Le baruffe chiozzotte - Il ventaglio

Goldoni, Il servitore di due padroni - La vedova scaltra

Stevenson, Il signore di Ballantrae

Flaubert, Bouvard e Pécuchet

Eliot, Il mulino sulla Floss

Tolstòj, I racconti di Sebastopoli

De Marchi, Demetrio Pianelli

Della Casa, Galateo ovvero de' costumi

Dostoevskij, I fratelli Karamazov

Shakespeare, Sonetti

Dostoevskij, Povera gente

Shakespeare, Riccardo II

Diderot, I gioielli indiscreti

De Sade, Justine

Tolstoj, Chadži-Muràt

De Roberto, L'Imperio

Shakespeare, Tito Andronico

Stevenson, Nei mari del Sud

Maupassant, Pierre e Jean

Bruno, Il candelaio

Kipling, Kim

Donne, Liriche sacre e profane - Anatomia del mondo - Duello della morte

AA.VV., Il Corano

Rimbaud, Una stagione in inferno - Illuminazioni

Shakespeare, I due gentiluomini di Verona

Puškin, La figlia del capitano

Blake, Visioni

Nievo, Novelliere campagnuolo

James H., Il carteggio Aspern

Diderot, Jacques il fatalista

Schiller, Maria Stuart

Stifter, Pietre colorate

Poe, Il corvo e altre poesie

Coleridge, La ballata del vecchio marinaio

Sant'Agostino, Confessioni

Verlaine, Romanze senza parole

AA.VV., Racconti gotici

Yeats, Poesie

Whitman, Foglie d'erba

Teresa d'Ávila, Libro della mia vita

Boito, Senso e altri racconti

Pulci, Morgante

AA.VV., Innario cistercense

Las Casas, Brevissima relazione della distruzione delle Indie

Lèrmontov, Un eroe del nostro tempo

AA.VV., I Salmi

Paolo Diacono, Storia dei Longobardi

Shakespeare, Antonio e Cleopatra

Shelley M., Frankenstein (con videocassetta)

Zola, Nanà

Foscolo, Le Grazie

Hugo, Novantatré

Goethe, Racconti

Eliot, Middlemarch

Kipling, Ballate delle baracche

Čechov, La steppa e altri racconti

James H., L'Americano

Lewis M.G., Il Monaco

Bruno, La cena de le ceneri

Shelley P.B., Poesie

Ambrogio, Inni

Origene, La preghiera

Melville, Poesie di guerra e di mare

Ibsen, Spettri

Manzoni, I promessi sposi

Rostand, Cirano di Bergerac

Cervantes, Novelle esemplari

Shakespeare, Molto rumore per nulla

Čechov, Il duello

Stevenson, Gli intrattenimenti delle notti sull'isola

Čechov, La corsia n. 6 e altri racconti

Puškin, Viaggio d'inverno e altre poesie

Novalis, Inni alla notte - Canti spirituali

Monti, Iliade di Omero

Flaubert, La prima educazione sentimentale

France, Taide

Croce - Banchieri, Bertoldo e Bertoldino - Cacasenno

Kierkegaard, Don Giovanni

Turgenev, Rudin

Novalis, Enrico di Ofterdingen

Shakespeare, Vita e morte di Re Giovanni

Baffo, Poesie

Flaubert, Attraverso i campi e lungo i greti

Giuseppe Flavio, Guerra giudaica

Wilde, Ballata del carcere e altre poesie

Defoe, Roxana

Meister Eckhart, Prediche

Hardy, Intrusi nella notte

Čechov, Il monaco nero

Quevedo Y Villegas, Il furfante

De Sade, Lettere da Vincennes e dalla Bastiglia

Shakespeare, Troilo e Cressida

Hugo, I lavoratori del mare

Grillparzer, Il povero musicante - Il convento presso Sendomir

Austen, Northanger Abbey

Brontë C., Jane Eyre

Pascoli, Poemi Conviviali

Goldsmith, Il vicario di Wakefield

AA.VV., Le mille e una notte

Clausewitz, Della guerra

AA.VV., Antologia di scrittori garibaldini

Čechov, L'omicidio e altri racconti

Trilussa, Poesie scelte

Burkhardt, Considerazioni sulla storia universale

De Sade, La filosofia nel boudoir

La Motte-Fouqué, Ondina

Čechov, La mia vita e altri racconti

Grimm, Fiabe

Čechov, La signora con il cagnolino

Stoker, Dracula

Arnim, Isabella d'Egitto

Voltaire, Lettere filosofiche

Bernardin de Saint-Pierre, Paul e Virginie

Tolstòj, La tormenta e altri racconti

Hölderlin, Scritti di estetica

Balzac, La cugina Bette

Turgenev, Nido di nobili

Keats, Poesie

Alighieri, Il Fiore - Detto d'Amore

Zarathushtra, Inni di Zarathushtra

Musset, La confessione di un figlio del secolo

Kierkegaard, La malattia mortale

AA.VV., Antologia dei poeti parnassiani

Hoffmann, La principessa Brambilla

La Bibbia Concordata

Antico Testamento

vol. I - Pentateuco
vol. II - Libri storici I
vol. III - Libri storici II
vol. IV - Libri poetici I
vol. V - Libri poetici II
vol. VI - Libri profetici I
vol. VII - Libri profetici II

Nuovo Testamento

vol. VIII - Vangeli
vol. IX - Atti degli Apostoli e Lettere di San Paolo
vol. X - Altre Lettere e Apocalisse

AA.VV., Fiabe romantiche tedesche

Andersen, Fiabe

Hawthorne, La lettera scarlatta

Verlaine, Les hommes d'aujourd'hui

Tolstòj, Lucerna e altri racconti

Abba, Da Quarto al Volturno

Balzac, Béatrix

AA.VV., La saga degli uomini delle Orcadi

Pascoli, Poesie vol. I

AA.VV., Manas

Gaskell, Mary Barton

Boccaccio, Ninfale fiesolano

Gogol', Le anime morte

Vélez de Guevara, Il diavolo zoppo

Rodenbach, Bruges la morta

Dostoevskij, Saggi

Brentano, Fiabe

AA.VV., Haiku

AA.VV., La saga di Egill

Schopenhauer, Aforismi sulla saggezza del vivere

Góngora, Sonetti

AA.VV., La saga di Njàll

Conrad, Lord Jim

Pascoli, Poesie vol. II

Shelley M., L'ultimo uomo

Brontë E., Poesie

Kleist, Michael Kohlhaas

Tolstòj, Polikuška

De Maistre, Viaggio intorno alla mia camera

Stevenson, Poesie

Pascoli, Poesie vol. III

AA.VV., Lirici della Scapigliatura

Manzoni, Osservazioni sulla morale cattolica

Tolstòj, I quattro libri russi di lettura

Balzac, I segreti della principessa di Cadignan

Balzac, La falsa amante

Conrad, Vittoria

Radcliffe, I misteri di Udolpho

Laforgue, Poesie e prose

Spaziani (a cura di), Pierre de Ronsard fra gli astri della Pléiade

Rétif de la Bretonne, Le notti rivoluzionarie

Tolstòj, Racconti popolari

Pindemonte, Odissea di Omero

Leopardi, Canzoni

AA.VV., Upanisad

Pascoli, Poesie vol. IV

Melville, Benito Cereno - Daniel Orme - Billy Budd

Michelangelo, Rime

Conrad, Il negro del "Narciso"

Shakespeare, Sogno di una notte di mezza estate

Chuang-Tzu, Il vero libro di Nan-hua

Conrad, Con gli occhi dell'Occidente

Boccaccio, Filocolo

Jean Paul, Sogni e visioni

Hugo, L'ultimo giorno di un condannato a morte

Tolstòj, La morte di Ivan Il'ič

Leskov, L'angelo sigillato - L'ebreo in Russia

47135
2001